KATRIN RODEIT

Mein wirst du sein

FALSCHE FÄHRTEN Privatdetektivin Jule Flemming hat eigentlich Urlaub, doch für ihren Freund Gregor »Lou« Falke macht sie eine Ausnahme: Eine Frau ist verschwunden, und Jule soll sie suchen. Kinderspiel, denkt sie. Doch dann wird die Leiche der Frau in der Donau gefunden und eine mysteriöse Kette taucht auf. Und schon steckt Jule mitten in einem Mordfall.

Hinzu kommt, dass der Kriminalkommissar Mark Heilig wieder in Ulm ist. Er hat ihr Herz schon vor zehn Jahren höher schlagen lassen.

Schließlich stellt sich heraus, dass ein Serienmörder sein Unwesen treibt. Die Suche nach ihm wird nicht nur zu einem verbissenen Kampf zwischen Jule und Mark, sondern auch zu einem Wettlauf gegen die Zeit, denn der Mörder hat das nächste Opfer bereits auserkoren.

Ist der Streetworker Rafael Winter der Täter? Oder doch der smarte Autoverkäufer Ralf Goldmann? Und wer ist der Anrufer, der Jules Nachtruhe stört?Als sie hinter all die Geheimnisse kommt, scheint es zu spät zu sein, denn der Mörder hat seine Klauen bereits nach ihr ausgestreckt …

Katrin Rodeit wurde am Rande der Schwäbischen Alb in Ulm geboren und ist dort aufgewachsen. Nach dem Abitur studierte sie Betriebswirtschaft an der Berufsakademie in Heidenheim und arbeitete im Vertrieb von Leasinggesellschaften, wobei sie sich auf Lkws spezialisierte. Mit ihrem Mann und den beiden Kindern lebt sie in der Nähe von Ulm. Ihre freie Zeit widmet sie fast ausschließlich dem Schreiben.

KATRIN RODEIT

Mein wirst du sein

Roman

GMEINER *Original*

Ausgewählt von
Claudia Senghaas

Besuchen Sie uns im Internet:
www.gmeiner-verlag.de

Im Ehnried 5, 88605 Meßkirch
Telefon 07575/2095-0
info@gmeiner-verlag.de

1. Auflage 2013

Lektorat: Claudia Senghaas, Kirchardt
Herstellung: Julia Franze
Umschlaggestaltung: U.O.R.G. Lutz Eberle, Stuttgart
unter Verwendung eines Fotos von: © anja ciomer – Fotolia.com
Druck: GGP Media GmbH, Pößneck
Printed in Germany
ISBN 978-3-8392-1457-2

Vorbemerkung:

Die Geschichte sowie die handelnden Personen sind frei erfunden. Jegliche Übereinstimmung mit realen Personen ist zufällig und nicht gewollt. Die erwähnten Schauplätze in Ulm gibt es wirklich. Lediglich der ›Jazz-Keller‹ sowie das ›Jungle‹ sind meiner Fantasie entsprungen.

Prolog

Er blickte in ihre starren Augen, die ihn aus dem toten Gesicht wie anklagend ansahen, streichelte über ihr glänzendes Haar, die seidigen Wangen hinunter bis zu ihrem Hals. Sie saß auf seinem Schoß. Er hatte die Arme um sie gelegt und sah sie bewundernd an.

In diesem Moment gehörte sie ihm. Nur ihm.

Er konnte sich an ihr nicht sattsehen, denn inzwischen waren nur Reinheit und kindliche Unschuld geblieben, die ihrer Schönheit ein beinahe madonnenhaftes Aussehen verliehen. Am Ende hatte er den längeren Atem behalten.

Er lachte in sich hinein, als ihm die Doppeldeutigkeit dieser Worte bewusst wurde.

Dann küsste er sie zärtlich auf die Lippen, die mittlerweile blau und kalt geworden waren. Es störte ihn nicht.

Für einen Moment spürte er wieder den Hass in sich aufwallen, als er sich erinnerte, wie sie ihn kokett angelächelt und dann das Gesicht zur Seite gedreht hatte. Für sie war er nichts weiter als ein Zeitvertreib in einem langweiligen Leben gewesen. Sie hatte ihn zurückgewiesen, ein Spiel mit ihm gespielt.

Nun hatte es sich ausgespielt. Er hatte den Zorn über die erneute Zurückweisung gefühlt. Stärker als je zuvor, eine nie geahnte Kraft. Er hatte diesen Mund, der ihn verhöhnt hatte, zum Schweigen bringen müssen. Nicht nur mit Worten, auch ihr Blick hatte ihn ausgelacht. Und er hatte es nicht mehr ertragen, so behandelt zu werden.

Seine Hände hatten sich wie von selbst um ihren Hals

gelegt. Er hatte mit ansehen können, wie das hämische Lachen von ihren Lippen verschwunden war und Angst sich ihrer bemächtigt hatte, und er hatte nicht aufhören können. Wie von Sinnen hatte er zugedrückt, bis es ein Ende gefunden hatte.

Eine Ewigkeit, so schien es ihm, verweilte er in dieser Haltung, den toten Körper auf seinem Schoß. Immer wieder strich er über die weiche Haut und das seidige Haar.

Er seufzte auf, es musste irgendwann vorbei sein. Einen letzten Blick warf er auf das Mädchen, sog jede Einzelheit ihres Aussehens in sich auf und versuchte, ihren Anblick für die Ewigkeit in seinem Gedächtnis zu konservieren.

Nie wieder, so schwor er sich mit zusammengebissenen Zähnen, würde er sich von einem Mädchen zum Narren halten lassen.

Mit diesem Eid auf den Lippen gab er sie frei und warf einen letzten Blick auf ihr Gesicht, ehe er sich umwandte und ging.

14 JAHRE SPÄTER

Montag

Wenn ich damals geahnt hätte, wie der heutige Tag mein Leben durcheinanderbringen, geradezu aufwirbeln würde, wäre ich im Bett geblieben. Hätte das bohrende Klingeln ignoriert und mir, statt fluchend nach dem Hörer zu suchen, die Bettdecke über die Ohren gezogen und mich tot gestellt wie ein Opossum.

Aber natürlich wusste ich nicht, was kommen würde. Wie auch? Ich hatte keine Ahnung, dass ich drauf und dran sein würde, den letzten Atemzug zu tun, und nicht die geringste Idee davon, dass Männer auftauchen sollten, die mein Privatleben in seinen Grundfesten erschüttern würden.

Stattdessen streckte ich nichtsahnend die Hand unter der Bettdecke in die Richtung aus, in der ich das Telefon vermutete, und fegte dabei den Wecker vom Nachttisch, der sich mit einem ohrenbetäubenden Klingeln beschwerte und erst Ruhe gab, als ich ihm einen Schlag versetzte.

Das Telefon läutete noch immer. Nachhaltig und grauenvoll hörte ich das Echo wie Donnerschläge in meinem Inneren widerhallen.

Langsam setzte ich mich auf und hielt mir die Hand gegen den pochenden Schädel. Als ich den Lichtschalter drückte, schloss ich die schmerzenden Augen in dem hellen Licht meiner Nachttischlampe. War es schon immer so grausam kalt und gleißend gewesen? Dann endlich hatte ich es geschafft und hielt den Hörer in Händen. Es war eine Wohltat, als das Gebimmel endlich verstummte.

»Jule? Ich brauche dich hier.« Die Stimme klang schrill und war hysterisch laut, und für einen Moment fragte ich mich, ob das Klingeln nicht leichter zu ertragen gewesen wäre als das Gekreische, das aus dem Hörer kam.

Ich stöhnte und hielt mir den Kopf. Wie hatte es nur so weit kommen können?

Als ich die Augen öffnete, die ich bis dahin eisern geschlossen gehalten hatte, fiel mein Blick auf das rote, bodenlange Kleid, das ich am gestrigen Abend getragen hatte. Es war von schlichter Eleganz, ohne Rüschen oder Abnäher, dafür mit raffiniert weitem Rückenausschnitt und atemberaubend schön.

Die Erinnerung an letzte Nacht kämpfte sich mühsam durch den Nebel zurück.

»Jule? Bist du da?« Ängstliches Gewinsel. Noch immer in einer Tonlage, die Fensterscheiben zerspringen lassen könnte.

»Was willst du?«

»Ich brauche dich.«

Eine Pause entstand.

»Nett von dir. Aber ich kann heute Abend beim besten Willen nicht schon wieder auftreten.«

Ich legte auf, löschte das Licht und zog mir die Decke über die Ohren.

Das Klingeln begann erneut, und ich schwankte, ob ich es ignorieren oder den Hörer abnehmen sollte. Mein schmerzender Kopf gab den Ausschlag.

»Ich habe Urlaub, Lou. Das war eine Ausnahme gestern. Und heute bin ich nicht in der Lage aufzutreten.« Es waren die ersten zusammenhängenden und klar verständlichen Sätze, die ich sprach. Wenn sie auch eher krächzend aus meinem Inneren gekommen waren.

»Bitte, Jule. Du weißt, dass ich dich nicht anrufen würde, wenn es nicht wirklich wichtig wäre.«

»Frag Cosima. Die wird sich bestimmt freuen.« Ich konnte und wollte nicht verhindern, dass sich leiser Spott in meine Stimme schlich.

»Es geht doch gar nicht um die Singerei! Ich habe ein Problem.«

Gedanklich stöhnte ich laut auf. Nicht schon wieder!

»Hast du Stress mit Hannes?«

Lou seufzte theatralisch.

»Ach der … der versteht das nicht. Nein, ich habe Ärger mit der Polizei.«

Unwillkürlich straffte ich mich und öffnete die Augen. Ich war wach. Wenn ich mich auch noch immer nicht gut fühlte.

»Bitte, Jule, es ist wirklich dringend. Ich weiß nicht, was ich tun soll. Ich brauche den Rat einer erfahrenen Privatdetektivin.«

»Lou, ich habe Urlaub.«

»Es ist nichts Schlimmes. Aber ich wusste nicht, an wen ich mich so schnell wenden sollte.«

Nun war es an mir, zu seufzen. Er wusste genau, welche Knöpfe er drücken musste.

»Bitte, Jule.«

»Also gut. Was ist los?«

»Du musst jemanden für mich finden.«

Etwas in seiner Stimme sagte mir, dass er wirklich Hilfe benötigte. Außerdem war ich neugierig, auch wenn ich das nie zugegeben hätte.

»Okay, gib mir eine Stunde, ich komme.«

Fluchend hievte ich mich aus dem Bett und schlurfte ins Bad. Den Blick in den Spiegel vermied ich. Ich hatte eine ungefähre Ahnung, was mich erwartete. Und dass ich so lang brauchte, mein borstiges, widerspenstiges Haar in einen Pferdeschwanz zu zwingen, bestätigte meine düstersten Vermutungen. Vermutlich sah ich aus, als hätte ich mit der Hand in der Steckdose übernachtet.

Nicht, dass sich meine halblangen, brünetten Locken sonst zu einer brauchbaren Frisur formen ließen. Aber wenigstens hatte ich normalerweise für fünf Minuten das trügerische Gefühl, Herrin über das Chaos auf meinem Kopf zu sein.

Ich schluckte zwei Aspirin und ging duschen.

Der Frühling hatte über Nacht Einzug gehalten, draußen schien die Sonne, und das schmutzige Wetter, das in den letzten Wochen für ausgiebigen Regen und Schneefall gesorgt hatte, gehörte der Vergangenheit an. Vögel zwitscherten, und alles sah grün aus.

Doch es hätte Pflastersteine hageln können, es hätte mich nicht interessiert. Ich musste die verdammten Kopfschmerzen loswerden. So konnte ich unmöglich Auto fahren.

Ich ging in die Küche und kochte Kaffee. Ein Tag ohne meinen heißgeliebten Muntermacher war für mich wie ein Morgen ohne Sonnenaufgang, und ich wäre ernsthaft in Versuchung geraten, über den Weltuntergang zu sinnieren. Kaffee war eine Konstante in meinem Leben. Die einzige, wenn man so wollte.

Als der aromatische Duft durch den kleinen Raum zog, atmete ich erleichtert auf. Das Gurgeln der Maschine war Musik in meinen Ohren, und der Geruch allein sorgte dafür, dass ich mich augenblicklich besser fühlte.

Doch die Freude währte nur einen kurzen Moment. Auf der Suche nach Essbarem öffnete ich das Schränkchen über dem Herd. Neben Mehl und Kakao sollte eigentlich eine Schachtel Cornflakes stehen. Verdammter Mist, ich war nicht einkaufen gewesen.

Ohnehin hätte ich sie trocken essen müssen, denn auch die Milch war alle, wie mir ein Blick in den Kühlschrank zeigte. Und ob die Flocken mit Bier geschmeckt hätten, wagte ich zu bezweifeln. Als ich mir vorstellte, wie das Gebräu durch meine Kehle rann und im Magen auf die Reste der Cocktails von gestern Abend traf, verwarf ich den Gedanken schnell, ehe ich ein stilles Örtchen aufsuchen musste.

Der Tag fing denkbar schlecht an, denn auch die letzten beiden Scheiben Toast hatten einen grünlichen Pelz. Dabei war es erst halb neun. Eigentlich hätte ich spätestens jetzt wissen müssen, dass Unheil drohte.

Aber ich trank in Ruhe meinen Kaffee und freute mich, dass die Lebensgeister langsam zurückkehrten, wenn ich auch nichts zum Frühstücken im Haus hatte.

Schließlich stand ich auf, nahm meinen Lederbeutel und verließ die Wohnung. Sorgfältig schloss ich ab und vergewisserte mich, dass die Tür richtig geschlossen war. Über die Sinnlosigkeit dieser Geste dachte ich keinen Augenblick nach, denn die alte, zerkratzte Tür bot niemandem Einhalt, der hineingelangen wollte. Aber es gab mir ein Stück Sicherheit in meinem Leben.

Ich ging die beiden Stockwerke nach unten, grüßte murmelnd Frau Beierlein, die 86-jährige Dame, die im ersten Stock wohnte und altersgebeugt die Zeitung aus dem Briefkasten fischte. Ich beeilte mich, an ihr vorbeizukommen. Auf ein längeres Gespräch über das Wetter oder die junge Frau, die im ersten Stock mit ihrem Jungen eingezogen war, hatte ich keine Lust.

Vor der Tür stolperte ich beinahe über den kleinen Kerl. Er mochte vielleicht acht Jahre alt sein und sah ein bisschen verwildert aus. Ein trotzig anklagender Blick aus fast schwarzen Augen streifte den meinen.

»He, guten Morgen«, grüßte ich überrascht. »Was machst du denn hier? Keine Schule heute?«

Er sah mich einfach nur an. Dann drehte er sich um und ging zu seinem Fahrrad, das an der Hauswand lehnte.

Da war wohl noch jemand anderes mit dem falschen Fuß zuerst aufgestanden.

Ich zuckte die Achseln, überquerte den Hof und ging über die Straße zu meinem alten Golf. Trotz 174.000 km sprang er problemlos an. Das mochte sich albern anhören, aber ich war stolz darauf.

Ich hielt mich exakt an Tempo 30, als ich die Brenzstraße entlang fuhr. Zu viele Strafzettel hatten sich in letzter Zeit angesammelt, und manch einer wartete noch auf seine Bezahlung. In der Karlstraße fädelte ich mich in den fließenden Verkehr ein und ließ mich durch die Stadt nach Neu-Ulm treiben.

Auf der Fahrt überlegte ich, was Lou widerfahren sein mochte.

Wie lang kannte ich ihn jetzt schon? Zwei Jahre vielleicht? Ich wusste, dass er eine kriminelle Vergangenheit hatte, und dass er im Knast gewesen war. Was genau damals vorgefallen war, entzog sich meiner Kenntnis. Lou sprach nicht gern darüber. Das Wenige, das ich in Erfahrung gebracht hatte, hatte er mir in angesäuseltem Zustand selbst erzählt. Er hatte nur gesagt, dass es um Drogen gegangen war, und dass er damit abgeschlossen hatte. Ich glaubte ihm.

Im ›Jazz-Keller‹ hatten wir alle eine Vergangenheit, auf die wir nicht gerade stolz waren. Überhaupt war der ›Jazz-Keller‹ ein Sammelbecken für eine recht illustre Gesellschaft. Böse Zungen behaupteten, dass wir verkrachte Kreaturen seien. Mich kümmerte das nicht. Umso überraschter war ich nach dem Anruf gewesen, als ich gehört hatte, dass Lou Probleme mit der Polizei hatte.

Er musste bereits auf mich gewartet haben, denn er öffnete meine Autotür, noch ehe ich den Motor abgestellt hatte.

»Endlich!« Er keuchte, als habe er einen Marathonlauf hinter sich. Dabei war er lediglich von seinem Büro auf den Parkplatz gelaufen.

Sein schwarzes Hemd hatte verdächtig nasse Flecken nicht nur unter den Achseln, und ich fragte mich, ob die von der Angst vor der Polizei oder seiner beachtlichen Körperfülle herrührten.

Er streckte seinen feisten Kopf mit dem weißen Panamahut zum Auto herein und atmete hastig und abgehackt.

»Du musst mir helfen, Jule«, flehte er und klang schon wieder hysterisch, als er den Panamahut ein wenig zurückschob. »Es ist schrecklich, eine Katastrophe! Für mich ein Weltuntergang!«

So gern ich Lou mochte, sein Hang zum maßlosen Übertreiben und zur Hysterie ging mir gehörig auf den Senkel.

Lou hieß eigentlich Gregor Falke und war Besitzer des ›Jazz-Kellers‹, eines kleinen aber feinen Clubs in Neu-Ulm, der sich ganz dem Jazz verschrieben hatte. Es gab nur eine Ausnahme: mich. Wenn ich sang, sang ich, was mir gefiel. Nur keinen Jazz.

Das lag nicht daran, dass ich Jazz nicht mochte. Im Gegenteil. Aber singen konnte ich das nicht, dafür hatte ich nicht genügend Soul in der Stimme.

Mit den weißen Anzügen, die Lous enorme Figur auch nicht mit viel gutem Willen verbergen konnten, und dem Panamahut sah er aus wie eine zu klein geratene Kopie von Lou Bega.

Seufzend zog ich die Handbremse an, stellte den Motor

ab und zog den Schlüssel aus dem Schloss. Dann wandte ich mich ihm zu und sah direkt in ein Paar panischer Augen.

»Ich würde dir ja gern helfen, Lou. Aber du könntest mich wenigstens aussteigen lassen.«

»Ja natürlich, entschuldige«, murmelte er. Statt auf mich zu warten, bis ich den Wagen verschlossen hatte, lief er bereits in sein Büro. Lou war immer in Hektik, bisweilen chaotisch, und obwohl er beleibt war, konnte er sich erstaunlich schnell bewegen.

Ich schüttelte den Kopf und trabte gemächlich hinterher. Nur kein Schritt zu viel. Ich musste an meinen armen Kopf denken.

Der kleine Raum, der Lou als Büro diente, war vollgestopft mit Ordnern, Papieren, Kartons und allerlei Krimskrams. An der Wand hingen Fotos von ihm und seinen Gästen oder von Jazz-Bars in Amerika, die er besucht hatte.

Der Jazz war Lous große Leidenschaft und nahm ungefähr den gleichen Stellenwert ein wie gutes Essen und Trinken.

Ich quetschte mich am Kopierer vorbei und ließ mich ermattet hinter einem frei stehenden Regal auf den Stuhl ihm gegenüber sinken. Ich verschränkte die Arme und sah ihn mit schief gelegtem Kopf an.

»Also, Lou, was ist los, dass du mich um diese Uhrzeit aus dem Bett klingeln musstest?«

»Es ist entsetzlich! Wirklich eine Katastrophe! Ich weiß nicht, was ich machen soll.«

»Zuerst einmal mit dem Gejammer aufhören. Ich habe einen beschissenen Kater und noch nicht gefrühstückt. Wäre es möglich, dass du mir einfach sagst, was los ist? Damit ich entscheiden kann, ob und wie ich dir helfen kann. Wenn du weiter jammerst, gehe ich.«

Er verschränkte die Finger ineinander und dachte mit geschlossenen Augen nach. Ein Zustand, der nie lange anhielt. Also wartete ich einfach ab.

Doch diesmal überraschte er mich. Er stand auf und verließ das Büro, um gleich wieder zurück zu sein.

»Also?«

Er beugte sich vor und sah sich vorsichtig um, bevor er leise zu sprechen begann.

»Es ist so: Eine Frau wird vermisst.«

»Ja. Und?«

»Sie wurde zuletzt hier bei mir im Club gesehen.«

Hm. Das war zwar interessant, aber nicht wirklich beunruhigend.

»Kenne ich sie?«

»Ich weiß es nicht. Sie heißt Susanne Dauber.«

Nie gehört.

»Wie sieht sie aus?«

»Na, eine Frau halt. Mit so langen, blonden Haaren.«

Ich seufzte in mich hinein. Lou war zwar stockschwul, aber er war ein Mann. Welche Antwort hatte ich erwartet?

Ein Klopfen an der Tür enthob mich einer bissigen Antwort. Fanny Mahler, die Kellnerin und eine gute Freundin, streckte ihren Kopf mit der Stupsnase und den haselnussbraunen Augen zur Tür herein. Ihr Gesicht war umrahmt von blondem, halblangem Haar mit Ponyfrisur.

Sie hatte auffallend dunkle Schatten unter den Augen.

»Wie siehst du denn aus?«, begrüßte sie mich.

»Danke der Nachfrage, mir geht's wunderbar. Ich habe gut geschlafen und hatte ein wunderbares Frühstück. Wie geht's dir?«

Während ich an meinen Worten würgte und versuchte, sie überzeugend vorzutragen, zog sie eine Grimasse und streckte mir die Zunge heraus. Geschah ihr recht, sie hatte angefangen mit der Sauferei.

Sie schwenkte eine Brötchentüte und hatte eine Kanne Kaffee bei sich. Lou strahlte.

»Ah, das Frühstück ist da. Fanny, du bist einfach ein Schatz! Danke.«

Er nahm die Tüte entgegen und scheuchte sie wieder hinaus. Gierig holte er belegte Semmeln hervor und warf mir eine zu. Er hatte die erste verputzt, noch ehe ich wusste, mit was meine belegt war.

»Weiter.« Das Brötchen schmeckte wider Erwarten gut. Herzhafter Schinken und eine Essiggurke waren genau das Richtige für meinen angeschlagenen Magen.

»Ja also, sie wird vermisst.« Lou rutschte unruhig auf seinem Stuhl hin und her und vergaß sogar für einen Moment sein Frühstück. »Sie ist mit ihrer Freundin hier gewesen. Marina Waldner. Beide sind wohlhabende Gattinnen von Ärzten.«

Auch das war kein Grund, vor Ehrfurcht zu erstarren. Vielleicht lag ja gerade darin die Lösung des Problems.

»Liiert? Außerhalb der Ehe, meine ich?«

»Woher soll ich das wissen?« Lou hatte die Augen zusammengekniffen und die Stirn in Falten gelegt. Ich fragte mich, wieso ich an einen Mops denken musste. »Das sind Gäste. Wenn sie gehen, gehen sie nach Hause. Und ich bleibe hier. Es geht mich nichts an, und es ist mir auch egal, was sie machen.«

Er kaute an seinem Brötchen.

»Die Polizei war bei mir.«

»Das sagtest du bereits. Und was wollten sie?«

Er rutschte unruhig auf dem Stuhl hin und her und mied meinen Blick.

»Na ja, sie haben angedeutet, dass ich etwas mit ihrem Verschwinden zu tun haben könnte.«

Ich konnte ein Prusten nicht unterdrücken.

»Und wie kommen sie darauf? Oder bildest du dir das vielleicht nur ein?« Ich strich mir eine Locke aus der Stirn, die mich kitzelte. Schon hatten sich meine Haare selbstständig gemacht, es war zum Verzweifeln!

»Sie haben es nicht mit Worten angedeutet«, gab er zu und sah nach unten. »Aber ich habe es gespürt. Auf ganz subtile Art wollten sie mir zu verstehen geben, dass ich unter Beobachtung stehe.«

Auf subtile Art, so, so.

»Du weißt, dass ich vorbestraft bin«, würgte er heraus, dass ich ihn kaum verstehen konnte.

»Das hat aber doch nichts mit vermissten Frauen zu tun, oder?« Allein die Vorstellung ließ mich erneut schmunzeln, und ich trank hastig einen Schluck Kaffee. Ich wollte ihn nicht kränken.

»Nein, nein. Aber du weißt ja, wie das ist.« Seine Stimme wurde wieder eine Oktave höher. »Einmal am Pranger, immer am Pranger.«

»Das ist aber erledigt, oder?«

»Ich habe meine Lektion gelernt. Ich habe gesessen und auf eine Neuauflage bin ich nicht scharf.«

Etwas in seiner Stimme ließ mich aufhorchen. Aber ich sagte nichts. Lag es an der Panik, erneut mit der Polizei zu tun zu haben?

»Okay, dann erzähl mir einfach alles, was du weißt, und ich verspreche, dass ich dir helfen werde. Ich mache mich auf die Suche nach der Frau.«

Lou war erleichtert und erzählte alles, was er wusste. Es war nicht besonders viel.

Susanne Dauber war zuletzt am vergangenen Mittwoch mit ihrer Freundin Marina Waldner im ›Jazz-Keller‹ gewesen. Vor der Tür hatten sie sich verabschiedet, Frau Waldner war nach Hause gefahren, und Frau Dauber hatte sich auf den Weg zu ihrem Auto im Parkhaus gemacht. Dort war sie nie angekommen. Am nächsten Morgen hatte ihr Mann sie als vermisst gemeldet. Das Fahrzeug stand noch im Parkhaus, und Frau Waldner und Lou, der beide vor der Tür verabschiedet hatte, waren die Letzten gewesen, die sie gesehen hatten. Seither fehlte von Frau Dauber jede Spur.

Ich erhob mich, die Tasse noch in der Hand.

»Okay, Lou, ich fahre zu Frau Waldner. Bestimmt klärt sich alles schnell auf, und Frau Dauber ist mit ihrem Tennislehrer nach Ibiza durchgebrannt.«

Ich zwinkerte ihm zu, doch heute war er nicht zu Scherzen aufgelegt.

»Lou«, hob ich einer Eingebung folgend an und fixierte ihn mit einem strengen Blick. »Ist das alles?«

Er wackelte mit dem Kopf. Immer schön auf und ab, sah kurz zu Boden und blickte mich dann treudoof an.

»Wirklich. Sonst gibt es nichts.«

Langsam nickte ich und ging mit meiner Kaffeetasse hinaus.

Ich rieb mir über die noch immer schmerzende Stirn und trank einen weiteren Schluck Kaffee.

»War eine lange Nacht, was?«, sprach mich Fanny aus einer Ecke hinter dem Tresen an. Der ›Jazz-Keller‹ lag ruhig und verwaist in der Dunkelheit. Meine Schritte hallten in dem niedrigen Raum, als ich die Bühne überquerte und einen Moment stehen blieb. Gestern Abend hatte ich noch hier gestanden und gesungen. Und zu viel ›Canchanchara‹ getrunken. Viel zu viel.

»Warum tue ich mir das jedes Mal wieder an?«, fragte ich, mehr zu mir selbst.

Fanny antwortete trotzdem. Mit einem Achselzucken.

»Vermutlich, weil du süchtig bist. Nach Ruhm und Erfolg.« Ihre Stimme klang scherzhaft. Wie viel davon entsprach der Wahrheit?

Ich seufzte.

»Du hast aber fantastisch gesungen. Cosima ist vor Neid grün angelaufen, ich habe sie genau beobachtet.«

Obwohl ich es nicht wollte, stahl sich ein Lächeln auf meine Lippen.

Cosima war fest angestellte Sängerin im ›Jazz-Keller‹, aber nicht halb so gut wie ich. Sie wusste das, ich wusste das. Alle Welt wusste das. Und genau deswegen hasste sie mich, weil sie die gesangliche Alleinherrschaft für sich beanspruchte.

»Hat Lou mit dir über die verschwundene Frau gesprochen?«, wollte ich wissen.

»Die Polizei ist letzte Woche schon einmal hier gewesen. Und heute Morgen wieder.«

Sie polierte Gläser und hob immer wieder eines gegen das spärliche Licht.

»Was hältst du davon?«

»Keine Ahnung. Lou hat auf jeden Fall nichts damit zu tun. Aber irgendwie ist er komisch.«

Ich wusste nicht, wie viel sie über seine Vergangenheit wusste und hatte nicht vor, darüber zu reden, obwohl Fanny so etwas wie meine Freundin war. Natürlich nicht die beste und engste. Das war Conny. Aber gleich danach kam Fanny. Und dann lang nichts. Trotzdem würde ich Lous Vergangenheit für mich behalten.

Sie setzte das Glas ab, das sie in der Hand gehalten hatte,

warf sich das Geschirrtuch lässig über die Schulter und sah mich an.

»Ich weiß, dass er früher Probleme mit der Polizei hatte.«

Ich antwortete nicht.

»Aber sicher hat er nichts mit verschwundenen Frauen zu tun. Lou! Ich bitte dich! Das ist doch ein Witz!« Sie nahm das Handtuch von der Schulter, um ein weiteres Glas zu polieren.

Sie hatte recht.

»Er benimmt sich trotzdem seltsam. Als habe er etwas zu verbergen.« Hatte mich mein Gefühl also nicht getrogen.

»Weißt du irgendetwas?«

»Nicht mehr als das, was Lou dir sicher schon erzählt hat. Sie ist mit ihrer Freundin hier gewesen. In letzter Zeit beinahe jede Woche einmal. Komisch, dass sie dir noch nicht aufgefallen ist. Aber wer merkt sich schon alle Gäste, die ein und aus gehen.«

Sie kniff die Augen zusammen und legte den Kopf schief.

»Wir haben einen neuen Stammgast. Er heißt Erich und ist – irgendwie anders.«

»Wie anders?«

»Nun, er sitzt da, immer allein, trinkt seinen Whiskey und redet nicht viel.«

»Fehlt noch ein Hund, dann ist es Andreas.«

Ich konnte mir ein Grinsen nicht verkneifen. Andreas redete auch nicht viel. Er saß allein in der Ecke, lauschte der Musik, und zu seinen Füßen lag eine große, sabbernde, rotbraune dänische Dogge. Das hässlichste Vieh auf Erden.

»Nein, er ist viel älter als Andreas. Aber irgendwie ist er ein komischer Typ, finde ich. Und er ist so ungefähr zur gleichen

Zeit hier aufgetaucht wie die beiden Frauen. Ich will niemanden verdächtigen, aber seltsam ist das schon.«

Ich schwieg und dachte nach.

»Weißt du etwas über ihn?«

»Nichts.«

Prima. Das roch nach jeder Menge Arbeit. Ich hatte Urlaub.

Gerade als ich in mein Auto steigen wollte und mir überlegte, welchen Platz dieser Tag auf meiner persönlichen Geht-garnicht-Skala einnehmen würde, klingelte mein Handy.

›Aquarius‹, ein entsetzlicher Klingelton. Das Grauen aus der Handtasche. Und noch während ich überlegte, wusste ich, dieser Tag würde noch schlimmer werden.

Ich räusperte mich. Dann noch einmal. Und meldete mich. Förmlich, mit vollem Namen.

»Aber Kind, du weißt doch, wer dran ist.«

Ich schloss die Augen. Wieso hatte ich nur abgenommen?

»Mama.«

»Geht es dir nicht gut? Hast du etwa getrunken?«

Warum musste sie den Finger immer genau in die Wunde legen und dann auch noch darin herumbohren, bis sie am Grund angelangt war? Der Grund war in diesem Fall mein malträtierter Kopf, der augenblicklich wieder zu pochen begann.

»Ich muss mit dir reden.«

Und da, sie tat es schon wieder. Meine Antwort interessierte sie nicht. Sie hatte sie nie interessiert.

Ausnahmsweise war ich diesmal dankbar. Ich öffnete vorsichtig die Augen.

»Was gibt es denn?«

»Ich hatte Kontakt. Zu einer Seele.«

Zu was?

Ich war gewohnt, dass meine Mutter sich mit Dingen beschäftigte, die, nun sagen wir einmal, nicht zum Gros der Freizeitbeschäftigung der Normalbevölkerung gehörte. Und hinter ihrer letzten Äußerung vermutete ich eine ebensolche.

»Ich war bei einer Séance.«

Mein Kopf schmerzte.

»Und ich hatte Kontakt zu einer Seele. Zu einer unruhigen Seele. Und davon wollte ich dir erzählen. Weil du das doch beruflich machst.«

Sie war gegen meinen Beruf. Und sprach ihn nie aus. Was sie jedoch nicht davon abhielt, mich ständig damit zu triezen, denn brauchen konnte sie meine Verbindungen ab und zu doch.

Und ich kleine, dumme Gans war nicht in der Lage, ihr zu widersprechen. Sie war meine Mutter. Seiner Mutter widerspricht man nicht. Auch wenn sie sich nie um mich oder meinen Bruder gekümmert hatte. Aufgewachsen waren wir bei unseren Großeltern.

»Du hattest *was*?«

»Ich war bei einer Séance.« Sie sprach langsam und geduldig. »Da hatte ich Kontakt zu einer unruhigen Seele, die wollte, dass ich ihr helfe. Und dabei bist du mir eingefallen.«

Natürlich. Wer auch sonst?

»Sie heißt Susanne.«

Ich zuckte zusammen.

»Dauber?«

Im selben Moment hätte ich mir am liebsten die Zunge abgebissen. Ich schloss die Augen. In der Hoffnung, Geschehenes ungeschehen werden zu lassen. Dass das heute nicht funktionieren würde, hätte mir eigentlich klar sein müssen.

»Kennst du sie etwa?«

Vorsichtig öffnete ich wieder die Augen und fügte mich in mein Schicksal. Es ließ sich ohnehin nicht mehr rückgängig machen.

»Hast du damit zu tun? Beruflich meine ich.«

Das Verhör hatte begonnen.

»Ja und nein«, antwortete ich vage und hoffte, dass es damit erledigt war.

»Was nun? Ja oder nein?«

»Nicht direkt beruflich. Ich helfe einem Freund.«

Ich musste irgendetwas unternehmen. Ich stieg ins Auto und drehte den Schlüssel im Schloss.

»Dann müssen wir uns treffen, ich muss dir davon erzählen.«

Der Motor heulte auf.

»Mutter, ich verstehe dich kaum noch. Ich glaub, ich komme gleich in ein Funkloch.«

»Jule? Ich muss mit dir über diese Frau reden! Es ist wichtig!«

»Hallo? Hallo? Ich verstehe dich nicht mehr, ich lege jetzt auf.«

Als ich die rote Taste gedrückt hatte, glitt mir das Telefon beinahe aus der schweißnassen Hand. Ich steckte es in meine Handtasche und rieb mir die Stirn.

Toll hatte ich das gemacht. So erwachsen.

Ulm ist meine Heimatstadt. Hier bin ich geboren, und hier werde ich vermutlich auch sterben. Früher oder später. Hier habe ich mein erstes Leben gelebt, und mein zweites hat mich nicht fortgeführt.

Ulm ist eine Stadt in Süddeutschland mit rund 100.000 Einwohnern. Nicht zu verwechseln mit Neu-Ulm, was zwar nur einen Steinwurf entfernt durch die Donau getrennt ist, aber in Bayern liegt, während Ulm zu Baden-Württemberg gehört.

Ein echter Ulmer unterscheidet da sehr genau. Das Schönste an Neu-Ulm, sagt er, ist der Blick auf Ulm mit dem höchsten Kirchturm der Welt.

Freilich halten es die Neu-Ulmer umgekehrt nicht anders. Es ist eine Frotzelei, aus der auch in 100 Jahren noch kein Sieger hervorgegangen sein wird.

Verkehrstechnisch günstig gelegen ist Ulm ein spießiges Städtchen, wie man mit einem einzigen Blick in die Tageszeitung feststellen kann. Hausfrauen messen sich in Wettbewerben um den besten Kuchen der Stadt, und der einzige Skandal um das renovierungsbedürftige Schwimmbad in der Stadt ist keiner mehr, seit der Pächter gewechselt hat. Höchstens findet sich noch eine Kleingartenanlage, deren Hobbygärtner sich lautstark über die Golfbälle des nahe gelegenen Clubs beschweren, die ihre Gartenzwerge zerdeppern. Aber auch dieser Streit ist mittlerweile beigelegt.

Trotz allem eine liebenswerte Spießigkeit. Es war ein Stück heile Welt. Die jäh zerstört wurde, als Terrorfahnder am 4. September 2007 zuschlugen und Verdächtige aus Ulm verhafteten. Plötzlich rückte die Stadt in den Mittelpunkt des allgemeinen Interesses und war nicht mehr das, was sie für deren Einwohner war: ein Geheimtipp.

Die Promenade lag versteckt zwischen der Neuen Straße, die zum Innenstadtring gehörte und zum Rathaus führte, und der Donau, etwas erhöht auf der alten Stadtmauer. Ein lauschiges, ruhiges Plätzchen. Kopfsteinpflaster führte durch einen verkehrsberuhigten Bereich, Parken war nur mit Anwohnerausweis erlaubt.

Ich schnaubte beim Anblick des Schildes und fuhr weiter bis zur angegebenen Hausnummer. Sämtliche Hinweise ignorierend parkte ich dicht an der Stadtmauer.

Ich angelte meine Tasche vom Beifahrersitz und schaltete das Handy aus. Es hatte noch zweimal geklingelt, und ich hatte es ignoriert. Einer weiteren Konfrontation mit meiner Mutter fühlte ich mich heute nicht mehr gewachsen.

Ich stieg aus und verschloss die Tür.

Auf einem einsehbaren Grundstück mähte ein Gärtner den Rasen. Er warf mir einen mitleidigen Blick zu. Wahrscheinlich fuhr sogar er ein neueres Modell als ich.

Trotzig biss ich die Zähne zusammen, hob den Kopf und ging auf das mondäne Haus zu.

Um mich herum war es ruhig, nur das Zwitschern der Vögel war zu hören und das leise Rascheln der Bäume, die die ersten grünen Blätter der Sonne entgegen reckten. Die Donau konnte ich vor mir nur erahnen. Kaum zu glauben, dass man in fünf Minuten eine der verkehrsreichsten Straßen Ulms zu Fuß erreichen konnte.

Ich erklomm die zwei Stufen zur Eingangstür und klingelte bei Marina und Alfred Waldner. Die Namen sagten mir nichts. Allerdings verkehrte ich auch nicht in Kreisen, in denen sie mir begegnet wären. Unsere Wege kreuzten sich allenfalls im ›Jazz-Keller‹.

Eine junge, sportlich schlanke Frau mit langen, blonden Haaren öffnete die Tür. Sie trug ein ausgeleiertes T-Shirt und alte Leggins.

»Sie müssen die Privatdetektivin sein«, sagte sie, und ihr Tonfall ließ keinen Zweifel daran, dass sie in etwa so erfreut war wie bei einem Zahnarztbesuch mit bevorstehender Wurzelbehandlung. Sie verschränkte die Arme vor der Brust und sah mich mit gerunzelter Stirn an.

Das fing ja gut an.

»Dann sind Sie wohl Marina Waldner?«, fragte ich zurück und lächelte mit zusammengebissenen Zähnen. Dabei legte ich Enthusiasmus in meine Stimme, als würde ich mich um eine begehrte Stelle bewerben.

»Ich habe leider Ihren Namen vergessen.«

Den ersten Preis für Überzeugung gewann ich also nicht. Klasse Einstieg für ein solches Gespräch.

»Dann wissen Sie aber sicher, worum es geht. Sollen wir uns vor der Tür unterhalten?«

Widerwillig trat sie zur Seite und ließ mich ein. Ob es an meinem Aussehen lag, dass ich nicht willkommen war? Ich wusste, dass ich mich heute nicht von meiner besten Seite zeigte. Mein Haar war struppig, die Jeans ausgeleiert, das T-Shirt schlabbrig und die Boots grob. Und natürlich hatte ich ein Piercing in der Lippe.

Oder wollte sie einfach nicht mit mir reden, weil ich Privatdetektivin war? Hatte sie am Ende etwas zu verbergen?

Das Haus war großzügiger, als es von außen den Anschein gehabt hatte. Der Boden war mit hellen Fliesen gekachelt, und die Möbel waren dezent cremefarben.

Sie bot mir Platz an, aber nichts zu trinken.

Frau Waldner strich die langen, glatten Haare zurück. Sie war nicht viel älter als ich. Anfang 30 vielleicht. Ob sie einem Beruf nachging? So von morgens acht bis abends um fünf? Mit Überstunden? Manchmal an den Wochenenden?

Sicher hatte sie nicht wie ich die Polizeischule besucht und war dort gefeuert worden. Sie kannte bestimmt keine Unsicherheit im Leben, und ihr Kühlschrank war vermutlich stets mit edlen Dingen gefüllt.

Ich hatte beschlossen, unserem Kennenlernen eine zweite Chance zu geben und fasste kurz zusammen, was ich von Lou erfahren hatte. Trotzdem wollte ich ihre Version der Geschichte hören.

»Seit wann wird Ihre Freundin vermisst?«

Sie antwortete nicht, hatte das Kinn nach vorn gereckt und sah mich einfach nur an. Wie ein trotziges kleines Kind.

»Frau Waldner?«, sagte ich langsam und sah sie an. Sie erwiderte meinen Blick auf herausfordernde Weise. Am liebsten hätte ich ihr eine geknallt. »Eigentlich sollte Ihnen daran gelegen sein, dass Ihre Freundin schnellstmöglich wieder auftaucht. Susanne Dauber ist doch Ihre Freundin, oder?«

Keine Antwort. Dumme Pute! Okay, ich musste es anders versuchen.

»Ich wurde beauftragt, nach Ihrer Freundin zu suchen, und ich pflege meine Aufträge zu erfüllen. Sie müssen mich nicht mögen, wir müssen nicht zusammen zum Kaffeetrinken gehen. Wenn ich ehrlich sein soll, wären Sie auch nicht meine erste Wahl für einen gemütlichen Kneipenabend. Aber ich habe einen Beruf, und dem gehe ich nach. Und wenn ich Fragen stelle, die Sie mir nicht beantworten wollen, dann seien Sie sicher, dass ich die Antworten auch anderswo herbekomme. Allerdings drängt sich mir dann die Frage auf, warum Sie nicht mit mir reden möchten. Und ehe Sie sich's versehen, gehören Sie auf die eine oder andere Weise zum Kreis der Verdächtigen.«

Sie blickte zur Seite.

»Nun?«

Ich sah förmlich, wie sich die Rädchen hinter ihrer Stirn drehten. Es dauerte eine Ewigkeit, dann blickte sie auf. Ohne jedoch etwas zu sagen. Ich seufzte.

»Frau Waldner, egal, was Sie mir erzählen, ich behalte es für mich.«

Ihre Augen flackerten. Hatte ich es mir doch gedacht.

»Sie erzählen niemandem davon? Nicht der Polizei? Und nicht meinem Mann?«

Ich versuchte, ein überzeugendes Gesicht zu machen. Bis zu einem gewissen Punkt niemandem, versicherte ich ihr stumm und schüttelte den Kopf.

»Herr Dauber hat seine Frau also bei der Polizei als vermisst gemeldet. Und was haben die dazu gesagt?«

»Dass die meisten vermissten Personen innerhalb kurzer Zeit wieder auftauchen. Sie haben noch nicht viel unternommen.«

Jetzt hatten wir eine Basis.

»Heute ist Montag, vermisst wird sie seit Mittwoch vergangener Woche. Das ist eigentlich über die Zeit hinaus, in der Verschwundene von allein wieder auftauchen. Bitte verstehen Sie mich nicht falsch, ich möchte niemandem zu nahe treten, aber ich muss dazu einige Fragen stellen. Besteht die Möglichkeit, dass Frau Dauber Selbstmord begangen hat?«

Sie sah mich an, als hätte ich mich von ihrem Girokonto bedient.

»Im Leben nicht!«, antwortete sie. Dann hob sie die Hand vor den Mund, als ihr der Sinn ihrer Worte bewusst wurde. »Sie hat alles im Leben, was man sich wünschen kann. Einen Mann und ein Haus, sportliche Aktivitäten, sie ist sehr beliebt, in verschiedenen Vereinen tätig und ein freundlicher, aufgeschlossener Mensch. Sie lebt gern und mit Freude.«

»Kein Selbstmord also. Ist sie vielleicht mit einem Freund durchgebrannt?«

Sie zögerte mit einer Antwort. Kurz nur, aber lang genug, dass ich es bemerkte.

»Ist das möglich?«, hakte ich nach.

»Eigentlich nicht. Ich kann es mir nicht vorstellen. Sie hatte keinen festen Freund oder so. Sie ist ja verheiratet.«

»Das ist ein Grund, aber kein Hindernis. Also, wie sieht es aus?«

»Nein. Ich meine …«

Ich schwieg einen Moment und sah sie mit schief gelegtem Kopf forschend an. Etwas in ihr war zerrissen. Sie wusste etwas, aber nicht, wie viel und was sie mir anvertrauen sollte.

»Frau Waldner, wenn ich Ihnen helfen soll, müssen Sie ehrlich sein. Unehrlichkeit hilft niemandem weiter. Am wenigsten Frau Dauber.«

»Susanne und ich haben Kontaktanzeigen aufgegeben«, sagte sie leise.

Ja und? War das alles? Bei dieser Ankündigung hatte ich eher an außereheliche Treffen im Swingerclub gedacht.

»Haben Sie diese Männer getroffen?«

Frau Waldner nickte.

»Natürlich haben uns teilweise dieselben Männer geantwortet. Aber wir haben nie die gleichen getroffen. Wir haben das auch nicht getan, weil wir Bettgefährten gesucht haben, sondern weil einfach einmal etwas passieren sollte.«

»Wenn das Verschwinden Ihrer Freundin überhaupt mit den Anzeigen zusammenhängt. Gibt es eine Liste der Männer, mit denen sich Frau Dauber getroffen hat?«

»Ja. Viele waren es ja noch nicht. Ich habe die Briefe hier. Susannes Mann hätte sie sonst längst gefunden. Meiner ist weniger ordentlich.«

Täuschte ich mich, oder klang sie verbittert?

»Ihre Männer wussten also nichts davon.«

»Was glauben Sie denn? Natürlich wussten sie nichts.« Sie sah mich empört an. »Deswegen möchte ich auch nicht, dass Susannes Mann etwas davon erfährt. Wenn sich ihr Verschwinden aufklärt und das nur ein dummes Missverständnis war, möchte ich nicht an einem Ehekrach schuld sein. Trotz allem mache ich mir Gedanken. Vielleicht haben die Kontaktanzeigen ja doch etwas mit ihrem Verschwinden zu tun.«

»Gut. Wie viele Männer hat sie getroffen?«

»Ich weiß nur von Dreien.«

Eilig stand Frau Waldner auf, öffnete die Schublade einer Kommode und wühlte darin herum. Dann reichte sie mir einen Umschlag.

»Mit denen hat Susanne sich getroffen.«

Ich blätterte oberflächlich in den Antwortbriefen und nickte.

»Die nehme ich mit.« Ich steckte den Umschlag in die Tasche, ohne eine Antwort abzuwarten. »Hat Frau Dauber etwas von den Treffen erzählt, die sie hatte?«

»Nicht viel. Daniel Schönborn hat sie erwähnt. Er schien ihr sympathisch zu sein. Sie wollte sich noch einmal mit ihm treffen. Er ist Arzt. Von den anderen beiden weiß ich nichts. Außer, dass sie sie getroffen hat.«

»Okay.« Ich erhob mich und sah die Erleichterung auf ihrem Gesicht. »Ich glaube, jetzt weiß ich erst einmal genug, um mir ein Bild zu machen.«

»Und wie geht es jetzt weiter?«

»Ich beginne mit meinen Ermittlungen und zunächst werde ich mich mit Herrn Dauber in Verbindung setzen.« Mit innerer Genugtuung nahm ich ihren ängstlichen Blick zur Kenntnis. »Keine Angst. Ich werde nichts verraten.«

Damit öffnete ich die Tür und trat nach draußen in die warme Frühlingsluft. Ich atmete tief durch. Grußlos ging ich zu meinem Auto, das unangetastet noch immer an seinem Platz stand, und schloss die Tür auf. Nicht einmal einen Strafzettel hatte ich bekommen. Als wäre mein Auto selbst in den Augen der Politesse nicht würdig, in dieser Gegend ein Ticket hinter den Scheibenwischer geklemmt zu bekommen.

Da ich außer ein paar Tassen Kaffee und einigen Aspirin nur Lous Brötchen gefrühstückt hatte und es bereits später Vormittag war, stellte ich mein Auto vor der Tür ab und ging in dem Supermarkt um die Ecke einkaufen.

Der Laden war kleiner als die üblichen Geschäfte, aber weit davon entfernt, ein Tante-Emma-Laden zu sein. Und er hatte alles, was ich brauchte: Kaffee, Milch und jede Menge Auswahl in der Tiefkühltruhe. Zwar konnte ich nicht schlecht kochen, es wäre manch einer überrascht gewesen, aber meistens war ich einfach zu faul. Für mich allein lohnte es die Mühe nicht, und Besuch bekam ich nie. Zumindest keinen, der zum Essen blieb. Wozu also die Mühe?

Ich deckte mich mit Milch, Joghurt, Bier, Brot und einigen Tiefkühlpizzas ein und schleppte alles nach Hause.

Das Fahrrad lehnte noch immer an der Hauswand, der kleine Nachbarsjunge stand davor und begutachtete es. Als er mich kommen hörte, wandte er sich erschrocken um. Dann entspannte er sich, als er sah, mit wem er es zu tun hatte.

»Hallo«, grüßte ich und versuchte, ganz freundliche Tante zu sein. »Immer noch keine Schule?«

Wütend verzog er das Gesicht.

»Bist du von der Polizei?«

»Nein, kleiner Neunmalklug. Ich bin Privatdetektivin. Und mir ist es ziemlich egal, ob du in der Schule bist oder schwänzt. Ich wollte nur freundlich sein. Das machen Nachbarn manchmal so.«

Ich öffnete die Tür und ging hinein.

»Cool«, hörte ich ihn hinter mir murmeln und konnte mir ein Grinsen nicht verkneifen.

Achtlos warf ich meinen Lederbeutel in den Flur und die Schlüssel auf das Schuhschränkchen. Ich verstaute die eingekauften Sachen, schob eine Pizza in den Ofen und setzte mich mit einer Flasche Wasser und den Antworten auf die Kontaktanzeigen an den Küchentisch.

Sonne fiel durch das Fenster, auf dessen Sims ein vertrockneter Kaktus sein trauriges Dasein fristete. Ich sollte ihn endlich wegwerfen.

Während die Pizza im Ofen brutzelte, las ich die Briefe durch, die Marina Waldner mir mitgegeben hatte. Auf den ersten Blick konnte ich nichts Besonderes entdecken.

Ich fertigte für jeden der Kandidaten ein Blatt an, auf das ich alles schrieb, was ich von ihm wusste. Viel war es nicht.

Daniel Schönborn war 38 Jahre alt und von Beruf Arzt. Susanne hatte ihn so sympathisch gefunden, dass sie ihn noch einmal treffen wollte, wie ich von Frau Waldner wusste.

Tobias Goldmann war 32 Jahre alt. Er hatte keinen Beruf angegeben, doch er hatte ein Foto beigelegt. Unwillkürlich pfiff ich bei seinem Anblick durch die Zähne. Er sah nicht schlecht aus. Fast wie ein Model für Aftershave oder Gesichtscremes. Vielleicht ein bisschen zu glatt und lackiert, aber sehr ansprechend. Das zumindest würde ein optisches Highlight werden.

Rafael Winter war mit 39 Jahren der älteste. Er war ausgebildeter Sozialpädagoge und arbeitete als Streetworker. Kein Foto. Schade. Andererseits konnte ich mir dann selbst ein Bild machen.

Die drei Blätter waren bis jetzt nur dünn beschrieben, und ich konnte nur hoffen, in Kürze einiges hinzufügen zu können.

Insgesamt waren die potenziellen Flirtkandidaten ein illustrer Haufen. Unterschiedlicher hätte die Mischung nicht sein können. Das versprach interessant zu werden.

Fest stand, dass ich mich mit allen treffen musste, um mir ein Bild zu machen.

Allerdings durfte ich mich nicht nur darauf verlassen, dass Susannes Verschwinden mit den Kontaktanzeigen zu tun hatte, auch wenn Marina da einen Zusammenhang vermutete. Ich musste in sämtliche Richtungen ermitteln.

Vielleicht hatte die Vermisste doch Selbstmord begangen? Menschen litten unter Depressionen, ohne dass ihr Umfeld davon wusste. Oder Frau Dauber war verunglückt und lag hilflos irgendwo in einem Wald, abseits des Weges, und niemand hörte ihre Rufe. Unwahrscheinlich. Wieso war sie zu Fuß nach Hause gegangen? Ihr Auto hatte noch im Parkhaus gestanden.

Und dann bestand noch immer die Möglichkeit, dass sie hatte verschwinden wollen. Vielleicht war sie mit ihrem Leben unzufrieden gewesen und hatte einen Neubeginn gestartet. Und nicht zuletzt konnte es sein, dass sie schlicht mit einem Liebhaber durchgebrannt war. Vielleicht machten sie Urlaub in Südspanien und wollten nicht mehr zurückkommen.

Es gab eine Vielzahl von Möglichkeiten, die ich eine nach der anderen ausschließen musste.

Und auch den ominösen Erich musste ich unter die Lupe nehmen.

Ich sann darüber nach, dass ich eigentlich Urlaub hatte. Aber Freunde ließ man nicht im Stich. Auch wenn sie gelegentlich nervten. Und Lou hatte mich in einer schweren Zeit aufgefangen und mir eine Familie geboten, als ich beinahe auf dem Nullpunkt angelangt war. Ich hatte ihm viel zu verdanken. Und das würde ich ihm nicht vergessen.

Als die Pizza fertig war, schubste ich sie auf einen Teller, teilte sie mit einem Messer in acht Stücke und begann, aus der Hand zu essen. Ich wusste, dass das ungesund war. Erst kürzlich hatte ich in einer Zeitschrift gelesen, dass der Körper das Essen nicht als Mahlzeit registrierte, wenn es im Stehen verzehrt wurde, und man aß deutlich mehr, bis ein Sättigungsgefühl eintrat.

Die Pizza hätte ich auch im Sitzen ganz aufgegessen.

Ich holte das Telefon und versuchte mein Glück bei den Kontaktanzeigen. Leider erreichte ich nur Rafael Winter, der sich mit sanfter, beinahe einschläfernder Stimme bereit erklärte, sich mit mir zu treffen. Wir verabredeten uns im Café Si in der Innenstadt für den heutigen Abend. Ich hatte ein komisches Gefühl.

Die anderen waren vermutlich bei der Arbeit. Ich würde es später noch einmal versuchen müssen und mich stattdessen mit Herrn Dauber treffen. Hoffentlich wiederholte sich der Reinfall von heute Morgen nicht.

Der kleine Junge stand noch immer draußen und drückte sich bei seinem Fahrrad herum. Diesmal änderte ich die Strategie. Ich sagte nichts und ging wie achtlos an ihm vorbei.

»Was macht man denn so als Privatdetektiv?«, fragte er in meinem Rücken. Es klang wie ein Murmeln, er sah mich nicht an, als ich mich umdrehte.

Sollte ich antworten? Wahrscheinlich wartete er nur darauf, mir mit dem Gefährt gegen das Schienbein zu donnern.

»Im Moment suche ich jemanden.« Ich achtete genau auf seine Bewegungen. Doch er rührte sich nicht.

»Ist er verschwunden?«

»Sonst würde ich ja nicht suchen.« Er machte keine Anstalten, mir mit dem Fahrrad zu nahe zu kommen.

Schweigen.

»Klingt logisch.«

Ich wollte schon weitergehen, als er erneut anhob. Er musste seinen ganzen Mut zusammengenommen haben.

»Hilfst du auch Leuten?«

Er hatte mich. Ich dachte nach. Half ich Leuten? Eigentlich schon.

»Ja, eigentlich schon.«

Er nickte vor sich hin, als sei das die erwartete Antwort.

»Wie viel muss man denn bezahlen, wenn man dich braucht?«

Jetzt musste ich ein Lachen unterdrücken.

»Das ist unterschiedlich. Es kommt darauf an, was ich tun soll.«

»Hm.«

»Brauchst du Hilfe?«

Erschrocken sah er mich an. Er war rot geworden bis hinter die Ohren.

»Nein, nein«, stammelte er. »Ich wollte das nur so wissen. Einfach so halt.«

Ich nickte.

»Okay. Sag mal, wie heißt du denn?«

»Leon. Und du?«

»Jule.«

»Komischer Name.«

Danke, gleichfalls.

Er schwieg wieder und betrachtete interessiert sein Fahrrad. Hatte er heute schon etwas anderes getan?

»Ich muss los«, sagte ich unschlüssig.

»Schon klar. Du musst jemanden suchen.«

Ich nickte und verabschiedete mich.

Die Daubers wohnten im Stadtteil Böfingen, im Unteren Braunland. Während das Viertel an sich in den letzten Jahren ziemlich in Verruf geraten und von einem hohen Ausländeranteil geprägt war, war die Eugen-Bolz-Straße nach wie vor eine der besten Adressen in Ulm.

Das Haus der Daubers war eines der älteren, es war jedoch in einem erstklassigen Zustand. Ich parkte direkt vor dem Haus. Parkplatzprobleme gab es nicht, und kein Schild verbot das Abstellen des Autos wie noch heute Morgen bei Marina Waldner.

Das villenartige, geräumige Haus war von einer dicken Hecke umgeben, die einen Blick auf das Grundstück fast unmöglich machte.

Ich klingelte am Gartentor und nannte meinen Namen, als es aus dem Lautsprecher knarrte. Das Tor ging automatisch auf und ließ mich in einen Vorgarten eintreten, dessen Weg mich zur schmiedeeisernen Haustür führte. Sie war bereits geöffnet, von Herrn Dauber fehlte jede Spur.

Vorsichtig schob ich die Tür ein Stück auf und trat über die Schwelle in einen dunklen Flur. Ein kurzer Blick, und ich runzelte die Stirn. War das Haus der Waldners hell und modern eingerichtet gewesen, beherrschten hier alte Perserteppiche und dunkle, schwere Eichenmöbel das Bild.

Ein Mann trat aus einem Nebenzimmer. Er war Anfang bis Mitte 40, groß und schlank. Zwar hatten wir noch kein Wort gewechselt, doch er wirkte fahrig und sah ein bisschen verlottert aus. Bartstoppeln bedeckten ein graues Gesicht, und die Augen waren eingefallen und von Sorgen gezeichnet.

Er wirkte überrascht, als er mich sah, und ich fragte mich, ob das gut oder schlecht war. Ich hatte mich ein bisschen restauriert, bevor ich meine Wohnung verlassen hatte, und sah nicht mehr ganz so gammlig aus wie heute Vormittag.

Ich streckte ihm die Hand entgegen und stellte mich vor. Mitleid erfasste mich.

»Stefan Dauber«, sagte er, als er meine Hand schüttelte. »Bitte kommen Sie herein.«

Ich folgte ihm in ein ebenso düsteres Wohnzimmer, das im Zeichen Afrikas stand und mit allerlei gruslig aussehenden Figuren dekoriert war.

Herr Dauber bot mir Platz in einem schweren, ausladenden Ledersessel an. Auf dem Eichenholztisch davor standen ein Cognacschwenker und eine gläserne Karaffe.

»Darf ich Ihnen auch etwas anbieten?«, fragte er und schenkte sich ein. Er wirkte zerstreut. »Sie müssen wissen, ich trinke selten, aber im Moment habe ich einen Schluck gebraucht. Die Sorgen um meine Frau machen mich fast verrückt.«

Ich lehnte dankend ab. Die Krallen des Katers ließen meinen Kopf erst langsam los. Ich schüttelte mich bei dem Gedanken an Alkohol. Im Moment konnte ich mir nicht vorstellen, je wieder etwas zu trinken.

Zu meinem Leidwesen bot er mir keinen Kaffee oder ein Wasser an.

»Marina hat mir gesagt, dass Sie kommen.«

Dann waren die Voraussetzungen ja bestens.

»Es ist nett von ihr, sich so zu kümmern. Auf die Idee, einen Privatdetektiv hinzuzuziehen, bin ich nicht gekommen.«

So hatte sie das also eingefädelt. Durchtriebenes Miststück! Sie gab sich als Auftraggeberin aus. Ich wagte zu bezweifeln, dass er es immer noch nett gefunden hätte, wenn er von den wahren Verhältnissen erfahren hätte.

»Leider hat die Polizei bisher nicht viel unternommen. Sie sagen, die meisten Vermissten werden schnell gefunden.« Er fuhr sich mit der Hand durch das dunkle Haar und starrte vor sich auf den Tisch. »Ich denke, dass schon zu viel Zeit vergangen ist. Und außer einer kleinen Notiz in der Zeitung ist bisher nichts passiert.«

»Herr Dauber«, begann ich vorsichtig und beugte mich nach vorn, was aus dem tiefen Sessel heraus nicht einfach war. Offenbar hatte ich weitaus bessere Karten als heute Morgen. Ich hatte es mit einem äußerst besorgten Ehemann zu tun, nicht mit einer zickigen Freundin. »Ich ermittle in alle Richtungen, das ist mein Job. Doch dazu muss ich Ihnen ein paar Fragen stellen.«

»Nur zu.«

»Die Fragen mögen Ihnen an manchen Stellen unhöflich oder neugierig, vielleicht sogar verletzend erscheinen«, warnte ich ihn. »Ich bitte Sie trotzdem, Ihre Gefühle und Ihren Stolz hintenanzustellen und die Fragen, sofern Ihnen das möglich ist, ehrlich zu beantworten.«

Herr Dauber nickte geistesabwesend und nahm einen Schluck aus seinem Glas, während ich einen Block und meinen Kugelschreiber aus der Tasche holte.

»Herr Dauber, seit wann wird Ihre Frau vermisst?«

»Seit letzten Mittwoch. Das war der 8. April. Diesen Tag werde ich in meinem Leben nicht mehr vergessen.«

»Was genau ist an diesem Tag geschehen? Wann haben Sie Ihre Frau zuletzt gesehen?«

»Ich habe normal wie jeden Morgen das Haus verlassen und bin zur Arbeit gefahren. Ich bin Chirurg an der Uniklinik. Wir haben zusammen gefrühstückt, und gegen halb acht bin ich gegangen.«

»Wissen Sie, welche Pläne Ihre Frau für diesen Tag hatte?«

»Sie hatte einen Termin beim Friseur und anschließend bei der Kosmetikerin. Und danach wollte sie in die Stadt zum Einkaufen gehen.«

Auch Frau Dauber hatte sicher noch nie in ihrem Leben für einen vollen Kühlschrank arbeiten müssen. Was würde ich mit so viel Geld machen? Ich schluckte den Ärger über die vermeintliche Ungerechtigkeit des Lebens hinunter und versuchte, den Gedanken zu verdrängen.

»Ja, und dann ist sie mit Marina in den ›Jazz-Keller‹ gegangen«, fuhr er fort. »Sie gingen in letzter Zeit öfter hin. Es machte ihnen Spaß. Ich persönlich kann dieser Musik nichts abgewinnen. Umso mehr habe ich mich gefreut, dass Marina Susanne begleitet hat.«

»Und dort wurde sie zuletzt gesehen?«

Er nickte und sagte mir, was er wusste. Es war nicht viel mehr, als Marina mir am Vormittag erzählt hatte.

»Hatte Ihre Frau einen Terminkalender?«

Wieder nickte Herr Dauber und stand auf, um ihn zu holen. Während er weg war, sah ich mich neugierig um. Ich kam mir vor wie in einem Mausoleum, alles wirkte verstaubt und irgendwie tot.

»Mittlerweile habe ich ihn von der Polizei zurückbekommen. Sie haben ihn kopiert, konnten aber wohl nichts damit anfangen.«

Ich nahm den in Leder gebundenen Kalender entgegen und begann, ohne zu fragen, darin zu blättern. Die Tage waren angefüllt mit Terminen beim Friseur, Kosmetiker, Fußpflege, Massage, Wellness und dergleichen mehr. Mindestens jeden zweiten Tag war ein Ereignis eingetragen, das mit ihrer Schönheit zu tun hatte. Dazwischen tummelten sich Einladungen zu Partys oder Mittagessen mit Freunden. Susanne Dauber schien ein ausgefülltes Leben zu haben, obwohl sie nicht arbeitete. An einigen Tagen waren Uhrzeiten nur mit einem Kreis markiert.

»Was bedeuten diese Termine?«, fragte ich und deutete auf einen der Kringel.

Herr Dauber zuckte mit den Achseln.

»Ich kenne mich in den Terminen meiner Frau nicht besonders gut aus. Sie hatte für solche Sachen ein ausgezeichnetes Gedächtnis, und wenn kurzfristig noch etwas hinzukam, dann hat sie das einfach so markiert. Ein Kreis um die Uhrzeit, fertig. Ein Mann kann sich so etwas nicht merken.«

Ich nickte, weil ich eine andere Vermutung hatte, sagte aber nichts. Ich notierte die entsprechenden Termine in meinem Block und schlug ihn zu. Herr Dauber ließ die Hand mit dem Cognacschwenker kreisen und starrte in Gedanken versunken vor sich hin.

»Besteht die Möglichkeit, dass Ihre Frau Sie verlassen hat?«, fragte ich unvermittelt und achtete auf seine Reaktion.

Herr Dauber zuckte zusammen, dass die bernsteinfarbene Flüssigkeit über den Rand des schweren Glases schwappte und seine Hand benetzte. Er fixierte mich mit starrem Blick und zusammengekniffenem Mund. Dann entspannten sich seine Züge. Mit souveräner Geste nahm er das Glas in die andere Hand und schüttelte die nasse.

Ich hatte den Eindruck, dass er Zeit gewinnen wollte.

»Sie haben mich gewarnt, was Ihre Fragen angeht. Das ist wirklich nicht einfach für mich. Nichts hiervon ist einfach. Was soll ich jetzt dazu sagen? Ich könnte sagen, dass das niemals passieren würde. Aber erzählen sie das der Frau, die 20 Jahre mit ihrem Mann verheiratet war, und der sie dann von einem Tag auf den anderen für eine Jüngere verlässt. Die hat ihn auch geheiratet, weil sie glaubte, dass das nie geschehen würde.«

Unwillkürlich fühlte ich mich ertappt. Das hatte ich auch einmal geglaubt. Ich schob den Gedanken weg.

War das ein Eingeständnis?

»Das ist jetzt natürlich rein hypothetisch«, fügte Herr Dauber schnell hinzu und sah mich an. »Wir haben geheiratet, weil wir uns liebten. Wir wollten den Rest unseres Lebens miteinander verbringen. Jeder von uns hätte ausgeschlossen, dass er den anderen jemals verlässt. Aber wie gesagt, solche Dinge treffen einen manchmal unvorbereitet.«

Er seufzte. »Ich habe keine Ahnung, ob meine Frau mich verlassen wollte. Wenn sie es jemals tun sollte, hoffe ich, dass sie zumindest den Anstand besitzt, mir dabei ins Gesicht zu sehen. Für den Moment, würde ich sagen, hatte sie keinen Anlass, mich zu verlassen. Ich kann es mir also nicht vorstellen.«

»Okay, Sie glauben also nicht, dass Ihre Frau Sie verlassen hat. Besteht die Möglichkeit, dass sie Selbstmord begangen hat?«

»Nein!«

Ein kurzes Schweigen trat ein.

»Wissen Sie, auch das kann man nicht sagen«, schob er nach. »Viele fragen nach einem Selbstmord nach dem Warum und sagen, dass es keine Anzeichen gegeben hat. Aber ich hätte etwas gemerkt, ganz bestimmt. Ich bin Arzt. Das kann nicht sein.« Verzweiflung lag in seiner Stimme.

»Okay.«

Hier kam ich nicht weiter. Ich hatte das Gefühl, dass er mir offen und ehrlich alles gesagt hatte, was er wusste.

Ich versuchte, mich aus dem tiefen Sessel zu hieven, ohne

wie ein Baby zu wirken, das seine ersten Stehversuche unternimmt, und schulterte meine Umhängetasche.

»Bevor ich es vergesse, hätten Sie bitte ein Foto von Ihrer Frau für mich?«

Herr Dauber nickte. Als habe er auf diese Frage gewartet, öffnete er eine Schublade und holte ein Bild hervor.

»Das gleiche habe ich der Polizei gegeben. Es ist ein Schnappschuss aus dem letzten Urlaub.«

Susanne Dauber war eine hübsche Frau mit langen braunen Haaren und einem ebenmäßigen Gesicht. Die etwas weit auseinander stehenden Augen verliehen ihr einen leicht fremdländischen, geheimnisvollen Ausdruck. Sie lächelte, und es hatte den Anschein, als sei es erzwungen. Im Hintergrund waren das Meer und eine Palme zu sehen, davor ein weitläufiger Sandstrand. Fast als habe ihr Mann sie gebeten, sich dort hinzustellen und zu lächeln.

Tat ich den beiden Unrecht? Irgendwie machte Stefan Dauber einen zu glatten Eindruck. Das Gespräch war zu verbindlich verlaufen.

Ich verstaute das Bild in meiner Tasche und folgte ihm zur Tür.

»Ich bin Ihnen dankbar, dass Sie uns helfen«, sagte er, und ich hatte das Gefühl, dass er es ehrlich meinte.

Wir verabschiedeten uns, und zum zweiten Mal an diesem Tag holte ich tief Luft, als ich wieder auf der Straße stand. Ich konnte nicht verstehen, dass man sich heute noch so einrichtete. Ich würde ersticken, müsste ich auch nur zwei Tage in einer solchen Umgebung zubringen. Ob es Susanne Dauber ebenso ergangen war? Hatte sie es nicht mehr ausgehalten? Die Ehe der beiden schien nicht die glücklichste zu sein. Zwar sorgte sich Herr Dauber um seine Frau, seine Ansichten waren aber seltsam emotionslos und nüchtern gewesen.

Ahnte er, dass sie unzufrieden gewesen war? Vielleicht hatte sie bei einem Blind Date einen interessanten Mann kennengelernt und war mit ihm durchgebrannt?

Ich hatte das Gefühl, das etwas falsch war.

Den Nachmittag verschlief ich, und als ich kurz vor fünf wieder aufwachte, fühlte ich mich erfrischt und munter. Zum ersten Mal an diesem Tag. Ich spürte die verloren geglaubte Energie in meinem Körper und hatte endlich auch einen Blick für den Frühling, der mit Macht Einzug gehalten hatte. Einfach herrlich, die wärmenden Strahlen der Sonne und das Grün, das sich langsam seinen Weg ans Tageslicht bahnte und die kalten Tage vergessen ließ.

Ich wollte Lou einen Besuch abstatten und im ›Jazz-Keller‹ nach dem Rechten sehen, ehe ich mich mit Rafael Winter traf. Wenn ich ein bisschen Glück hatte, war dieser komische Erich in der Bar, dann konnte ich ihn gleich unter die Lupe nehmen und mir selbst ein Bild von ihm machen. Fanny war zwar eine gute Freundin, aber ich verließ mich doch lieber auf mein eigenes Urteilsvermögen.

Lou hetzte auf den Hof, noch ehe ich den Motor abgestellt hatte. Immerhin konnte ich aussteigen, bevor er mich zu nerven begann. Dann aber legte er los, als gäbe es kein Morgen mehr.

»Mein Gott, Kind! Hast du die Vermisste gefunden?« Seine Stimme hatte schon wieder Höhen erklommen, dass ich ernsthaft Angst um die Fensterscheiben bekam.

War ich Superwoman?

Ich seufzte.

»Lou, wie soll das denn so schnell gehen? Ich weiß ja noch nicht einmal, wo ich anfangen soll zu suchen. Das dauert seine Zeit.«

Er sackte theatralisch in sich zusammen. Und tat mir leid.

Ich gab ihm einen aufmunternden Klaps auf die Schulter.

»Komm, lass uns reingehen«, sagte ich fröhlicher, als ich bei seinem Anblick war.

Schweigend trabten wir nebeneinander her in die Bar. Ich winkte Fanny zu, die hinter dem Tresen stand und den Bestand an Flaschen überprüfte. Fragend hob sie eine Flasche mit bernsteinfarbener Flüssigkeit und ein Glas an. Ich schüttelte wild den Kopf. Mir ging es zwar besser, aber nach Alkohol stand mir nicht der Sinn. Sie grinste nur und stellte die Flasche weg.

Fannys Cocktails hatten es in sich. Gestern Abend hatten wir ›Canchanchara‹ getrunken. Ein Gebräu, das seinen Ursprung auf Kuba hatte, genauer in Trinidad, einer Stadt im Süden des Landes, und das aus einer interessanten Mischung aus Honig, zerstoßenem Eis und Rum bestand. Es schmeckte himmlisch, der Kater jedoch war die Hölle.

»Hallo«, sagte eine dunkle Stimme hinter mir, und ich drehte mich wie von der Tarantel gestochen um. So musste es sich anhören, wenn der Sensenmann aus dem geschaufelten Grab grüßte.

Groß und hager und ganz in Schwarz gekleidet, lehnte Andreas in einem Clubsessel. Die Lässigkeit in Person. Vor sich eine Flasche Bier, und zu seinen Füßen Flocki, die dänische Dogge. Wer auf die idiotische Idee gekommen war, dieses Tier Flocki zu taufen, entzog sich meiner Kenntnis. Es war das größte und hässlichste Hundevieh, das ich je gesehen hatte, und es sabberte ständig. Aber die Dogge war brav. Von ihr sah und hörte man nichts, sie war zufrieden, wenn sie zu Füßen ihres Herrchens liegen konnte und man sie in

Ruhe ließ. Ab und zu hob sie den Kopf und sah die Menschen um sich herum mit wissendem, weisem Blick unter hängenden Lidern an.

Ob Tiere intelligenter waren als Menschen?

Was mich unweigerlich zu der Frage führte, was wir uns auf unsere Intelligenz eigentlich einbildeten. Nicht wissend, ob es nicht schlauere Wesen als uns gab. Vielleicht direkt vor unserer Nase?

Das waren interessante Fragen, auf deren Beantwortung ich jedoch bis zum nächsten Leben würde warten müssen. Vielleicht auch noch länger.

Andreas sah mich einfach nur an. Seine Augen wirkten im Schummerlicht fast schwarz wie seine Röhrenjeans und das enganliegende T-Shirt. Die ebenfalls schwarzen Haare waren glatt, er trug sie kinnlang.

Seinem Blick konnte ich nichts entnehmen. Doch jedes Mal, wenn er mich ansah, fühlte ich mich irgendwie nackt. Es war nicht so, dass er mich mit Blicken auszog. Es war vielmehr, als habe er die Macht, tiefer zu blicken als alle anderen Menschen dieser Welt. In das verborgene Innere sozusagen. Vor ihm konnte man bestimmt nichts geheim halten, weil er einen sofort durchschaute, auch wenn man nichts sagte.

Ich fühlte mich nicht unwohl, auf seltsame Art und Weise war es ein prickelndes Gefühl. Und ich wusste, dass es nicht nur mir so ging. Mit Fanny hatte ich darüber bereits ausführlich diskutiert, und auch Cosima schien gegen diese Blicke nicht immun zu sein. Was mich beruhigte. Manchmal hielt ich sie für einen Eisblock.

Über Andreas wurde allerlei gemunkelt, beispielsweise, er sei als Söldner im Jugoslawien-Krieg und dann in Afghanistan gewesen. Ich glaubte das sofort. Er war groß gewachsen und muskulös an den richtigen Stellen. Doch seine Vergangenheit war ein Geheimnis. Er erzählte nichts darüber. Es schien, als existiere er nur im Hier und Jetzt.

Ich grüßte verhalten zurück und setzte mich mit Lou in eine kleine Nische, wurde aber das Gefühl nicht los, dass Andreas uns beobachtete.

Außer Andreas waren noch keine Gäste da, doch der ›Jazz-Keller‹ erstrahlte bereits in festlichem Glanz. Das rote Interieur wirkte warm und einladend, indirekte Beleuchtung sorgte für ein sanftes Licht, und auf den Tischen standen Kerzen, die Fanny anzünden würde, wenn sich Gäste setzten.

Die Band war noch nicht da, und auch von Cosima war noch nichts zu sehen. Im Hintergrund lief leise das Radio und dudelte aktuelle Songs und Evergreens vor sich hin.

»Die Polizei war schon wieder hier.« Lou wischte sich Schweißperlen von der Stirn.

»Schon wieder?« Langsam machte ich mir auch meine Gedanken. Obwohl, es wunderte mich nicht. Bei Lous Vorgeschichte stürzten sie sich vermutlich auf jeden Strohhalm, der sich ihnen bot. Und er hatte nun einmal gesessen. Übertrieb aber auch bisweilen. »Was wollten sie denn jetzt schon wieder?«

»Alles noch einmal durchkauen«, klagte er mit jammervoller Miene und drehte seinen Hut in den Händen.

Ich hatte es mir fast gedacht. Ob er da nicht zu viel hineininterpretierte?

»Hast du schon etwas? Irgendetwas? Eine Kleinigkeit?«

Am liebsten hätte ich ihn in den Arm genommen, so verzweifelt, wie er war. Aber ich schüttelte den Kopf.

»Lou, ich habe doch erst angefangen. Heute Morgen war ich bei Marina Waldner, und gerade vorher bei Herrn Dauber. Ich muss erst einmal sehen, worauf das hinausläuft, ehe ich Vermutungen anstellen kann.«

»Hast du denn nichts Neues erfahren?«

»Nun, vielleicht.« Wenn man davon ausging, dass Marina Waldner der Polizei nichts von den Kontaktanzeigen erzählt hatte. Zumindest hatte ich einen Vorsprung gegenüber den Ordnungshütern, die scheinbar Lou als potenziellen Täter für was auch immer ins Visier genommen hatten.

»Sag mal«, lenkte ich ab und schlug die Beine übereinander. Mir war seltsam zumute, ich spürte einen Blick in meinem Rücken. Andreas, der auf den Grund meiner Seele zu blicken versuchte? Augenblicklich bekam ich eine Gänsehaut. Und ich konnte noch nicht einmal sagen, dass es unangenehm war. »Fanny sagte etwas von einem Erich, der hier aufgetaucht ist und der ihr seltsam vorkommt. Kennst du ihn näher?«

Lou blickte überrascht auf.

»Ja klar, der ist seit Kurzem hier Gast.« Die Hysterie war Eilfertigkeit gewichen. »Der ist wirklich ein bisschen komisch.«

»Warum?«

Lou zuckte unschuldig mit den Achseln und sah beschämt auf seinen Hut hinunter, der mittlerweile etwas zerknautscht aussah. »Er sitzt immer da und redet nicht viel. Und er ist ständig allein.«

»Kommt er dir vielleicht deswegen komisch vor, weil er von dir ablenkt?«, fühlte ich vor.

»Aber er ist ungefähr zur gleichen Zeit aufgetaucht wie die beiden Frauen.«

Ich seufzte.

»Hast du das der Polizei erzählt?«

»Natürlich! Was glaubst du denn?«

»Und was haben die gesagt?«

»Nichts.«

»Ich werde ihn mir ansehen, okay?«

Noch immer spürte ich diesen Blick in meinem Rücken. Ich war versucht mich umzudrehen, doch aus welchen Gründen auch immer, wagte ich es nicht.

»Sag mal, Lou, hast du irgendwelchen Ärger?«

Der abrupte Themenwechsel erwischte ihn eiskalt. Er zuckte zusammen, sein Gesicht verschloss sich und er schüttelte den Kopf. Keine Frage, er verheimlichte mir etwas.

»Raus mit der Sprache.«

»Es ist nichts«, sagte er störrisch und trotzig wie ein kleines Kind.

»Hast du Ärger?«

Kopfschütteln.

»Lou, wie soll ich dir denn helfen, wenn du mir nicht die Wahrheit sagst?«

Plötzlich war das unangenehme Gefühl verschwunden. Ich drehte mich um. Doch da war niemand. Flocki lag zwar vor dem Sessel, aber Andreas war weg. Hatte ich mir alles nur eingebildet?

»Es hat nichts damit zu tun«, riss Lou mich aus meinen Gedanken. »Basta.«

Ich seufzte und stand auf. Er würde nicht mehr sagen, dazu kannte ich ihn mittlerweile zu gut. Ich konnte nur hoffen, dass er keine Dummheiten machte. Und dass es wirklich nichts mit dem Fall der Vermissten zu tun hatte.

»Okay. Ich muss gleich noch einmal los, ein wenig recherchieren.«

Von Rafael Winter wollte ich ihm vorläufig nichts erzählen. Zu seinem eigenen Schutz. Auf seine bohrenden Nachfragen schwieg ich eisern. Strafe musste sein.

Lou gab schließlich auf und nickte ergeben. Er war aufgestanden und hatte meine Hände ergriffen.

»Bitte, finde die Frau, damit der Albtraum ein Ende hat.«

Ich versprach es, damit er mich losließ. Obwohl ich im Moment keine Ahnung hatte, wie ich das anstellen sollte.

Ich wollte ein paar Worte mit Fanny wechseln, vielleicht konnte sie mir noch ein bisschen was über Erich erzählen, als die Radiomoderatorin einen Klassiker ankündigte, und ich lauschte gespannt. Als das Orchester die ersten Takte der Melodie spielte, verspürte ich Gänsehaut. Kylie Minogue war eine der größten und vielfältigsten Sängerinnen aller Zeiten. Und der Text ging unter die Haut. Unwillkürlich sang ich die ersten Zeilen mit.

»They call me the wild rose.« Das Timbre in Minogues Stimme war einzigartig und unerreicht. So würde ich es nie hinbekommen. »But my name was Elisa Day.«

Fanny drehte die Musik lauter, und die Geigen des Orchesters umfingen mich und gaben meinem Gesang einen Rahmen. Mit einem aufmunternden Blick warf sie mir das Mikrofon zu.

Ich zuckte mit den Achseln, warum nicht? Es war einen Versuch wert, mich an das Talent der Minogue heranzuwagen, und es war niemand hier. Nicht einmal Cosima würde mein Scheitern hören und sich lustig machen können.

»Why they call me it I do not know. For my name was Elisa Day.«

Jetzt sollte eigentlich … Eine kraftvolle Stimme fiel ein:

»From the first day I saw her I knew she was the one, as she stared in my eyes and smiled.«

Verdammt, der Kerl sah nicht nur aus wie Nick Cave, er sang auch so. Warum war mir die Ähnlichkeit nie aufgefallen? Seine Stimme jagte mir eine Gänsehaut über den Rücken, sie war tief und dunkel und hatte einen herben Charme. Und er sang mit solcher Überzeugung, dass ich den Mörder deutlich vor mir sah.

Seine Augen waren schwarz wie die Nacht und funkelten mich unergründlich an. Ich bekam fast Angst, doch ich konnte nicht anders. Ich spielte das Spiel mit. Wir sangen uns von Strophe zu Strophe in einen Rausch. Alles herum schien zu versinken, es gab nur Andreas mit seinem unergründlichen Blick und mich auf der Bühne.

Am Schluss erstarben meine Worte wie meine Sängerin im Lied. Zwischen den Lippen eine rote Rose.

Fanny drehte die Musik weg. Es war still im ›Jazz-Keller‹. Die Welt hatte für einen Moment aufgehört, sich zu drehen. Bis irgendwo im Raum jemand langsam und kraftvoll zu applaudieren begann. Lou starrte uns mit offenem Mund an.

»Das machen wir«, japste er, als er die Sprache wieder gefunden hatte.

Ich legte das Mikrofon weg und vermied es, Andreas anzusehen, weil ich nicht wusste, was passieren würde, wenn unsere Blicke sich trafen. Ich fühlte mich unsicher und völlig verwirrt.

»Wir machen ein Duett mit euch.«

Lou strahlte über das ganze Gesicht und kam mit ausgebreiteten Armen auf uns zu. Geschickt wichen wir aus. Als hätten wir uns abgesprochen, Andreas nach links, ich nach rechts. Ich rannte beinahe von der Bühne, dann trafen sich unsere Blicke doch. Andreas tippte sich an die Stirn, nickte mir zu und setzte sich wieder zu Flocki. Es war, als wäre er nie aufgestanden.

Fluchtartig verließ ich den ›Jazz-Keller‹ und trat auf den Hof in das gleißende Sonnenlicht. Mir war kalt geworden, das merkte ich erst jetzt, als die wärmenden Strahlen mich umfingen.

Was war das denn eben gewesen? Was war gerade passiert? Je weiter ich mich vom ›Jazz-Keller‹ entfernte, desto surrealer kam mir das Geschehene vor.

Ich hatte ein Duett gesungen, das erste in meinem Leben. Und ausgerechnet Andreas war mein Partner gewesen. Der Andreas, von dem niemand etwas wusste. Weder wo er herkam, noch was er tat, noch wie er eigentlich richtig hieß.

Doch es war weniger die Tatsache, dass wir zusammen gesungen hatten, die mich verstört hatte, es war die Art gewesen, wie. Sein Gesang hatte mich mitgerissen, er war ehrlich gewesen. Fast hatte ich Angst bekommen, und es hätte mich nicht gewundert, wenn er mir am Ende die Hände um den Hals gelegt und zugedrückt hätte.

Gleichzeitig hatte ich mich nicht dagegen wehren können. Wie von einer unsichtbaren Macht getrieben, hatte ich weitersingen müssen, das Lied zu Ende bringen, zusammen mit ihm.

Ich schüttelte mich, um das beklemmende Gefühl loszuwerden, das mich seither gefangen hielt. Ich hatte Lou etwas versprochen. Darauf musste ich mich konzentrieren. Und auf Rafael Winter, mit dem ich verabredet war. Ihm musste ich auf den Zahn fühlen. Und Andreas und was eben geschehen war, aus meinen Gedanken verbannen.

Ich hatte nur eine ungefähre Vorstellung, was die Arbeit eines Streetworkers ausmachte. Und ich war mir sicher, dass das nichts für mich war.

Sofort wusste ich, wer Rafael Winter war. Nicht, weil er der Einzige war, der allein an einem Tisch saß. Es war auch nicht sein Aussehen, das klischeehaft sozial wirkte. Es waren seine Augen und der Gesichtsausdruck, die ihn verrieten. In seinen Augen lagen Nachsichtigkeit und Güte, die jedem Menschen suggerierten, dass es die Lösung aller Probleme gab.

Das konnte heiter werden.

Er erhob sich, als ich auf ihn zusteuerte, und vor mir stand ein nicht besonders großer Mann mit etwas zu langen Haaren, deren Farbe an einen räudigen Straßenköter erinnerte. Seine Jeans waren ein wenig zu groß, löchrig und sahen speckig aus. Die schwere Kette, die als Gürtel oder Verzierung darin verschlungen war, klimperte wie bei einem Schlossgespenst. Und das langärmlige, schwarze Shirt mit den farbenfrohen Motiven hätte ebenfalls eine Wäsche nötig gehabt.

In seinem bartstoppeligen Gesicht mit den feinen Zügen wirkte seine Nase zu groß und zu klobig.

»Ich bin Rafael«, schnurrte er mit leise singendem Tonfall. Er erinnerte mich an einen Pfarrer. Ich mochte keine Kirchen.

Er reichte mir die Hand, die ich gern übersehen hätte. Ich schüttelte sie trotzdem und wischte meine Finger verstohlen an meinen Jeans ab. Dann setzte ich mich ihm gegenüber und stellte mich vor.

»Was kann ich für dich tun?«, fragte er und breitete seine Arme aus.

Ich schluckte, überhörte das Du und holte Luft.

»Ich bin Privatdetektivin und hatte ja bereits angedeutet, dass ich einige Fragen zu einer Frau habe, die Sie kürzlich getroffen haben.«

»Was ist mit der Frau?«

»Sie wird vermisst, und jetzt versuchen wir zu rekonstruieren, wie ihre letzten Tage ausgesehen haben und mit wem sie sich getroffen hat.«

»Aha.«

»Sie haben Susanne Dauber getroffen, ist das richtig?« Ich holte das Foto aus der Tasche und zeigte es ihm.

Beim Anblick des Bildes begann er verklärt zu lächeln, und ich fragte mich, woraus sein Abendessen bestanden haben mochte.

»Ja, ich erinnere mich. Eine charmante Person.«

»Sie geben also zu, diese Frau zu kennen und sich mit ihr getroffen zu haben?« Warum war ich nur so aggressiv?

»Natürlich. Ich habe auf eine Kontaktanzeige geantwortet.« Er sah mich an. Auf eine Art jedoch, dass mir unwohl wurde. Seine Hände rutschten ein Stück nach vorn in meine Richtung.

»Was darf's sein?« Ich zuckte zurück. Die Kellnerin hatte sich unbemerkt genähert. Ich war von Rafael Winter gleichermaßen fasziniert und abgestoßen, sodass ich die Frau nicht hatte kommen sehen.

Mit einem Räuspern bestellte ich eine Cola.

»Weißt du, ich treffe nicht so viele Frauen«, nahm mein Gegenüber den Faden wieder auf. »Ich habe Schwierigkeiten, Frauen anzusprechen. Ich finde das mit Anzeigen einfacher. Da kann man zunächst einmal anonym bleiben. Wenn die Frauen einen dann interessant finden, melden sie sich schon.«

»Wann haben Sie Frau Dauber getroffen?«

»Das ist schon einige Wochen her.«

Die Kellnerin brachte die Getränke, und er griff nach dem Glas. Meinem Glas. Mit seinen Fingern.

Mir stellten sich die Nackenhaare auf, und ich biss die Zähne zusammen, bewegte mich jedoch nicht.

»Es muss ein Donnerstag gewesen sein. Ja, ich erinnere mich, ein Donnerstagnachmittag. Es war ein sehr interessantes Gespräch. Eine nette Frau. Leider lagen wir nicht auf einer Wellenlänge, deswegen wollten wir uns nicht mehr treffen.«

Ach, tatsächlich.

»Wer hat das festgestellt? Ich meine, dass Sie nicht zusammengepasst haben.«

»Sie, leider. Ich hätte sie schon gern wieder gesehen. Seit meine Frau mich verlassen hat, habe ich keine Beziehung mehr gehabt.«

Das wunderte mich nicht.

»Sie leben getrennt?«

»Geschieden. Ich hatte ein kleines Alkoholproblem, da hat sie mich verlassen. Doch ich bin ein neuer Mensch geworden, seit ich im Kloster war. Deswegen engagiere ich mich jetzt auch im sozialen Bereich. Ich möchte nicht, dass die Jugendlichen auf die schiefe Bahn geraten. Sie haben es im Leben schwer genug. Wie ist denn dein Leben so? Hast du einen Partner?«

Alles in mir drängte nach draußen. Ich wollte mir die Hände waschen und weg von diesem seltsamen Typen, der nicht mehr alle Tassen im Schrank hatte. Seiner Ex-Frau konnte ich nur gratulieren.

»Lassen Sie uns noch einmal auf Frau Dauber zurückkommen. Vergangenen Mittwoch haben Sie sie nicht zufällig gesehen?«

»Nein.«

»Was haben Sie am vergangenen Mittwoch gemacht?«

»Gearbeitet, wie jeden Tag. Soll das ein Verhör werden?« Er hatte die Hände weggenommen und hielt sie nun verschränkt vor seinem Körper. Seine Augen waren zusammengekniffen und bohrten sich in mich hinein.

»Nein, aber wenn Sie Frau Dauber nicht gesehen haben, dann müssen Sie auch nichts befürchten. Es geht darum, Verdächtige auszuschließen.«

»Bin ich etwa verdächtig?« Er legte die Hände wieder auf den Tisch und sah mich mit leicht schräg gehaltenem Kopf interessiert an.

»Sind Sie nicht«, antwortete ich und konnte nicht verhindern, dass sich Ungeduld in meine Stimme schlich. Ich hatte genug. »Also?«

»Ich habe gearbeitet. Ich war bei den Jugendlichen in der Hirschstraße und habe mit ihnen geredet. Das ist mein Job, und davon lebe ich. Aber Susanne habe ich nicht gesehen.«

Urplötzlich schnappten seine Hände zu. Ich hatte nicht rechtzeitig reagiert und nun eine schmutzige Pranke auf meiner zarten Hand liegen.

»Was soll das?«, fragte ich leise und sah ihn unverwandt an. Ich fühlte mich wie ein Tauchsieder, kurz bevor das Wasser zu brodeln begann.

»Du bist mir von einer höheren Macht geschickt worden.« Sein Gesicht hatte einen verklärten Ausdruck angenommen. Seine Unterlippe war nach vorn geschoben, und seine Zungenspitze deutlich sichtbar. »Wir sind füreinander bestimmt.«

»Sie haben nicht mehr alle Tassen im Schrank. Lassen Sie sofort meine Hand los.« Langsam hob ich das rechte Bein.

»Sonst was?« Seine Stimme war spielerische Provokation.

»Sonst ramme ich Ihnen meine Schuhspitze in die Eier, dass Sie heute Nacht noch hier sitzen, weil Sie nicht mehr laufen können.« Ich hatte das in dem gleichen liebenswürdigen Tonfall gesagt, in dem ich mich für eine Einladung bedankt hätte. Mein Fuß lag jetzt auf seinem Schoß, und die Fußspitze strich über sein empfindlichstes Teil.

Er lächelte noch immer. War er vollkommen bescheuert? Ich erhöhte den Druck und sah ihn einfach nur an. Sekunden verstrichen, dann drückte ich die Schuhspitze weiter nach vorn.

Seine Augen wurden schwarz und funkelten. Dann wandte er den Blick ab und ließ meine Hand los. Den Bruchteil einer Sekunde später schrie er laut auf.

Ich lehnte mich zurück. Das Zuckerfässchen stand wieder an seinem Platz, als wäre es nie weg gewesen, aber Rafael Winter hielt seine Hand und funkelte mich böse an.

»So etwas macht man nicht mit mir«, zischte er mich an.

»Ach ja? Mit mir macht man so etwas auch nicht.« Ich stand auf. »Ich werde Ihre Geschichte überprüfen.«

»Nur zu.«

Ich spürte, wie sein hasserfüllter Blick mir folgte. Ich ging zur Kellnerin und wechselte ein paar Worte mit ihr. Dann verließ ich das Café.

Ich überlegte, wie Rafael Winter reagieren würde, wenn die Kellnerin ihm meine Cola in Rechnung stellte. Ob er es überhaupt merken würde? Entweder hatte er einfach einen Schlag oder er war bekifft gewesen. Einerlei, ich musste ihn überprüfen, mit ihm stimmte etwas nicht.

Da erklangen die ersten Töne von ›Aquarius‹. Das hatte mir zu meinem Glück gerade noch gefehlt! Es dudelte weiter, während ich überlegte, ob ich rangehen oder es überhören sollte. Die letzten fünf Anrufe hatte ich abgewiesen. Und wenn ich sie weiterhin ignorierte, würde sie mich womöglich besuchen. Und das musste ich um alles in der Welt verhindern.

Ich atmete tief durch und versuchte mich zu sammeln, um das Kommende ohne bleibende Schäden über mich ergehen zu lassen.

»Mama, …« Meine Stimme hörte sich für mich wie Kaugummi an.

»Kind, wo steckst du denn die ganze Zeit?«

Ich wusste, dass die Antwort sie nicht interessierte, also hielt ich den Mund und wartete, dass sie weiterredete.

»Ich habe schon ein paarmal versucht, dich zu erreichen.« Es klappte immer.

»Ich muss dringend mit dir reden. Ich war wieder bei einer Séance. Und was glaubst du, was da passiert ist?«

Ich schloss die Augen.

»Sie hat wieder mit mir Kontakt aufgenommen.«

»Wer?«

»Na, diese Susanne.«

»Und was heißt das?«

Ich hörte sie erfreut Luft holen.

»Nun, die Wesen, die mit uns kommunizieren, sind Geister.«

»Geister? Sie sind tot?«

»Äh, natürlich. Was dachtest du denn? Mit Lebenden kann ich doch auch so reden.«

Ja klar. Und was jetzt weiter?

»Auf jeden Fall ist es so, dass sie mich um Hilfe gebeten hat. Sie hat mich geradezu angefleht.«

»Und du bist sicher, dass sie Susanne geheißen hat?« Warum nur zweifelte ich an dieser Geschichte?

»Jetzt unterbrich mich doch nicht die ganze Zeit.« Ich sah förmlich vor mir, wie sie sich mit der Hand empört das feuerrote Haar zurückstrich. Gefärbt, natürlich. Aber kraus wie meines.

»Entschuldigung«, murmelte ich und fragte mich, warum ich das sagte.

»Sie wollte auf jeden Fall, dass ich ihr helfe. Und da bist du mir eingefallen.«

Natürlich. Wer sonst?

»Und wie soll das gehen?«

»Ich weiß es nicht. Ich hatte gehofft, dass du das weißt.«

Moment mal. Wenn Susanne Kontakt zu meiner Mutter bei einer Séance aufgenommen hatte, dann war sie ein Geist. Und Geister sind tot. Also, die Menschen sind tot, bevor sie Geister werden. Das hieße dann, dass ich nicht eine Vermisste suchte, sondern eine Leiche.

Eine Leiche?

Wieder einmal an diesem Tag wurde mir kalt. Ich versuchte, das Zittern zu unterdrücken, aber das Telefon vibrierte in meiner Hand.

Das war doch alles Blödsinn! Séancen, so ein Quatsch! Reden mit Geistern, mit toten Menschen. Das war nichts für mich.

»Mutter, bitte hör auf damit.« Ich hoffte, dass ich energisch genug klang.

»Aber Kind, das ist etwas Wichtiges. Du hast mir gesagt, dass du sie kennst.«

»Das habe ich nie gesagt.«

»Aber du sagtest doch …«

»Ich habe überhaupt nichts gesagt. Ich helfe einem Freund, das ist alles. Und Geister sind nicht mein Ding. Also bitte.«

»Aber …«

»Mutter, nein!«

Sie dachte nach, ich konnte es hören.

»Okay«, sagte sie schließlich. Sie klang enttäuscht. Allein der Klang ihrer Stimme verursachte mir ein schlechtes Gewissen. Und das machte mich wütend.

»Ich denke darüber nach«, sagte ich schließlich und hätte mich im gleichen Moment ohrfeigen können. Das wollte ich nicht. Ich wollte nicht über diesen Stuss nachdenken. Warum auch? Also warum sagte ich so etwas?

»Gut, okay«, sagte sie und klang erleichtert. Das machte mich irgendwie froh. Und gleichzeitig noch wütender. Verdammt, sie war nur meine Mutter. Meine Mutter, die sich nie um mich gekümmert hatte. Wieso interessierte es mich, wie sie sich fühlte?

»Ich muss los«, sagte ich und legte auf.

Dienstag

Wieder riss das Klingeln des Telefons mich aus tiefem Schlaf. Ich blinzelte verwirrt und tastete nach dem Wecker, bis mir der Irrtum bewusst wurde. Es war halb acht.

»Ja?« Ich räusperte mich.

»Sie haben sie gefunden.« Eine weibliche Stimme.

Wer hatte wen gefunden?

»Bitte?«

»Sie haben sie gefunden!« Die gleiche weibliche Stimme. Nur nachdrücklicher und mit einem Anflug von Panik.

Ich schaltete das Licht an und setzte mich auf.

»Lou?«

»Hier ist Marina Waldner. Susanne ist gefunden worden. Stefan hat mich eben angerufen.«

Mein Gehirn begann, die Informationen zu verarbeiten. Es dauerte, ehe ich antwortete.

»In Ordnung, ich habe verstanden. Wie geht es ihr? Und was ist passiert?«

»Sie ist tot.« Frau Waldners Stimme ging in ein Schluchzen über.

Nun war ich wach. Ich schüttelte mich erneut und versuchte, die aufkommenden Gedanken an Geister und Séancen zu verdrängen.

Außer lautem Weinen klang zunächst nichts aus dem Hörer. Bis Frau Waldner sich so weit in Griff hatte, dass sie wieder reden konnte, vergingen einige Momente.

»Heute Morgen ist am Kraftwerk in Thalfingen eine Leiche gefunden worden. Die Polizei hat Stefan verständigt.«

Marina weinte noch immer, aber nun sprach sie wenigstens verständlich.

»Und es ist sicher, dass es Frau Dauber ist?«

»Ja.« Ihr versagte die Stimme.

»Ich melde mich später bei Ihnen«, sagte ich und legte auf. Es hatte keinen Sinn, weitere Informationen aus ihr hervorholen zu wollen.

Mit dem Hörer in der Hand sprang ich aus dem Bett und wählte. Als das Freizeichen ertönte, versuchte ich, das Telefon zwischen Schulter und Kinn eingeklemmt, ein T-Shirt anzuziehen.

»Revier Ulm-Mitte, Herrn Eigner bitte«, verlangte ich, als die Dame in der Vermittlung sich meldete.

»Eigner«, meldete sich kurz darauf eine tiefe, gemütliche Stimme.

Beim Versuch, mir die Jeans anzuziehen, rutschte mir der Hörer aus der Hand und schlitterte scheppernd über den Boden. Ein Bein in der Hose, hob ich ihn auf.

»Hier ist Jule Flemming.«

»Warst du beim Joggen?«, fragte er ohne Begrüßung, und ich hörte sein unterdrücktes Lachen. »Du klingst so atemlos.«

»Wie witzig. Du weißt, dass ich Sport hasse.«

»Auch wieder wahr.«

»Ich versuche gerade, mich anzuziehen und gleichzeitig mit dir zu telefonieren.«

»Na, als Frau dürfte dir das doch keine Probleme bereiten.« Ein polterndes Lachen klang aus dem Hörer.

»Jochen, bitte. Ich brauche deine Hilfe.«

»Du? Meine Hilfe? Wie komme ich zu der Ehre?«

Wir kannten uns seit meiner Ausbildung bei der Polizei. Jochen Eigner war einer der wenigen, die mir in guter Erinnerung geblieben waren.

Er war jemand gewesen, der versucht hatte, hinter mein Geheimnis zu blicken. Er hatte geahnt, dass es einen Grund für die Veränderung geben musste, aber auch ihn hatte ich nicht an mich herangelassen. Und schließlich hatten wir uns aus den Augen verloren.

»Heute Morgen ist am Rechen in Thalfingen eine Leiche hängen geblieben.«

»Stimmt. Wieso?« Geschäftsmäßigkeit war dem Geblödel gewichen.

»Ich ermittle in dem Fall.«

»Es gibt noch keinen Fall. Soweit ich weiß, ist die Leiche noch nicht einmal identifiziert.«

»Kannst du mir Näheres dazu sagen?«

»Fahr doch einfach hin, die Kollegen sind noch vor Ort.«

»Sie sind noch da? Klasse, dann mache ich mich gleich auf den Weg. Danke!«

»Jule ich muss dir etwas …«

Ich warf den Hörer auf das Bett und schlüpfte in das andere Hosenbein. Dann holte ich meinen Lederbeutel und verließ die Wohnung, ohne mich darum zu kümmern, was Jochen mir noch hatte sagen wollen. Es musste bis später warten.

Das Donaukraftwerk Böfinger Halde war bereits im 19. Jahrhundert gebaut worden, und der *Rechen*, wie er umgangssprachlich bei den Ulmern genannt wurde, sorgte dafür, dass kein Treibgut ins Kraftwerk gelangte. Es war nur wenige Kilometer von meiner Wohnung entfernt, und ich brauchte nicht einmal zehn Minuten, um dorthin zu gelangen.

Schon von Weitem sah ich das Polizeiaufgebot. Zwei Streifenpolizisten gaben sich alle Mühe, die Schaulustigen zügig vorbeizuwinken.

Das wilde Gestikulieren eines Polizisten ignorierend,

setzte ich den Blinker und parkte hinter einem schicken Dreier BMW der neuesten Baureihe. Ich hatte eindeutig den falschen Beruf.

Sofort kam ein Uniformierter auf mich zu und bedeutete mir zu verschwinden. Ich drehte mich um und ging auf das Kraftwerk zu.

»Hier ist Zutritt verboten, machen Sie, dass Sie wegkommen!« Der Beamte war in Rufweite und fuchtelte wild mit den Armen.

»Kriminalkommissar Eigner schickt mich, ich ermittle in dem Fall«, log ich dreist. Mit Erfolg. Der Beamte hörte auf, mit den Armen zu wedeln.

»Wer sind Sie?«

Ich zog meinen Ausweis hervor.

»Wie gesagt, Kriminalkommissar Eigner schickt mich.« Ich nutzte einen weiteren Moment des Überlegens und schlüpfte an ihm vorbei.

Ein schmaler Aufgang führte nach oben auf das Kraftwerk. Sowohl Ulmer als auch Neu-Ulmer benutzten es als Brücke über die Donau.

Ich passierte das Gebäude, das die Technik der Anlage beherbergte. Rechter Hand staute sich das Wasser, links fiel es mit lautem Getöse in die Tiefe.

Auf der Brücke drängten sich mehrere Menschen in einer dichten Gruppe zusammen, von denen ich auf den ersten Blick nur den Staatsanwalt erkannte. Sanitäter mit einem Leichensack auf einer Bahre kamen mir entgegen. Sie stierten ausdruckslos vor sich hin.

Insgeheim war ich erleichtert, auch wenn ich das nie zugegeben hätte. Außer meinem Vater hatte ich noch nie einen toten Menschen gesehen. Ich schüttelte mich und versuchte, die Gänsehaut zu verdrängen.

Meine Sonnenbrille ins Haar schiebend, ging ich auf die kleine Menschenansammlung zu. Ich war bis auf fünf Meter herangekommen, dann kniff ich die Augen zusammen, blieb stehen und schnappte nach Luft.

Konnte das sein? War Mark Heilig zurück in Ulm? Oder täuschte ich mich, und nur die Ähnlichkeit mit ihm war frappierend?

Ich zögerte weiterzugehen. Dann sah er auf und mir direkt in die Augen. Mein Herz setzte einen Schlag aus.

Er war nicht unbedingt groß, aber schlank und drahtig gebaut. Seine schmalen Hüften und die breiten Schultern verliehen ihm ein sportliches Aussehen. Die dunklen Augen in seinem kantigen Gesicht blickten verwirrt, als überlege er angestrengt. Dann kamen das Erkennen und gleichzeitig die Ungläubigkeit.

Er löste sich aus der Gruppe und ging ein paar Schritte auf mich zu.

»Jule? Jule Flemming?«

Als er näher kam, nahm ich den vertrauten Geruch wahr. Er benutzte noch immer das gleiche Aftershave wie damals. Auch sonst hatte er sich kaum verändert. Die schwarzen Haare trug er noch immer als kurzen Bürstenhaarschnitt. Ich wusste, dass sie sich stachelig und gleichzeitig weich anfühlten. Die vergangenen Jahre hatten ihm nichts anhaben können. Weder hatte er graue Haare bekommen, noch waren die Fältchen um seine Augen und den Mund sehr tief.

Ich nickte nur und fragte mich, was er gerade dachte. Ob er sich an unsere wilde Knutscherei auf der Party erinnerte? Das war acht oder neun Jahre her. Augenblicklich wurde mir warm bei dem Gedanken daran.

»Wie siehst du denn aus?« Die Frage war eine Mischung

aus Entsetzen und ehrlichem Interesse und zerstörte jedes vertraut intime Gefühl im Ansatz.

»Danke der Nachfrage, mir geht's gut. Und selbst?«

Was hatte ich erwartet?

»Entschuldigung. Ich war nur irgendwie … überrascht, dich hier zu sehen.«

Ich setzte meine Sonnenbrille wieder auf und sah zur Seite auf die Donau. Dann biss ich die Zähne zusammen und atmete kurz durch.

»Überrascht mich auch, dass du wieder hier bist.«

Der Streifenpolizist, den ich vorhin überrumpelt hatte, kam auf uns zu.

Mark beantwortete seinen fragenden Blick.

»Das ist in Ordnung. Sie gehört zu mir«, sagte er schnell.

Der Beamte ging, und ich wandte mich ihm zu.

»Ach, ist das so?«

Ich klang wie eine Zicke und hasste mich dafür. Irgendetwas lief bei unserem Wiedersehen gerade gewaltig schief. Doch er ging nicht darauf ein.

»Was machst du hier?«

»Ich ermittle in dem Fall der vermissten Susanne Dauber.«

Mark riss die Augen auf, und ich genoss es, ihn aus der Fassung gebracht zu haben.

»Ich dachte, du bist nicht mehr bei der Polizei? Zumindest war das der letzte Stand der Dinge, den ich von dir hatte.«

»Bin ich auch nicht. Ich ermittle privat.« Ich nahm die Brille wieder ab und hielt sie lässig in der Hand, während ich ihm eine Karte von mir entgegenstreckte.

»Privatdetektivin?«

»Ist die Tote Susanne Dauber?«

»Äh, ja. Ich meine, vermutlich. Wir haben die Brieftasche mit ihrem Ausweis und ihrem Schlüssel bei ihr gefunden. Außerdem hat sie Ähnlichkeit mit der Vermissten, auch wenn sie schon längere Zeit im Wasser gelegen hat.«

Meine Mutter fiel mir ein. Ich schüttelte den Gedanken ab.

»Todeszeitpunkt?«

»Das muss der Pathologe klären, das können wir so nicht sagen. Auf jeden Fall schon länger her.«

»War es ein Unfall? Oder hat sie Selbstmord begangen?«

»So wie es aussieht, könnte es sein, dass ein Verbrechen vorliegt«, sagte er vorsichtig. »An ihrem Hals waren Male zu sehen. Könnten Würgemale sein. Aber auch das muss die Obduktion klären.«

Ich nickte und wandte meinen Blick von ihm ab, um auf die Donau und deren ruhig dahinfließendes, braunes Wasser zu sehen.

»Bist du wirklich Privatdetektivin?«

»Sonst wäre ich nicht hier. Darf ich dich anrufen wegen des Obduktionsergebnisses?«

»Klar, kein Problem.«

»Danke, dann melde ich mich bei dir.«

Ich wandte mich ab und ging zurück. Ich spürte seinen Blick auf mir ruhen und richtete mich unwillkürlich auf.

Seine Frage nach meinem Aussehen hatte mich verletzt. An einer Stelle, von der ich nicht gewusst hatte, dass ich dort noch verletzt werden könnte.

Was hatte ich erwartet? Eigentlich konnte es mir egal sein. War er zu einem der versnobten Idioten geworden, die sich durch ein Piercing und etwas derbere Klamotten beeinflussen ließen?

Gleichzeitig ärgerte ich mich über mich selbst, dass mir

das etwas ausmachte. Mark Heilig konnte mir den Buckel runterrutschen.

Ein junger Mann stand am Aufgang der Brücke und sah mir entgegen. Er war groß, hatte blonde Locken und das Gesicht eines Lausbuben.

Unsere Blicke trafen sich, und ich verlangsamte meinen Schritt. Mark sah noch immer hinter mir her. Deswegen wartete ich nur darauf, dass der Mann mich ansprach.

»Entschuldigung, darf ich Sie kurz etwas fragen?«

Prima. Dann hatte Mark etwas zu beißen.

Seine Stimme hatte ein angenehm dunkles Timbre, und seine Frage war höflich und respektvoll formuliert. Ihm schien egal zu sein, wie ich aussah.

»Gern. Was kann ich für Sie tun?«

»Können Sie mir sagen, was hier passiert ist? Ich heiße Jens Krüger und bin von der ›Südwest Presse‹.« Er zog einen Ausweis aus der Tasche und hielt ihn mir unter die Nase.

Ein Journalist. Der Albtraum eines jeden Kriminalers.

»Jule Flemming.« Ich schüttelte die mir entgegengestreckte Hand. Er hatte einen kurzen, festen Händedruck.

»Können Sie mir irgendetwas sagen?«

»Wozu denn?«

»Na, zu dem, was hier los ist.«

Ich lächelte ihn freundlich aber entschuldigend an.

»So leid es mir tut, aber ich kann Ihnen überhaupt nichts sagen.«

Krügers hoffnungsvoller Gesichtsausdruck verschwand.

»Hätte ich mir denken können. Ich muss die Pressekonferenz abwarten.«

»Das wollte ich damit nicht sagen. Ich bin nicht von der Polizei und kann Ihnen deswegen nicht helfen.«

»Ach so.« Überraschung trat in seine Augen, und er

lächelte mich an. »Eigentlich logisch, so nett, wie Sie zu mir sind. Da können Sie nicht von der Polizei sein.«

Das ging runter wie Öl. Ich ahnte, dass Mark uns noch immer beobachtete. Vielleicht hatte er sich seinen Kollegen wieder zugewandt, aber aus den Augenwinkeln sah er bestimmt noch herüber.

»Haben Sie keine guten Erfahrungen mit der Exekutive gemacht?« Die Frage klang eine Spur zu kokett. Für meine Verhältnisse war das schon fast am Rande eines Flirts.

»Wie das eben so ist. In Ulm ist kaum mal etwas los, und wenn dann ein Fall da ist, kriegt man keine Auskunft.« Er lachte und zuckte mit den Achseln. »Berufsrisiko.«

Ich konnte mir ein Grinsen nicht verkneifen.

»Und was machen Sie hier«, wollte Krüger wissen, »wenn Sie schon nicht von der Polizei sind? Dass Sie hier sind, deutet zumindest darauf hin, dass Sie vielleicht doch etwas wissen könnten.«

»Das Einzige, was ich Ihnen sagen kann, ist, dass hier eine Leiche angeschwemmt worden ist.« Damit hatte ich nicht zu viel verraten. Bestimmt hatte er gesehen, wie der Leichensack abtransportiert worden war.

»Dann ist der Tote noch nicht identifiziert?«

»Das dauert wohl noch«, wich ich aus. Ich wollte nicht am nächsten Morgen in der Zeitung zitiert werden. Deshalb hielt ich es auch nicht für nötig, das Geschlecht der Leiche zu korrigieren.

»Gut, ich verstehe. Dann versuche ich mein Glück eben doch bei denen dort oben«, sagte er und deutete mit spöttischem Grinsen auf die Brücke. »Vielleicht sagen die mir etwas. Verübeln dürfen Sie es mir nicht, dass ich es versucht habe.«

»Der Versuch ist nicht strafbar«, tröstete ich ihn.

»Trotzdem würde es mich interessieren, was Sie hier machen. Ich verspreche, es steht morgen nicht in der Zeitung.« Er hob die Hand. »Indianerehrenwort!«

»Ich bin Privatdetektivin«, antwortete ich nach kurzem Überlegen. »Ich wünsche Ihnen viel Erfolg mit denen da oben.«

Mit diesen Worten ging ich zurück zum Auto und wusste, dass mir nun zwei Augenpaare folgten.

Auf dem Rückweg rief ich Marina an. Sie schien sich beruhigt zu haben und wirkte gefasster, auch wenn ihre Stimme noch immer zitterte. Ich ließ erst gar keine Hoffnung aufkommen. Hatte ich doch selbst die Erfahrung gemacht, dass nichts schlimmer war, als das verzweifelte Greifen nach einem Strohhalm, der jäh abgeknickt wurde.

»Es tut mir leid«, sagte ich einfach, weil mir die Worte für den schmerzlichen Verlust ihrer Freundin fehlten, und legte auf.

Adrenalin durchströmte mich, und meine Nackenhärchen stellten sich auf. Ich hatte noch nie in einem Mordfall ermittelt. Auf der einen Seite war es ein prickelndes Gefühl, das Spiel mit einer unbekannten Gefahr. Gleichzeitig hatte mich unbändiger Ehrgeiz gepackt. Das war der Fall meines Lebens!

Trotz allem ließ mich ein anderer Gedanke nicht los.

Mark Heilig war also wieder in Ulm. Wie lang war es her, dass er nach Stuttgart gegangen war? Sechs oder sieben Jahre vielleicht.

Wir hatten uns auf der Polizeischule kennengelernt. Und er war ein Weiberheld gewesen. Wer sich ihm hingab, war ihm verfallen. Er hinterließ eine Menge gebrochener Herzen. Beziehungen hatte er nicht. Und wenn doch, waren sie nur von kurzer Dauer. Doch jedes der Mädchen würde schwören, die Zeit mit ihm genossen zu haben wie nichts zuvor. Keine verlor ein böses Wort über ihn, und jede hoffte insgeheim, dass er zu ihr zurückkehren würde. Er tat es nie.

Für mich war er keine Gefahr gewesen. Der Mensch, der ich damals war, passte nicht in sein Beuteschema. Dazu war ich zu bieder und brav gewesen. Immer auf der Suche nach der großen, der einzigen Liebe.

Mir war natürlich aufgefallen, dass er gut aussah. Aber ich hütete mich davor, in seine Nähe und damit in seine Fänge zu geraten.

Wie es zu der Knutscherei auf der Party gekommen war, blieb mir bis heute ein Rätsel. Wir hatten geflirtet. Zum ersten Mal hatte er mich wahrgenommen. Dann waren wir ins Nebenzimmer verschwunden, und ehe ich mich versah, lagen wir wild knutschend auf dem Sofa.

Er hatte Gefühle und Empfindungen in mir hervorgerufen, von denen ich noch nicht einmal geahnt hatte, dass sie existierten. Er hatte ein Feuerwerk in mir ausgelöst, und mir wurde noch heute angenehm warm, wenn ich daran dachte.

Irgendwann hatte mein alkoholumnebeltes Gehirn die Arbeit wieder aufgenommen und beschlossen, dass ich nicht eine weitere Kerbe in der Liste seiner Eroberungen sein wollte. Beinahe panisch hatte ich das Schlafzimmer und die Party ohne weitere Erklärungen verlassen.

In den kommenden Wochen war ich ihm aus dem Weg gegangen, denn wann immer ich ihn gesehen hatte, hatte mein Gesicht die Farbe einer überreifen Tomate angenommen.

Mark Heilig hatte dann in Villingen-Schwenningen die Fachhochschulreife gemacht und sich anschließend zum

Kriminalkommissar fortgebildet. Während sich meine Laufbahn bei der Polizei dem Ende entgegenneigte, hatte Mark sich nach Stuttgart versetzen lassen und dort Karriere gemacht. Wir hatten uns aus den Augen verloren, und irgendwie hatte ich es erfolgreich geschafft, die Vorkommnisse in meinem tiefen Inneren zu begraben. Nun war er wieder in Ulm.

Eigentlich gab ich nicht viel auf das, was andere von mir dachten. Und auf die Meinung von Männern gab ich nach meiner Scheidung von Dirk Heit erst recht keinen Pfifferling.

Und dann tauchte Mark Heilig auf und brachte mich mit einer einzigen Frage aus der Fassung.

Ich konnte nur hoffen, dass sich unsere Wege nicht oft kreuzten. Denn ich ahnte, dass es Schwierigkeiten geben würde. Wie recht ich damit haben sollte!

Wenig später traf ich im ›Jazz-Keller‹ ein.

»Ist sie es wirklich?«, fragte Lou mit bebender Stimme und nahm seinen Hut ab. Heute trug er ein schwarz-rotes Ensemble. »Ich meine, gibt es nicht die Möglichkeit, dass es eine andere ist?«

Konnte er nicht in normalem Ton mit mir reden? Seine Augen waren wässrig.

»Susannes Brieftasche mit den Papieren wurde bei der Leiche gefunden. Außerdem ähnelt sie ihr stark.« Urplötzlich musste ich niesen.

»Gesundheit. Was mache ich jetzt nur?«

»Ganz ruhig.« Ich schnäuzte mir die Nase. »Es wird heute noch eine Obduktion stattfinden. Das Ergebnis wird einige Zeit dauern, aber ich denke, dass ich vorab Informationen bekomme.«

Ich dachte kurz an Mark und strich mir ärgerlich eine Locke hinter das Ohr. »So wie es aussieht, ist Susanne Opfer eines Verbrechens geworden.«

Lous Stöhnen klang wie ein Aufschluchzen. Fanny und ich tauschten einen besorgten Blick. Lou war schon einmal umgefallen, als er sich zu sehr aufgeregt hatte. Noch heute konnte ich mich an den Knall erinnern, den es gegeben hatte, als sein Körper auf dem Boden aufschlug. Von den kommenden Stunden, in denen wir Lous Gejammer über uns ergehen lassen mussten, ganz zu schweigen.

»Ich habe es geahnt! Oh mein Gott, sie werden es mir in die Schuhe schieben. Was mache ich jetzt nur?«

»Beruhig dich doch bitte. Niemand wird dir etwas in die Schuhe schieben. Warum auch? Wenn du jetzt durchdrehst, nutzt das überhaupt nichts. Im Gegenteil. Die Polizei wird vermuten, dass du etwas zu verbergen hast und dir erst recht zusetzen. Ich helfe dir, das habe ich dir doch versprochen. Aber jetzt reiß dich bitte zusammen.«

Lou fasste nach meinen Händen. Eine Träne rann über seine Wange.

»Danke.«

Mir war die Situation peinlich, und ich entzog mich ihm. Außerdem musste ich schon wieder niesen, und meine Augen begannen zu tränen.

»Du darfst jetzt nur nicht die Nerven verlieren. Vor allem nicht, wenn die Polizei vorbeikommt. Okay? Das musst du mir unbedingt versprechen. Lass dir von Fanny einen Whiskey bringen, das beruhigt die Nerven.«

Fanny stürmte davon, um kurz darauf mit einem gefüllten Glas zurückzukommen, das Lou folgsam hinunterstürzte. Dann sah er auf und fasste wieder nach meinen Händen.

»Jule, ich bezahle dich. Nenn mir einen Preis. Egal welchen, ich bezahle. Hauptsache, ich lande am Ende nicht im Knast.«

Mich bezahlen? Hm, warum eigentlich nicht? Immerhin tat ich meine Arbeit. Während meines Urlaubs. Gut, ich bezog Gehalt von der Detektei, in der ich angestellt war. Aber ein kleines Taschengeld auf die Hand konnte ich trotzdem brauchen. Und ein schlechtes Gewissen musste ich nicht haben. Bei Lou traf es keinen Armen.

Ich zögerte nur kurz, ehe ich nickte und ihm einen Preis nannte, bevor ich meine Hände aus seiner Umklammerung löste und auf eine Reaktion wartete.

Doch Lou machte eine wegwerfende Handbewegung. Ich hätte zweifellos mehr verlangen können.

»Ich bekomme Migräne, ich glaube, ich muss mich ausruhen.« Mit hängenden Schultern trottete er davon.

»Mach das«, murmelte ich.

»Was findet denn hier für eine Versammlung statt?«

Eine große, schlanke Frau mit lockigem, schwarzem Haar war zu uns herangetreten.

Fanny rollte mit den Augen, und ich stöhnte innerlich auf. Schlimmer wäre nur meine Mutter gewesen.

»Cosima, hallo.« Mir stellten sich die Nackenhaare auf. »Wie schön, dich zu sehen.« Meine Worte tropften wie Honig.

»Red keinen Blödsinn«, wies sie mich denn auch zurecht.

Sie trug ein enganliegendes rotes Oberteil, das ihre vollen Brüste kaum bändigte. Ich gebe zu, auf ihre Oberweite war ich neidisch. Sonst konnte sie mir gestohlen bleiben. Mit leichter Schadenfreude hatte ich unlängst festgestellt, dass man ihr das Alter mittlerweile ansehen konnte. Um Mund und Augen zeichneten sich erste Fältchen ab.

»Hat Lou noch immer Ärger mit der Polizei wegen der Vermissten?« Sie konnte noch so abgebrüht tun, sie war eine Frau. Und sie war neugierig.

»Das wüsstest du wohl gern«, mischte sich Fanny ein und warf ihr einen giftigen Blick zu.

»Ist mir doch wurscht. Ich dachte nur, dass ich vielleicht etwas beitragen könnte.« Cosima lächelte geheimnisvoll.

»Du?«

Sie nickte und hüllte sich in Schweigen.

»Was weißt du?«

Ich wurde den Verdacht nicht los, dass sie sich nur wichtigmachen wollte. Schon wieder musste ich niesen. Was war nur los?

»Was geht dich das an?«

»Lou ist mein Freund. Ich helfe ihm.«

»Ach so, ich hatte schon vergessen, dass du ja auch einen Beruf hast. Dann spiel doch die Privatdetektivin und finde es selbst heraus.«

»Moment mal, ich habe damit nicht angefangen.«

Sie zuckte mit den Achseln und sah weg. »Bitte, wenn es dich nicht interessiert ...«

Ich biss die Zähne zusammen. Hatte das Miststück am Ende doch wichtige Informationen?

»Weißt du etwas oder nicht?«

»Was kriege ich für die Info?«

Waren wir hier auf einem türkischen Basar?

»Einen Tritt in den Hintern, wenn du nichts sagst«, knurrte Fanny neben mir.

»Schluss jetzt mit dem Blödsinn. Wenn du etwas zu sagen hast, dann sag es. Oder reite auf deinem Besen davon.«

»Deinen nächsten Auftritt«, verlangte sie und sah mich herausfordernd an.

»Bitte?« Hatte ich mich gerade verhört?

»Du hast schon richtig gehört. Wenn du etwas wissen willst, kostet dich das deinen nächsten Auftritt.«

Das schlug dem Fass den Boden aus! Ich nieste laut.

»Cosima, jetzt sei nicht kindisch.«

»Bitte, dann eben nicht.« Sie warf ihr Haar nach hinten und sah unbeteiligt zur Seite.

»Warte.« In mir sträubte sich alles. »Okay, du kriegst den nächsten Auftritt.« Ich knirschte mit den Zähnen, und Fanny sah mich entgeistert an.

»Na also, geht doch.« Für das zufriedene Lächeln, das ihre Lippen umspielte, hätte ich sie am liebsten gewürgt. Doch ich behielt mit eiserner Willenskraft meine Hände bei mir.

»Jetzt musst du aber etwas hören lassen.«

»Susanne Dauber hatte einen Macker.«

Das war alles? Bei der Kontaktanzeigengeschichte war das kein Wunder.

»Woher weißt du das?«

»Sie hat sich mit ihrem Mann gestritten.«

Okay, das war neu.

»Und?«

»Ich bin neulich dazugekommen, als sie mit ihm im Foyer stand. Er muss sie abgepasst haben, weil sie anschließend allein zurückgekommen ist. Er hat ihr wegen irgendetwas Vorhaltungen gemacht. Sie dürfe das nicht tun, sie hätte doch alles. Und sie sagte immer wieder, dass ihr Leben mit ihm so langweilig sei und sie sich wie eine Gefangene fühle.«

Ich dachte nach. Konnte es sein, dass Stefan Dauber von den Kontaktanzeigen erfahren hatte?

»Hm, sonst noch etwas?«

»Das dürfte doch wohl reichen, oder?« Cosima strich sich durch ihr langes Haar und stolzierte hoch erhobenen Hauptes davon.

»Blöde Zicke!«, schnaubte Fanny. »Ich kann nicht glauben, dass du dir einen Auftritt abnehmen hast lassen.«

»Ich zahle es ihr heim, du wirst schon sehen.«

In dem Moment kam Lou aus seinem Büro. Offenbar hatte er sich schnell erholt.

»Jule, ich muss noch einmal mit dir reden. Wegen des Duetts mit Andreas.«

Sein Geschäftssinn war der Grund für die wundersame Erholung. Ich hätte es mir denken können und unterdrückte ein Niesen.

»Vergiss es.«

»Bitte Jule, lass uns doch darüber reden. Ich habe mir da etwas Schönes ausgedacht.«

»Ohne mich«, antwortete ich und drehte mich um. Meine Augen brannten mittlerweile wie Feuer, und ich musste ein ums andere Mal niesen.

Als ich nach Ulm zurückfuhr, spielte ich einen Moment mit dem Gedanken, meine Mutter anzurufen. Ich redete mir ein, dass es Neugierde sei.

Dann ließ ich es doch bleiben. Erstens würde ich nie freiwillig bei meiner Mutter anrufen, und zweitens konnte man nicht genau wissen. Die ich rief, die Geister …

Ich schalt mich eine dumme Gans, schüttelte den Kopf und verdrängte die Gedanken an Séancen und Geisterbeschwörungen.

Die waren ähnlich schwachsinnig wie weitere Duette oder gar geplante Auftritte mit Andreas. Meinen nächsten war ich dank Cosima ohnehin erst einmal los.

Sie hatten sie gefunden. Es war schneller gegangen, als er gedacht hatte. Der Menschenauflauf war unbeschreiblich gewesen. Und er hatte dagestanden und alles aus der Ferne beobachtet. Es war ein köstliches Gefühl gewesen. Zu wissen, dass man verantwortlich war und trotzdem unsichtbar bleiben konnte.

Susanne. Ein schöner Name. Er zerging auf der Zunge wie zartschmelzende Schokolade. Wie ihre Lippen, als er sie geküsst hatte.

Es hätte so schön sein können. Aber auch sie hatte nur mit ihm gespielt. Sie hätte ihn nicht ablehnen dürfen. Niemand hatte das Recht dazu!

Es war so einfach gewesen. Ein Spaziergang am Neu-Ulmer Donauufer, spätnachts. Dort, wo man ungestört war. Kaum jemanden trifft. Sie hatte zugelassen, dass er seinen Arm um sie legte. Doch als er sie küssen wollte, hatte sie den Kopf weggedreht. Zurückgezuckt war sie. Sie auch, er hatte es bereits geahnt.

Er hatte gelacht, als würde es ihm nichts ausmachen. Als sei es ein Scherz gewesen. Dabei hatte es ihn so zur Raserei gebracht, dass er sich kaum noch beherrschen konnte.

Spielerisch hatte er ihr den Schal umgelegt. Sie wollte sein Geschenk nicht annehmen. Doch es war zu spät.

Es war wichtig, ihnen in die Augen zu sehen. Sie sollten verstehen, warum er es tat. Sie sollten ihn ansehen.

Ihr blondes Haar floss wie ein Wasserfall von ihrem Kopf über ihre Schultern, während sie kämpfte und er langsam wieder ruhiger wurde. Es dauerte lang, ehe sie ihren Widerstand aufgab.

Als es vorbei war, hatte sich ihre Haut weich und anschmiegsam angefühlt, und er hatte ihr über das Gesicht und die Haare gestreichelt. Ihr Hals hatte im fahlen Mondlicht geschimmert wie Elfenbein, als er ihr die Kette umgelegt und den Anhänger in ihrem Ausschnitt drapiert hatte.

Das war sein Andenken an Heike. Er würde sie nie vergessen. Keine würde er je vergessen, aber sie würde ihm immer in besonderer Erinnerung bleiben.

Schweren Herzens hatte er Susanne schließlich hochgehoben und zum Wasser getragen. Er hatte ihr noch lang nachgesehen, als sie schon untergegangen war, und versucht, ihren Weg in der Dunkelheit zu verfolgen.

Es hatte ihn getröstet, dass er dabei sein konnte, als sie gefunden wurde. Wenn auch nur aus der Ferne.

Ich rieb mir die Nase und die tränenden Augen. Der Heuschnupfen hatte mich in diesem Jahr früh erwischt. Eigentlich sollte ich nach Hause fahren und mir ein Medikament einwerfen.

Aber ich war zu aufgewühlt von meinem Gespräch mit Cosima. Ob die Infos einen Auftritt wert waren, blieb dahingestellt. Da ich das aber ohnehin freiwillig tat und nichts dafür verdiente, nagte es lediglich an meinem Ego, dass ich mich von ihr hatte erpressen lassen. Und irgendwann würde ich ihr diese Gemeinheit heimzahlen, das schwor ich mir.

Stefan Dauber hatte mir den liebenden, vor Sorge kranken Ehemann vorgespielt. Und dann stellte sich heraus, dass er über die Blind Dates seiner Frau Bescheid gewusst hatte.

Nach kurzer Überlegung und einer weiteren Niesattacke beschloss ich, Herrn Dauber noch einmal auf den Zahn zu fühlen.

Wenig später hielt ich vor dem pompösen Haus. Er sah noch genauso zerknittert aus wie gestern, und sein Gesicht wirkte noch eine Spur grauer. Mir wehte Alkoholdunst entgegen, als ich eintrat. Wenn er wirklich etwas mit dem Tod von Susanne zu tun hatte, dann war er ein guter Schauspieler.

»Herr Dauber, es tut mir leid«, sprach ich mein Beileid aus, als ich ihm die Hand gab.

Er nickte nur. Ich unterdrückte ein Niesen und ging hinter ihm her ins Wohnzimmer.

Er musste seit Tagen nicht gelüftet haben. Noch immer standen die Kristallkaraffe und der Cognacschwenker auf dem Tisch. Der Pegel der bernsteinfarbenen Flüssigkeit war seit gestern drastisch gesunken.

»Herr Dauber, ich muss noch einmal mit Ihnen reden«, begann ich ohne Umschweife, als ich mich gesetzt hatte. »Ihre Frau hat Kontaktanzeigen in der Zeitung aufgegeben, und Sie haben davon gewusst.«

Herr Dauber rührte sich nicht. Dann spannten sich seine Gesichtsmuskeln, und seine Augen begannen zu funkeln.

»Diese verdammte Hure!« Er hatte sich nach vorn gebeugt und hieb mit der Hand auf den Tisch. »Sie hatte alles. Besser konnte ihr Leben nicht sein. Aber nein, Madame brauchte einen Liebhaber.«

Ich lehnte mich zurück und hörte einfach zu.

»Diese kleine Schlampe. Jahrelang hat sie mir auf der Tasche gelegen, hat alles bekommen, was sie wollte. Friseur, Kosmetikerin, Maniküre, teure Reisen und die neueste Mode. Ich habe ihr alles, aber wirklich alles gekauft.«

Er nahm einen tiefen Schluck aus seinem Glas.

»War ich ihr nicht gut genug im Bett? Brauchte sie etwas Frisches, Neues? War ich ihr zu *alt*? Und dabei dachte ich immer, sie würde mich lieben. Sie hätte mir dankbar sein müssen, dass ich sie aus dem Loch, das ihr Zuhause war, herausgeholt habe. Der Vater ein Säufer und die Mutter eine Putzfrau. Und was macht sie dann? Gibt Kontaktanzeigen auf. Wie ein billiges Flittchen.«

Ich stand auf. Das führte zu nichts.

»Das reicht, Herr Dauber. Ich gehe jetzt. Sehen Sie erst einmal zu, dass Sie wieder nüchtern werden. Dann reden wir weiter.«

Er fluchte weiter vor sich hin. War das die Verwandlung des Dr. Jekyll in Mr. Hyde? Respektive des Dr. Stefan Dauber in einen Mörder?

»Wozu hat sie mich dann geheiratet? Um anzugeben? Des Geldes wegen?«

Ich schüttelte den Kopf und wandte mich zur Tür.

»Ich habe ein Alibi«, sagte Stefan Dauber plötzlich ruhig.

Ich drehte mich langsam um. Er saß in seinem Sessel, hatte sich zurückgelehnt und lächelte mich an.

»Ich hatte in der Nacht, als sie verschwand, einen komplizierten Schien- und Wadenbeinbruch auf dem Tisch. Notfall. Und das wird Ihnen eine ganze Reihe OP-Schwestern und Ärzte bestätigen können.«

»Ich werde das überprüfen, verlassen Sie sich drauf.«

»Nur zu. Tun Sie, was Sie nicht lassen können.« Er drehte das Glas in seiner Hand und sah wie gebannt auf die bernsteinfarbene Flüssigkeit, die ölige Schlieren an der Innenseite des Glases hinterließ.

»Ich finde selbst hinaus, danke!«

Mich fröstelte, und ich fragte mich, ob das an dem Haus oder an Stefan Daubers Inszenierung lag. Ich hatte zwei Menschen in einer Person erlebt und stand vor dem Rätsel, welche die echte gewesen war. Oder waren beide real?

Meine Augen tränten noch immer, als ich nach Hause fuhr. Obwohl es gerade erst Spätnachmittag war, hatte ich das

Gefühl, schon ewig wach zu sein. Außerdem hatte ich Hunger. Müde parkte ich das Auto, schulterte meine Tasche und schloss die Tür auf.

Ich ging die zwei Stockwerke nach oben und blieb wie vom Donner gerührt auf halbem Weg stehen. Auf dem Treppenabsatz meiner Wohnung saß Mark Heilig, in der Hand eine Zeitschrift, in der er gelesen hatte. Er lächelte mich an, blieb aber sitzen, als er mich sah.

Meine Gedanken überschlugen sich. Was wollte er hier? Vor meiner Wohnung? Plötzlich war ich verdammt nervös. Gedanken an die Knutscherei von damals kamen hoch. Und mit ihnen ein seltsames Gefühl in meiner Magengegend. Er durfte es nicht merken. Himmel, ich musste cool bleiben, um jeden Preis.

»Wie bist du ins Haus gekommen?«, wollte ich wissen, ohne ihn zu grüßen, und ging an ihm vorbei. Verdammt cool, oder?

»Dir auch einen schönen Abend«, wünschte er. Er rollte die Zeitschrift zusammen, stand auf und strahlte mich an. »Und glaub mir, wenn ich es gewollt hätte, hätte ich *in* deiner Wohnung gewartet.«

Ich zweifelte keinen Moment an seinen Worten, schloss die Tür auf und trat ein.

»Woher weißt du überhaupt, wo ich wohne? Ich stehe nicht im Telefonbuch.« Ich warf meinen Schlüssel auf die Kommode im Flur und ließ die Tasche fallen. Mark trat hinter mir ein und warf die Tür ins Schloss.

»Ach ja, komm doch rein.«

Ich ging in die Küche.

»Ich arbeite bei der Polizei. Adressen ermitteln ist meine Spezialität.«

Er tappte hinter mir her und sah mir zu, wie ich ein Bier

aus dem Kühlschrank nahm. Ich hielt den Kopf der Flasche an den Rand der Tischplatte und hieb mit der rechten Hand drauf. Den nach unten fallenden Kronkorken fing ich auf. Ich hatte ihn beeindruckt. Noch cooler.

Absichtlich bot ich ihm nichts an, was Mark jedoch nicht zu stören schien. Als ich die Küche verließ, um ins Schlafzimmer zu gehen, hörte ich, wie er den Kühlschrank öffnete. Mit Genugtuung lauschte ich dem Geräusch des auf den Boden fallenden Deckels.

Im Bad nahm ich die Kontaktlinsen heraus. Meine Augen juckten und tränten. Als ich Augentropfen hinein träufelte, tauchte Mark im Spiegel hinter mir auf. Lässig lehnte er mit seinem Bier in der Hand am Türrahmen. Er sah verdammt gut aus in seinen abgetragenen Jeans und dem weißen, enganliegenden T-Shirt. Aber eher würde ich mir die Zunge abbeißen, als das zuzugeben.

Ich setzte meine Brille auf und drehte mich zu ihm um.

»Wenn du das jemandem erzählst, muss ich dich umbringen.«

»Was? Dass du eine Brille hast? Steht dir gut. Seit wann hast du sie?«

Ich antwortete nicht.

»Wie siehst du eigentlich aus? Hast du geheult?«

Ich holte tief Luft.

»Ich habe einen verdammt beschissenen Tag hinter mir und ich habe Heuschnupfen. Und wenn du mich noch einmal fragst, wie ich aussehe, fange ich an zu schreien und bringe dich gleich auf der Stelle um!«

Er sagte nichts, aber in seinen Augen blitzte es auf.

»Was ist?«

»Ich kenne dich so nicht«, erklärte er mit belustigtem Lächeln. »Es ist, als hätte ich heute einen neuen Menschen kennengelernt. Schon allein das Kleid, das da an deiner Schranktür hängt. Trägst du das wirklich?«

Himmel, das Kleid für meine Auftritte bei Lou hing noch da. Ich hatte es in die Reinigung bringen wollen.

»Ich bin immer noch ich. Hör zu, wenn du schon mein Bier trinkst und dich hier offensichtlich gemütlich einrichtest, dann geh wenigstens in die Küche und mach dich nützlich. Schieb eine Pizza in den Ofen, ich gehe duschen.«

Mark blieb stehen und lächelte.

»Was ist? Willst du da auch noch mitgehen?«

»Ich könnte mir Schlimmeres vorstellen«, antwortete er ungerührt und nippte an seinem Bier.

Das merkwürdig warme Gefühl machte sich ungefragt in meinem Magen breit und ließ sich trotz aller Willenskraft nicht mehr zurückdrängen. Ärgerlich schüttelte ich den Kopf, ging ins Bad und schloss ab. Absichtlich trödelte ich herum.

Als ich geduscht und im Jogginganzug die Küche betrat, roch es verführerisch. Mark hatte zwei Teller auf den Tisch gestellt und eine Schüssel Salat gemacht. Frisch aufgeschnittenes und nach Knoblauch duftendes Brot stand in einem Körbchen daneben. Besaß ich einen Brotkorb? Offensichtlich gab es in meiner Küche Schränke, die ich dringend einmal ausmisten sollte.

Ich rubbelte mir mit einem alten Handtuch die Haare trocken und betrachtete Mark. Die Szene kam mir irgendwie normal und vertraut vor. Dabei hatten wir uns Jahre nicht gesehen, und schon gar nicht war ich Mark je im Jogginganzug oder mit nassen Haaren und Brille gegenübergetreten. Und doch empfand ich es nicht als störend, dass er an meinem Küchentisch saß, mein Bier trank und das Abendessen gemacht hatte.

Mein Bauch hatte Fieber. Ich räusperte mich.

»Wo hast du den denn gefunden?«, fragte ich und deutete auf den Salat. »Als ich das letzte Mal in meinen Kühlschrank gesehen habe, war keiner da.«

»Ich war einkaufen. Um die Ecke gibt es einen Supermarkt. Es wird dir entgangen sein, aber direkt am Eingang gibt es eine Abteilung mit frischem Obst und Gemüse.«

»Witzbold. Glaube ja nicht, dass ich nicht kochen kann.«

»Ja, klar. Du und kochen.«

Ich sah mich nach etwas um, das ich ihm an den Kopf werfen konnte, fand aber nichts.

»Wie auch immer, ich dachte, etwas Grünes kann zu der gefrorenen Pappe nicht schaden. Setz dich. Warum liegt in deinem Kühlschrank Klebstoff?«

Ich nahm Platz. Es war ungewohnt, sich in der eigenen Küche bedienen zu lassen, aber Mark brachte mir ein frisches Bier, und ich bedankte mich artig.

»Weil er dort länger hält. Als Mann solltest du das eigentlich wissen.«

»Greif zu.«

Das ließ ich mir nicht zweimal sagen. Das warme Brot war dünn mit Butter bestrichen, darüber war frischer Knoblauch gerieben. Ich liebe Knoblauch.

»Gibt es eigentlich einen besonderen Grund für deine Anwesenheit?«, fragte ich und biss in das Baguette. Ich musste im Himmel sein.

»Ich dachte, ich kann dir die vorläufigen Ermittlungsergebnisse auch gleich mitteilen, bevor du das halbe Revier belästigst. Jochen hat mich schon gefragt, ob ich dich noch gesehen habe.«

Ach ja, ich ahnte, was er mir noch hatte sagen wollen. Ob es etwas geändert hätte?

»Gibt es etwas Neues?« Ich nahm einen Schluck aus der Flasche.

»Die Tote ist tatsächlich Susanne Dauber, aber das wussten wir ja eigentlich schon. Aufgrund der Papiere und dem Aussehen war das keine Überraschung.«

Mark stand auf und nahm die Pizza aus dem Ofen. Nicht im Traum wäre mir eingefallen, ihm zu helfen.

»Ein offizielles Ergebnis der Obduktion gibt es noch nicht. Fakt ist aber, dass sie erwürgt worden ist.«

»Weiß man womit?«

»Auf jeden Fall nicht mit bloßen Händen, da hätte man andere Male gefunden. Es war auch kein Draht oder Seil oder so etwas. Es muss etwas Weiches gewesen sein. Ein Band oder ein Schal vielleicht.«

»Ist sie tatsächlich erwürgt worden? Oder ist sie nur bis zur Bewusstlosigkeit gewürgt und dann ins Wasser geworfen worden?«

»Sie ist nicht ertrunken, falls du das meinst. Sie war schon tot, bevor sie im Wasser gelandet ist.«

»Also hat der Mörder sie vielleicht verschwinden lassen wollen?«

Mark wiegte den Kopf.

»Du meinst, er hat sie mit etwas beschwert, damit sie in der Donau untergeht?«

Ich nickte mit vollem Mund.

»Der Gedanke kam mir auch schon. Ich glaube aber nicht, dass das der Fall ist. Dann hätte man Male an den Handgelenken, den Füßen oder meinetwegen dem Rumpf finden müssen. Nein, ich glaube eher, dass es dem Mörder egal war, ob und wann sie gefunden wird.«

Eine Weile aßen wir schweigend weiter.

»Wie kommt es eigentlich, dass du in dem Fall ermittelst?«

Ich überlegte, wie viel ich ihm erzählen sollte. Revanchieren musste ich mich, denn was Mark mir erzählt hatte, hätte er in diesem Umfang nicht tun dürfen.

»Jemand hat mich mit der Suche nach ihr beauftragt«, sagte ich nach einer kurzen Pause und sah ihn an. »Gut, die Sache mit der Suche hat sich jetzt erledigt. Aber ich helfe jemandem, und deswegen bleibe ich dran.«

»Und?«

»Komm schon, ich darf dir nicht mehr erzählen, das weißt du.«

»Wir werden es sowieso herausfinden«, sagte er und wandte sich achselzuckend wieder seinem Teller zu.

Sei dir da mal bloß nicht zu sicher, dachte ich und aß mit Genuss weiter.

»Ich war ganz schön überrascht heute«, sagte Mark schließlich, als wir fertig waren. »Du warst die Letzte, mit der ich gerechnet hätte.«

»Das habe ich gemerkt. War eine herzliche Begrüßung«.

»Tut mir leid. Ehrlich. Ich war nur so platt, dich zu sehen. Und du siehst nicht mehr so aus, wie ich dich in Erinnerung hatte, das musst du zugeben. Schon allein der Ring, den du da in der Lippe trägst.«

Ein Glück, dass er mein Bauchnabelpiercing nicht sehen konnte.

Wie kam ich nur darauf, jetzt daran zu denken?

»Ich habe mich eben ein bisschen verändert.«

»Ein bisschen verändert? Du hast nichts mehr mit der Person gemein, die ich einmal kannte.«

»Schlimm?« Die Antwort auf diese Frage interessierte mich ehrlich.

»Hm, anders einfach. Denke ich. Nicht nur dein Äußeres.

Ich hätte nie gedacht, dass du jetzt Privatdetektivin bist. Dein ganzes Wesen ist anders. Wie ist das gekommen?«

Ich schwieg, und Mark seufzte.

»Okay, du willst nicht darüber reden.«

»Exakt.«

»Dann frage ich auch nicht weiter nach. Erzähl mal, was hast du so getrieben?«

Den Rest des Abends unterhielten wir uns über berufliche Belanglosigkeiten, alberten ein bisschen herum und wühlten in alten Geschichten aus der Polizeischule. Obwohl wir früher nicht viel miteinander gesprochen hatten, kam es mir vor, als wären wir engste Freunde gewesen, die sich nur für eine Weile aus den Augen verloren hatten.

Die Knutscherei auf der Party kam nicht zur Sprache. Einerseits war ich dankbar, andererseits hätte ich gern gewusst, ob Mark sich noch daran erinnerte.

»Mit deinem Fliesenleger würde ich ein Wörtchen reden«, sagte Mark, als er von der Toilette zurückkam.

»Warum?« Die Frage hörte sich eine Spur zu scharf an.

»Eine Fliese ist schief, sticht direkt ins Auge. Und die Fugen sind nicht alle sauber gearbeitet. Wie heißt er? Ich brauche einen Fliesenleger, und an den möchte ich nicht geraten.«

»Flemming.«

Er entschuldigte sich nicht, und ich ging nicht weiter darauf ein.

»Bist du eigentlich verheiratet?«, wollte Mark irgendwann wissen. »Oder liiert?«

Ich schüttelte den Kopf, die Bierflasche an den Lippen. Die Frage ärgerte mich.

»Solo.«

Mark sagte nichts.

»Und du?«, fühlte ich mich genötigt, in die Stille hinein zu fragen. »Noch immer so ein Weiberheld?«

Er lachte, und um seine Augen bildeten sich winzige Fältchen. Es war beruhigend zu sehen, dass auch an ihm die Zeit nicht spurlos vorbeigegangen war. »Man wird mit dem Alter ruhiger«, antwortete er unbestimmt, und ich ging nicht weiter darauf ein.

Seine Frage hatte die freundschaftlich vertraute Stimmung der letzten Stunden zerstört.

»Ich glaube, ich gehe jetzt«, sagte er und sah auf die Uhr. »Wir müssen morgen arbeiten.«

Ich nickte und folgte ihm in den Flur.

»Also dann«, sagte Mark und öffnete die Wohnungstür. »Danke für die Pizza und das Bier.«

»Ja klar. Danke für Knoblauchbrot und Salat.«

»Tut mir leid wegen dem blöden Spruch mit dem Fliesenleger. Ich wollte niemanden aus deiner Familie beleidigen. Hat dein Bruder gefliest?«

»Nein. Ich.«

Ich war dabei, den Tisch abzuräumen und über Mark nachzudenken, als das Telefon läutete. Es war fast zehn Uhr, wer wollte jetzt noch etwas von mir?

»Er ist da«, flüsterte Fanny, dass ich sie kaum verstehen konnte.

»Wer ist wo?«

»Erich ist da.«

»Der komische Typ? Wo ist er?«

»Er sitzt an einem Tisch und trinkt Bier.«

»Und warum flüsterst du dann? Wenn du im Büro bist, kann er dich nicht hören.«

Sie antwortete nicht.

Ich seufzte. »Ich komme.«

Ich zog mich um und verließ die Wohnung. Wenig später traf ich im ›Jazz-Keller‹ ein, wo ich zunächst Lou in die Arme lief.

»Himmel«, begrüßte er mich. »Hast du etwas? Bin ich aus dem Schneider?«

»Nein, Lou, leider noch nicht. Aber es läuft, ich kriege Informationen von der Polizei, die wichtig sein könnten.«

»Dann hast du dir das mit dem Duett überlegt?«

Klar hatte ich.

»Vergiss es.«

»Jule, jetzt sei doch nicht so. Das war phantastisch! Und es wäre so eine Überraschung für die Gäste. Ich hatte Gänsehaut neulich.«

Ich auch.

»Nein!«

Ich ließ ihn einfach stehen. Er plapperte immer noch vor sich hin, wie schön es wäre, wenn… Ohne mich. Das war eine einmalige Ausnahme gewesen, und ich bereute, dass es überhaupt irgendjemand gehört hatte. Wenn es nach mir ginge, würde ich es ungeschehen machen.

»Da ist er«, flüsterte Fanny. Sie hatte sich von hinten an mich herangeschlichen und mich am Arm gepackt.

Ich fuhr herum. »Mensch, hast du mich erschreckt!«

Aufgeregt deutete sie in den Zuschauerraum.

Der Laden war wieder brechend voll. Die Band machte eine Pause, und auch Cosima hatte sich zurückgezogen. Im Hintergrund dudelte leise Jazz. Der Raum summte von den Gesprächen der Gäste. Es wurde gelacht und getrunken, und alles in allem herrschte eine fröhliche Stimmung.

Nur an einem Tisch relativ weit vorn saß ein einzelner

Mann. Soweit ich sehen konnte, war er nicht besonders groß. Er hatte volles, graues Haar und trug einen Schnurrbart. Ein bisschen füllig mochte er vielleicht sein, ein kleiner Bauch zeichnete sich unter seinem weißen Hemd ab.

Er blickte ausdruckslos vor sich hin auf die Tischplatte.

Ich zuckte mit den Achseln.

»Und?«

»Na, der ist doch komisch, oder?«

»Fanny, bitte hör auf zu flüstern. Er hört dich da drinnen sicher nicht, und mir würde es die Sache etwas erleichtern.«

Sie ließ meinen Arm los und bedeutete mir, ihr an die Bar zu folgen.

»Magst du etwas?«

Ich dachte an das Bier, das ich bereits getrunken hatte und rutschte auf einen Barhocker. »Lieber nicht.« Ich wollte fit sein, ich musste einen Mord aufklären. »Und was an ihm ist jetzt komisch?«, fragte ich, während ich Erich beobachtete. Von der Bar aus, die etwas erhöht lag, hatte man einen guten Blick über das Geschehen. Er hatte sich nicht bewegt.

»Na, sieh ihn dir doch an. Er sitzt da, einfach so, trinkt etwas und redet nie auch nur ein Wort.«

»Das allein ist noch nicht komisch. Ich meine, er sieht nicht einmal besonders aus. Damit meine ich nicht besonders gut. Er wirkt nicht ungepflegt, hat ein sauberes Hemd an und genießt seinen Drink bei guter Musik. Das machen viele.«

»Aber er sitzt immer allein da. Er ist wie die beiden Frauen kurz nach Weihnachten zum ersten Mal hier gewesen. Und eine davon ist jetzt tot.«

Ich sah eine Weile hinunter. Erich rührte sich nicht, er sah einfach vor sich hin. Mein Verstand weigerte sich zu akzeptieren, dass er deswegen ein Mörder sein sollte. Trotzdem, wenn er die Frauen womöglich hier kennengelernt hatte?

Ich schüttelte den Kopf.

»Also gut, ich nehme ihn mal genauer unter die Lupe. Vielleicht kommt ja etwas dabei heraus.«

Das Mineralwasser, das Fanny mir hingestellt hatte, trank ich dann doch. Von hier oben wirkte der ›Jazz-Keller‹ einladend und gemütlich. Überall wurde geplaudert und gelacht.

Dann entdeckte ich Cosima seitlich der Bühne, für die Gäste noch von einem Vorhang verborgen.

Lou hatte die Empore erklommen, um freudestrahlend den nächsten Auftritt anzukündigen, und die Band hatte Stellung hinter den Instrumenten bezogen.

»Und nun, meine verehrten Damen und Herren, habe ich die Ehre, Ihnen etwas ganz Besonderes und Einmaliges hier im ›Jazz-Keller‹ vorstellen zu dürfen.« Sein Gesicht glänzte, die Augen strahlten, und sein Lächeln konnte breiter nicht sein. »Selten habe ich Ihnen mehr versprochen.«

Ich sah Cosima hinter dem Vorhang strahlen wie ein Honigkuchenpferd. Sie trat von einem Fuß auf den anderen, und eine zarte Röte hatte ihr Gesicht überzogen. Oder lag es am Licht?

Ich persönlich fand, dass Lou da ein bisschen übertrieb. Cosima war nicht schlecht, aber eine solche Lobeshymne war dann doch ein bisschen zu viel des Guten.

»Begrüßen Sie mit einem herzlichen Applaus ein Duett zu ›They call me the wild rose‹ von Kylie Minogue und Nick Cave.«

Cosima waren die Gesichtszüge entglitten, und als ich den Mund schloss, meinte ich, in einen Spiegel zu gucken.

Lou kam auf mich zu und drückte mir ein Mikrofon in die Hand.

»Bist du bescheuert?«

»Mach nur, das wird großartig!« Er hetzte an mir vorbei in den Gastraum, wo Andreas an einem Tisch saß, Flocki zu seinen Füßen. Er hatte auch schon intelligenter ausgesehen. Verdattert wie ich hielt er nun das Mikrofon in Händen und sah mich unschlüssig an.

Langsam drehte ich mich wieder um. Cosima stand noch immer neben der Bühne. Ihr Gesicht war verzerrt, sie blickte mich böse an. Ich wartete fast darauf, dass sie Rauch spuckend auf einem Besen davonreiten würde.

Diese Vorstellung war interessant. Und immerhin hatte sie mir einen Auftritt abgeluchst. Zeit für meine Rache. Warum also nicht?

Ehe der Mut mich wieder verlassen konnte, ging ich in den Gastraum hinunter an Andreas Tisch und reichte ihm die Hand. Er sah mich an, als habe ich nicht mehr alle Tassen im Schrank, doch ich zog ihn unbeirrt vom Stuhl hoch und hinter mir her auf die Bühne.

Die ersten Klänge der Musik erfüllten den Raum, und ich begann mit einer solchen Einfühlsamkeit zu singen, dass Andreas nicht anders konnte, als mit seiner kraftvollen Stimme einzusetzen.

Im diesem Moment wusste ich, dass es ein Fehler gewesen war. Die Blicke, die er mir zuwarf, machten mir Angst. Dunkel und volltönend sang er davon, wie er sie am ersten Tag getroffen und wie sie ausgesehen hatte.

Ich musste mehrfach schlucken, um meinen Einsatz nicht zu verpassen, weil ich wusste, wie die Geschichte enden würde. Ich sah Cosima an, deren Gesicht Entsetzen und Ehrfurcht widerspiegelte. Dann hatte ich mich gefangen.

»When he knocked on my door and entered the room, my trembling subsided in his sure embrace.« Ich ging auf Andreas zu, der meine Hand nahm und mir unverwandt in die Augen sah. »He would be my first man, and with a careful hand, he wiped at the tears that ran down my face.«

Keinen Augenblick länger konnte ich ihn ansehen. Als er zu singen begann, schlug ich die Augen nieder. Meine Hand hielt er noch immer, und der Händedruck ließ keine Zweifel daran, dass er nicht die Absicht hatte, in absehbarer Zeit wieder loszulassen.

»On the second day I brought her a flower, she was more beautiful than any woman I'd seen.« In seinen Augen meinte ich lesen zu können, dass er die Wahrheit sang. Oder gehörte das zum Spiel? Beides verursachte mir Unbehagen. »I said, ›Do you know where the wild roses grow, so sweet and scarlet and free?‹«

Wenn er wollte, das konnte ich auch. Ich hob den Blick, sah ihn aus großen Augen an und begann sanft zu singen: »On the second day he came with a single red rose. Said: ›Will you give me your loss and your sorrow?‹ I nodded my head, as I lay on the bed. He said, ›if I show you the roses will you follow?‹«

Es war, als hätten wir uns aufeinander eingesungen. Der Rest lief wie von selbst, und ich glaube, wir boten ein großartiges Schauspiel, bis die Sängerin tot war. Andreas hielt meine Hand, ich hatte die Augen geschlossen. Als wir geendet hatten, war es kurz still, dann brandete Applaus auf, der nicht mehr enden wollte.

Wir hielten uns an den Händen, verbeugten uns ein ums andere Mal, doch wieder mied ich Andreas' Blick. Ich wusste nicht, wie er das machte, aber wenn er mich ansah, bekam ich eine Gänsehaut, und ich wusste nie, ob aus Angst oder vor prickelnder Erotik. Fest stand nur, dass es mehr war, als ich heute ertragen konnte.

»Liebes Publikum, habe ich Ihnen zu viel versprochen?« Lou war auf die Bühne gestürmt und strahlte wie ein kleines Kind beim Anblick von Schokolade. Er herzte mich, küsste mich auf die Wange und klopfte Andreas auf die Schulter. Es war peinlich, und ich wollte nur noch weg.

Als er mich schließlich freigab, floh ich seitlich die Bühne hinunter, an Cosima vorbei, die mich böse anfunkelte.

»Das wirst du mir büßen! Für die Info hattest du mir den nächsten Auftritt versprochen, und dann hintergehst du mich so!«

»Das ist nicht auf meinem Mist gewachsen, keine Angst«, zischte ich zurück. »Das war eine Schnapsidee von Lou. Und du kannst sicher sein, dass das nicht mehr vorkommen wird.«

Ohne ein weiteres Wort ließ ich sie stehen, ging an Fanny vorbei hinaus auf den Parkplatz. Als ich im Auto saß, atmete ich erst einmal tief durch und versuchte, meine zitternden Hände unter Kontrolle zu bekommen.

Es dauerte, bis ich mich so weit im Griff hatte, dass ich mir das Autofahren zutraute. Da trat eine Gestalt aus dem ›Jazz-Keller‹ ins Licht der Laterne, die davor stand. Es war Erich. Er zündete sich eine Zigarette an und ging zu seinem Wagen, einem alten Audi 100.

Ich zuckte mit den Achseln. Was soll's, darauf kam es heute auch nicht mehr an. Ich wartete mit laufendem Motor und setzte mich dann in gebührendem Abstand hinter ihn.

Was das bringen sollte, wusste ich im Moment auch nicht. Es war nicht sehr wahrscheinlich, dass er auf dem Weg zu einer einsamen Frau war, um sie abzumurksen. Einige Zeit später wusste ich zumindest, dass er in Wiblingen am Tannenplatz zu Hause war und ein kleines Reiheneckhaus bewohnte.

Ich lungerte ein bisschen vor seiner Tür herum und stieg schließlich aus, um festzustellen, dass er mit Nachnamen Weber hieß.

Als die Lichter im ersten Stock ausgingen, wusste ich endgültig, dass er zu Bett gegangen war und ich heute nichts mehr in Erfahrung bringen würde. Alles war still, und ich war hundemüde.

Es war nach zwölf, als ich zu Hause war und das überlaute Läuten des Telefons in meiner leeren Wohnung mich begrüßte. Wer rief jetzt noch an? Die Rufnummer wurde nicht angezeigt.

Ich nahm den Hörer ab, doch als ich mich meldete, wurde aufgelegt.

Mittwoch

Als der Wecker um halb acht klingelte, fühlte ich mich ausgeschlafen und voller Tatendrang. Keine Frage, ich hatte den größten Fall meines Lebens und den unbedingten Ehrgeiz, ihn zu lösen. Es war nicht mehr nur ein Freundschaftsdienst für Lou. Längst nicht mehr. Kein Mord sollte jemals ungesühnt bleiben, und ich würde nicht eher ruhen, bis der Mörder von Susanne gefunden war. Stellvertretend für alle Hinterbliebenen ungelöster Mordfälle. Mich eingeschlossen.

Und ein kleines Taschengeld sprang für mich auch noch heraus. Ich hätte es Lou zuliebe auch umsonst getan. Aber mein schlechtes Gewissen, das angebotene Geld anzunehmen, hielt sich in Grenzen.

Ich duschte und räumte anschließend die Küche auf, während der Kaffee durch die Maschine gurgelte und die Sonne zum Fenster herein strahlte. Köstlicher Duft erfüllte den kleinen Raum, und ich konnte es kaum erwarten, mir eine Tasse einzuschenken.

Ich versuchte, nicht an den gestrigen Abend zu denken. Weder an das Wiedersehen mit Mark noch an das Duett mit Andreas. Es gelang mir mehr schlecht als recht, denn beides hatte mich verunsichert. Jedes auf eine andere Weise.

Mit dem Kaffee, einer Schüssel Cornflakes mit Milch und den Unterlagen zum Mordfall Susanne Dauber setzte ich mich an den Küchentisch und begann zu arbeiten. Zunächst ergänzte ich die Blätter mit meinen Verdächtigen, dann legte ich zwei neue an. Von Stefan Dauber und Erich Weber.

Für heute hatte ich mir vorgenommen, mich mit Dr. Schönborn und Tobias Goldmann zu treffen.

Gerade wollte ich die erste Nummer wählen, als es klingelte. Augenblicklich nahm ich ab.

»Hier ist Jens Krüger. Der Journalist von gestern.«

Ich brauchte einen Moment, ehe ich mich erinnerte. Das dunkle Timbre der Stimme kam mir bekannt vor. Dann fiel der Groschen.

»Bei mir findet die Pressekonferenz aber nicht statt.«

»Ich rufe auch nicht an, weil ich Informationen von Ihnen haben möchte, die Sie zweifellos haben, sonst wären Sie gestern nicht so nah am Fundort der Leiche gewesen. Die Polizei hat nämlich niemanden durchgelassen.«

Ich antwortete nicht und nahm einen leisen Seufzer aus der Leitung wahr. »Funktioniert wohl nicht.«

Eine Pause entstand, ich schwieg.

»Okay, lassen wir das. War nur ein Versuch. Die Pressekonferenz findet später statt. Da werde ich dann wohl mehr erfahren, und so lang kann ich mich gerade noch gedulden.«

»Dann muss ich also nicht Händchen halten, weil die Spannung unerträglich wird?« Ich klang spöttischer als ich beabsichtigt hatte. Aber Krüger lachte nur.

»Das schaffe ich gerade noch.«

»Was kann ich dann für Sie tun?«

»Ich möchte Sie gern auf einen Kaffee oder so etwas einladen.«

Einen Moment herrschte Schweigen, während ich versuchte, mich von meiner Überraschung zu erholen. Wann hatte mich zum letzten Mal ein Mann angerufen und um ein Date gebeten? Erst gestern hatte ich Männerbesuch zum Abendessen gehabt, und heute rief der nächste an und wollte mit mir Kaffee trinken gehen. Was war auf einmal passiert?

»Oder so was?«, fragte ich vorsichtig.

»Na ja, ich weiß ja nicht, ob Sie Kaffee trinken. Vielleicht mögen Sie lieber einen Tee. Oder eine Cola oder einen Saft. Vielleicht darf es auch ein Eis oder ein Stück Kuchen sein.«

Was war nur in der letzten Nacht mit mir geschehen? Jahrelang hatte ich kein Date mehr gehabt. Und jetzt? Aber warum eigentlich nicht?

»Okay.«

»Ich mache Ihnen einen Vorschlag. Morgen soll das Wetter gut werden. Wie wäre es, wenn wir an die Donau gehen, ein Eis essen und sehen, was dann passiert. Wenn Sie Lust haben, gehen wir noch etwas trinken, wenn Sie nicht mehr möchten, gehen wir heim. Sie waren mir gestern einfach sympathisch und Sie waren nett zu mir. Das ist mir schon lang nicht mehr passiert. Also dachte ich mir, ich rufe Sie an und versuche mein Glück.«

»Wo haben Sie eigentlich meine Telefonnummer her?« War ich durch irgendeine Unachtsamkeit doch im Telefonbuch gelandet?

Er lachte. »Ein kleines Geheimnis. Aber ich verrate es Ihnen morgen gern, wenn Sie möchten.«

Wir verabredeten uns für drei Uhr an der Eisdiele am Rathausplatz, und ich legte mit einem Gefühl der Hochstimmung auf. Ich kannte Krüger zwar nicht, aber er war mir auch nicht gerade unsympathisch gewesen. Und was sprach dagegen, sich bei einem Eis oder einer Tasse Kaffee näher kennenzulernen?

Nun musste ich mich aber endlich wieder auf die Arbeit konzentrieren. Bei Dr. Schönborn hatte ich Pech. Ich erreichte nur den Anrufbeantworter und hinterließ eine Nachricht mit der Bitte um Rückruf.

Bei Tobias Goldmann hatte ich mehr Glück, doch er ließ

mich spüren, dass er keine Lust hatte, sich mit mir zu treffen. Schließlich gab er widerwillig nach und sagte, dass er ab 18 Uhr im ›Jungle‹ anzutreffen sei. Das ›Jungle‹ hatte erst kürzlich eröffnet, und im Moment fanden dort die angesagtesten Afterwork-Partys von Ulm und Umgebung statt.

Mir war egal, wo wir uns trafen, solang ich in Erfahrung bringen konnte, was ich wissen wollte.

Anschließend rief ich Jochen Eigner an.

»Du schon wieder. Hast du Sehnsucht nach mir?«

»Jochen, ich brauche noch einmal deine Hilfe. Ich habe einen Namen, kannst du kurz checken, ob etwas gegen ihn vorliegt?«

Er schwieg einen Moment. »Das darf ich nicht«, sagte er dann.

»Komm schon, weil ich es bin. Um der alten Zeiten willen.«

»Frag doch Mark.«

Diesmal sagte ich nichts. Er seufzte.

»Okay, lass hören.«

Ich nannte ihm Erich Webers Namen und Adresse, schmierte ihm noch ein bisschen Honig ums Maul und legte auf.

Weil ich nicht wusste, was ich tun sollte, begann ich aufzuräumen und zu putzen, was mich selbst überraschte. Ich war die Letzte, die zu dieser Jahreszeit einen Hang zum Frühjahrsputz verspürte. Vielleicht schlummerten im Verborgenen doch Hausfrauenambitionen in mir? Es konnte aber auch daran liegen, dass ich ein Date hatte und das Bedürfnis verspürte, nicht nur in meinem Inneren aufzuräumen. Oder es lag schlicht an der Tatsache, dass Mark gestern Dinge in meiner Küche gefunden hatte, von deren Existenz ich nichts gewusst hatte.

Das Beruhigende war, dass der Elan nicht lang anhielt.

Als Jochen anrief, um mir zu sagen, dass nichts gegen Erich Weber vorlag, nahm ich das zum Anlass, den Putzlappen in die Ecke zu werfen.

Gerade als ich mich mit einem Schinkenbrot und einer Tasse Kaffee an den Tisch setzte, klingelte das Telefon. Mit Dr. Schönborn konnte ich noch für den gleichen Abend um 19 Uhr ein Treffen vereinbaren. Bis dahin sollte ich aus Tobias Goldmann alles Wissenswerte herausbekommen haben.

Aufgrund des Fotos wusste ich bereits, wie Goldmann aussah. Vorteil für mich.

So unsympathisch er mir am Telefon gewesen war, so wenig änderte sich das, als ich ihn jetzt sah. Darüber konnte auch sein gutes Aussehen nicht hinwegtäuschen. Er war kleiner, als ich aufgrund des Fotos vermutet hatte, vielleicht knapp einen Meter 75. Sein Gesicht war ebenmäßig und glatt, und das dunkelbraune Haar trug er mit Gel ordentlich frisiert.

Ich konnte nicht sagen, was mich an ihm störte. Vielleicht lag es daran, dass es von allem ein bisschen zu viel war. Die Haare etwas zu lang, die Zähne einen Tick zu weiß und sein Lachen zu laut, wie ich am Eingang stehend bereits deutlich hören konnte. Er stand lässig an eine Wand gelehnt, einen Cocktail in der Hand, und unterhielt sich mit einem jungen Mädchen, das ihn anhimmelte.

Ich beobachtete die beiden ein wenig und stellte dabei zweierlei fest: Erstens wusste Tobias Goldmann, dass er nicht schlecht aussah. Man hätte ihn eitel nennen können, vielleicht auch einfach nur affektiert. Er spielte übertrieben mit seinen Reizen und stellte sie, nicht einmal gekonnt, zur Schau. Und zweitens war er ein Aufschneider.

Das junge Mädchen ging zur Bar, und ich nutzte die Gelegenheit und steuerte auf ihn zu. Als er mich sah, zauberte er ein Lächeln auf seine Lippen, dass jedem Vorstand einer Zahnpastafirma das Herz aufgegangen wäre ob des attraktiven Models.

Als ich vor ihm stand, merkte ich, dass auch sein Aftershave eine Spur zu aufdringlich war. Ich rümpfte die Nase und beschloss, flach zu atmen.

»Dich habe ich ja noch nie hier gesehen«, strahlte er mich mit seinen funkelnd weißen Zähnen an. Dass das Mädchen von eben erst gegangen war, hielt ihn nicht von einem weiteren Flirt ab.

»Das mag daran liegen, dass ich zum ersten Mal hier bin.« Ich lächelte und streckte ihm die Hand entgegen. Ihm blieb nichts anderes übrig, als sie zu schütteln. »Jule Flemming, wir haben telefoniert.«

Das Lächeln auf seinen Lippen erstarb, und seine Miene gefror.

»Sie haben wohl nicht damit gerechnet, dass ich kommen würde.«

Widerstrebend nickte Goldmann.

»Gut, jetzt bin ich also hier. Können wir uns irgendwo kurz in Ruhe unterhalten?«

Er deutete auf einen Tisch in einer Nische und ging voran.

Das Mädchen, mit dem er sich zuvor unterhalten hatte, kam mit einem Getränk zurück, doch er bedeutete ihr, dass er jetzt keine Zeit hatte. Enttäuscht ging sie davon, blieb aber in Sichtweite stehen und musterte mich und das Geschehen in der Nische mit Argusaugen.

Ich zog das Foto von Susanne Dauber aus der Tasche, und Goldmann bekam augenblicklich glänzende Augen. Er betrachtete es mit einer Mischung aus Gier und unverhohlener Neugier.

»Susanne«, kam er meiner Frage zuvor. Ich nickte.

»Dauber, richtig. Sie wird vermisst.«

In der Zeitung war nur von einer geschlechtslosen Leiche die Rede gewesen, daher nahm ich mir die Freiheit dieser kleinen Lüge.

»Und jetzt?«

»Sie hatten mit ihr ein Blind Date, weil Sie auf eine Kontaktanzeige geantwortet haben.«

»Tatsächlich.« Seinem Tonfall war nicht zu entnehmen, ob es eine Bestätigung oder eine Frage war. Er griff nach seinem Glas und trank einen Schluck, ließ mich dabei aber nicht aus den Augen.

Ich seufzte.

»Herr Goldmann, glauben Sie, ich habe Lust, mich hier mit Ihnen zu unterhalten? Für meine private Zeit hätte ich ein anderes Umfeld und einen anderen Umgang gewählt. Jetzt bin ich aber hier. Machen Sie es uns nicht schwerer als es ist. Ich bitte Sie einfach nur, mir ein paar Fragen zu beantworten. Anschließend trennen sich unsere Wege, und Sie sind mich los.«

Er schien nachzudenken und nickte dann kaum merklich.

»Gut, Sie haben sich also mit ihr getroffen. Wie ist es gelaufen?«

»Sie wäre genau mein Typ gewesen. Witzig, charmant, gut aussehend. Leider schien sie mich nicht zu mögen. Warum auch immer.«

Darauf wären mir auf Anhieb ein gutes Dutzend Antworten eingefallen. Die erste hatte mit seinem penetranten Aftershave zu tun. Es kitzelte mich in der Nase, und ich unterdrückte schon wieder ein Niesen.

»Irgendwie ist das bei Blind Dates immer so. Man trifft

jemanden, und der eine fährt voll auf den anderen ab. Leider beruht das in den seltensten Fällen auf Gegenseitigkeit. Und dann kennen die sich auch noch untereinander.«

Er sprach nicht weiter und blickte hinüber zu dem Mädchen, das uns noch immer beobachtete. Er winkte ihr beruhigend zu.

»Wie meinen Sie das?« Die Pause dauerte mir zu lang. Ich hatte keine Lust, den ganzen Abend hier zu verbringen und ihm die Informationen wie Regenwürmer aus der Nase zu ziehen.

»Kurz vor Susanne habe ich eine andere Frau kennengelernt. Auch über eine Annonce. Sie sah nicht schlecht aus, aber irgendwie war sie nicht mein Typ. Dafür stand sie auf mich. Das schmeichelt schon. Ändert aber nichts an der Tatsache. Sie hat mich oft angerufen, manchmal mitten in der Nacht. Wollte einfach nicht kapieren, dass ich nichts von ihr wollte. Auf jeden Fall habe ich mich mit Susanne getroffen, und dann taucht diese Tussi plötzlich auf und veranstaltet ein Geschrei, wie nur Weiber es können. Entschuldigung«, fügte er hinzu und grinste. »Anwesende ausgeschlossen.«

Er hatte keine Ahnung, zu welchem Geschrei ich in der Lage war. Wenn das so weiterging, würde ich ihm eine kleine Kostprobe bieten müssen.

»Und die beiden kannten sich, da bin ich ganz sicher. Na, auf jeden Fall sind sie sich fast an die Gurgel. Also bin ich gegangen.«

»Rein interessehalber, wie hieß die andere Frau?« Gab es eine potenzielle Gegnerin im Kampf um Goldmann? Und Susanne hatte den Kürzeren gezogen?

»Marina irgendwie.«

Ich schnappte nach Luft. »Waldner vielleicht?«

»Schon möglich, ich weiß es aber nicht mehr genau. So wichtig war sie mir nicht.«

Diese Information musste ich erst einmal verdauen. Hatte Marina nicht gesagt, dass sie niemals die gleichen Männer getroffen hatten? Gerade weil es keinen Streit geben sollte. War das ein blöder Zufall gewesen? Oder Absicht?

»Die Streiterei zwischen den beiden, wie war die?«

»Wie Gezanke zwischen Weibern halt so ist.«

Das half mir natürlich ungemein weiter.

»Eine Frage noch. Frau Dauber ist am 8. April verschwunden. Das war ein Mittwoch am Spätnachmittag. Was haben Sie da gemacht?«

»Ein Auto verkauft«, antwortete er wie aus der Pistole geschossen.

»Und das wissen Sie noch so genau?«

»Ja, Frau Neunmalklug. Ich verkaufe Autos. VWs, um genau zu sein. Und einen Touareg verkauft man nicht jeden Tag. Mit zwei im Jahr ist man schon gut. Und noch dazu an eine hübsche, junge Frau. Das kommt noch seltener vor. Meistens sind es die alten Knacker, die sich solche Autos leisten. Es wird Sie also nicht überraschen, dass ich ausgerechnet das noch weiß. Für den Termin habe ich mir den halben Nachmittag freigehalten. Ich habe mit ihr Kaffee getrunken, ihr dann das Auto erklärt und bin sogar noch eine Runde mit ihr gefahren.«

Ich schwieg unbeeindruckt.

»War's das?«, fragte er schließlich.

»Vorerst. Wenn ich noch Fragen habe, rufe ich Sie wieder an.«

»Oder auch nicht.« Goldmann stand auf und ging zu dem jungen Mädchen zurück, das seinen Beobachtungsposten noch immer nicht verlassen hatte. Besitzergreifend legte er einen Arm um sie.

Ich verließ das ›Jungle‹. Hätte ich nicht im Anschluss mein

Ach ne, auch schon bemerkt.

»Oh«, sagte ich, weil mir sonst zunächst nichts einfiel.

»Jetzt bin ich offiziell Verdächtiger in einem Mordfall. Es ist einfach schrecklich!«

Und ich saß in der Patsche.

»So schnell geht das nicht. Die Mordkommission hat den Fall übernommen, weil Frau Dauber tot ist. So einfach ist das. Äh, hast du gesagt, dass ich dir in dem Fall helfe?«

»Nein, warum?«

Ja warum? Weil ich nicht wollte, dass Mark etwas von meinem zweiten Leben erfuhr. Ich wollte nicht, dass er mich singen hörte. Überhaupt wollte ich nicht, dass er sich in mein Leben einmischte.

»Ich weiß nicht, ob das gern gesehen wird. Sonst denken sie womöglich, dass du etwas zu verbergen hast.«

Klang doch logisch, oder? Lou gab sich auf jeden Fall mit der Antwort zufrieden.

»Jule, du musst etwas unternehmen.«

»Ich bin doch dabei, Lou, aber ich kann auch nicht hexen. Immerhin bin ich der Polizei mit den Kontaktanzeigen voraus.« Gewesen. Aber das brauchte Lou nicht zu wissen. »Es ist nicht so, dass ich auf der faulen Haut liege und nichts mache.«

»Ich weiß. Es ist nur … was soll ich denn machen? Ich mag nicht noch einmal in den Knast. Du hast keine Ahnung, wie es dort ist.« Er schluchzte.

»Lou, bitte. Das regelt sich schon. Ich weiß, dass du nichts mit dem Tod von der Dauber zu tun hast. Und ich werde schon herausfinden, was sich zugetragen hat. Nur, du darfst jetzt nicht die Nerven verlieren, okay? Das bringt niemanden weiter.«

Das Schluchzen hörte auf.

Am Dienstag, wenn ich mich richtig erinnere. Wir hatten uns zu einem Eiskaffee verabredet.«

»Um wie viel Uhr war das?«

»Um zwei.«

Das war einer der Termine gewesen, die lediglich mit einem Kreis um die Uhrzeit versehen waren. Zwischenzeitlich vermutete ich, dass Susanne ihre Dates so gekennzeichnet hatte, damit ihr Mann ihr nicht auf die Schliche kam. Das war wohl danebengegangen.

»Was ist denn passiert?«

»Nun, wie ich bereits sagte, sie ist am Mittwoch verschwunden. Niemand hat sie seither gesehen, und ich wurde mit der Suche nach ihr beauftragt. Sie geben zu, dass Sie sie kannten?«

»Ja sicher. Ich habe auf eine Zeitungsannonce geantwortet. Wissen Sie, ich habe nicht viel Zeit Frauen kennenzulernen. Ich bin so eingespannt mit Nachtschichten und Überstunden, dass ich froh bin, wenn ich abends nach Hause kommen und die Füße hochlegen kann. Da habe ich keine Lust mehr wegzugehen. Auf gepflegte Unterhaltung und gemeinsames Essen möchte ich trotzdem nicht verzichten.«

»Dann hatte ich ja Glück, dass Sie heute Zeit hatten.«

»Ich gebe zu, als ich hörte, dass Sie Privatdetektivin sind, bin ich neugierig geworden. Erstens wollte ich wissen, warum Sie ausgerechnet mit mir sprechen wollten, und zweitens habe ich noch nie eine Privatdetektivin kennengelernt.«

»Wie ist Ihr Treffen mit Susanne verlaufen?«

Dr. Schönborn nahm das Foto und betrachtete es.

»Ich würde sagen, sehr gut. Wir waren uns auf Anhieb sympathisch, was auch nicht alle Tage vorkommt. Aber irgendwie lagen wir auf einer Wellenlänge. Kennen Sie das? Sie treffen jemanden, fangen ein Gespräch mit ihm an und meinen, Sie kennen ihn schon ewig, obwohl Sie sich gerade erst getroffen haben.«

Bisweilen kommt es auch vor, dass man solche Gespräche mit Menschen führt, die man jahrelang nicht gesehen hat …

»Sie war ein angenehmer Mensch. Und ich hatte auch den Eindruck, dass uns die Gesprächsthemen nicht so schnell ausgehen würden. Wir haben verabredet, uns wieder zu treffen. Am vergangenen Dienstag haben wir uns, wie gesagt, gesehen. Und dann nicht mehr. Ich habe mich gewundert, weil sie nicht angerufen hat. Ich dachte schon, sie hätte vielleicht doch kein Interesse an mir und sei zu höflich, das zuzugeben. Wenn Sie jetzt sagen, dass sie verschwunden ist, ist das natürlich logisch. Allerdings bleibt dann die Frage, was mit ihr passiert ist.« Dr. Schönborn klang ehrlich besorgt. »Haben Sie schon etwas herausgefunden?«

Dass sie tot ist, vielleicht?

»Noch nicht besonders viel. Und Sie werden sicher verstehen, dass ich nichts Näheres sagen kann.«

Dr. Schönborn nickte unglücklich.

»Kann ich irgendetwas tun? Kann ich irgendwie helfen sie zu finden?«

Ich schüttelte den Kopf und nippte an meiner Cola. Hauptsächlich, um Zeit zu gewinnen. Dr. Schönborn schien es ernst zu sein. Was sollte ich ihm sagen? Dass sie in der Rechtsmedizin in einem Kühlfach lag und darauf wartete, aufgeschnippelt zu werden?

»Das ist sehr nett von Ihnen. Aber ich glaube, im Moment kümmern sich genug Menschen darum.« Der Pathologe, zum Beispiel. »Die Polizei ermittelt bereits in dem Fall, ich wurde sozusagen noch ergänzend hinzugezogen und versuche nun mein Möglichstes.«

»Arme Susanne. Was wohl mit ihr passiert ist? Hoffentlich klärt sich das schnell. Wenn Sie sie finden, können Sie ihr dann bitte ausrichten, dass ich mir Sorgen mache? Und dass sie sich dringend bei mir melden soll?«

Ich nickte beklommen und war froh, dass es nicht meine Aufgabe war, ihm von Susannes Tod zu berichten. Gleichzeitig kam ich mir niederträchtig vor. Er hatte Susanne wirklich gemocht, das spürte ich. Und bei all den Enttäuschungen, die Susanne mit ihren Blind Dates erlebt hatte, musste er ein wahrer Lichtblick gewesen sein.

Mein Blick fiel auf die Zeitschrift. Ein medizinisches Fachjournal. Meine Rettung.

»Sie sind Arzt. In welchem Fachbereich?«

»Innere Medizin«, antwortete er zerstreut.

Wir unterhielten uns noch ein bisschen, bis ich meine Cola ausgetrunken hatte. Ich fühlte mich nicht wohl in meiner Haut und wollte so schnell wie möglich weg, ohne unhöflich zu erscheinen. Außerdem hatte ich mit Marina Waldner noch ein Hühnchen zu rupfen. Und das wollte ich gern heute Abend noch erledigen.

»Lassen Sie's gut sein«, winkte Dr. Schönborn ab, als ich den Geldbeutel aus meiner Tasche hervorkramte. »Sie sind eingeladen.«

»Danke. Das ist aber nicht nötig.« Mein schlechtes Gewissen nahm Ausmaße an, dass es ohne Probleme für den Rest meines Lebens ausgereicht hätte.

»Keine Ursache. Finden Sie nur bitte Susanne so schnell wie möglich.«

Ich nickte, unfähig, etwas zu sagen, verabschiedete mich und verließ fluchtartig den Biergarten.

Nachdenklich ging ich durch den Torbogen hinaus auf die Straße. Dr. Schönborn tat mir leid. Vermutlich würde er morgen aus der Zeitung erfahren, dass Susanne nicht mehr lebte. Ich hatte den Eindruck gehabt, dass er sie ehrlich gemocht hatte. Und auch Susanne hatte gegenüber Marina erwähnt, dass Dr. Schönborn sehr nett gewesen sei.

Marina Waldner. Was steckte hinter dieser Frau? Warum hatte sie mich so dreist angelogen?

Ich beschloss, gleich zu ihr zu fahren und ging zu meinem Auto, das vor dem ›Eiscafé Dino DeMarco‹ in Söflingen parkte. Eine lange Schlange hatte sich vor der Eisdiele gebildet, viele wollten sich nach der Arbeit bei schönem Wetter noch eine Kleinigkeit gönnen. Und das Eis war für meinen Geschmack einfach das beste der Stadt.

Ich zögerte nur kurz, eigentlich nur, um mein schlechtes Gewissen zu beruhigen, dann stand ich am Ende der Reihe. Auf fünf Minuten kam es nun auch nicht mehr an, tröstete ich mich. Und wenn ich schon einmal hier war, durfte ich mir die Gelegenheit nicht entgehen lassen. Wer konnte schon wissen, wann ich wieder in der Nähe sein würde? Da wäre es Frevel gewesen, die Möglichkeit ungenutzt verstreichen zu lassen.

Es dauerte zehn Minuten, bis ich mein Eis, dunkle Schokolade und Kaffee in der Waffel, in Händen hielt und zum ersten Mal daran leckte. Himmlisch, ein Gefühl von Sommer!

Ich setzte mich ins Auto, sah hinaus und machte mich über mein Eis her. Wenig später sah ich Dr. Schönborn durch den Torbogen des Klosterhofs treten. Er schien in Gedanken versunken und sah vor sich hin ins Leere. Armer Mann.

Sein Auto, ein Mercedes C-Klasse, stand zwei Fahrzeuge hinter meinem alten Golf. Er stieg ein, startete den Motor und reihte sich in den Strom der Vorbeifahrenden ein.

Mein Eis war aufgegessen, ich drehte ebenfalls den Zündschlüssel, setzte den Blinker und verließ die Parklücke. Zwischen mir und dem Mercedes war nur ein Fahrzeug. Wo Dr.

Schönborn wohl wohnte? Bestimmt feudal in einer großen Maisonetten-Wohnung mit Blick auf die Donau. Oder in einem der Lofts, die derzeit wie Pilze aus dem Boden schossen.

Offenbar hatten wir den gleichen Weg in die Stadt. Als er geradeaus weiterfuhr, wo ich abbiegen sollte, blieb ich einem Impuls folgend auf derselben Spur und fuhr hinter ihm her.

Die Fahrt endete enttäuschend in einer Reihenhaussiedlung in Böfingen. Dr. Schönborn parkte vor einem Haus, stieg aus und verriegelte das Fahrzeug. Ich blieb etwas entfernt stehen, um nicht aufzufallen. Langsam tastete ich mich vorwärts und kam schließlich hinter dem Mercedes zum Stehen.

Wohnte er hier? Von einem Arzt hatte ich mir irgendwie mehr versprochen.

Das Häuschen war klein. Nicht unbedingt renovierungsbedürftig, aber lang warten durften die Eigentümer nicht mehr. Der Zahn der Zeit nagte unübersehbar an den Mauern.

Aus dem Haus tönten Hundegebell und das Geschrei eines Kindes. Ich vergewisserte mich, dass niemand der Nachbarn aus dem Fenster sah, stieg aus und ging zur Tür. Neben der Klingel hing ein von Kinderhand gebasteltes Schild, auf das mit wackeliger Schrift die Namen der Bewohner geschrieben standen. Daniel, Karin, Lukas und Marie Wendt stand da zu lesen, und ich fragte mich, ob Lukas der Hund oder der kleine Künstler war.

Ich ging zurück zum Auto und stieg ein. Eigentlich hatte ich zu Marina fahren wollen. Doch bis ich dort war, vergingen ohne Weiteres 20 Minuten. Und meine Wohnung lag auf dem Weg.

Ich entschloss mich, morgen zu Marina zu fahren und stattdessen noch ein bisschen zu warten, bis Dr. Schönborn wieder aus dem Haus kam. Vielleicht fand ich dann heraus, wo er wohnte. Jochen wollte ich nicht schon wieder bemühen.

Doch ich wartete vergeblich. Kurz nach 22 Uhr gab ich auf und fuhr zurück in die Stadt. Ob Dr. Schönborn ein Verhältnis mit der Frau hatte, die dort wohnte? Hatte am Ende auch er ein Geheimnis zu verbergen?

Als ich einen Parkplatz suchte, fragte ich mich, ob die Suche nach einem Partner über eine Kontaktanzeige von Erfolg gekrönt sein konnte. Bei meinen bisherigen Erfahrungen, die ich dank des Falls hatte machen dürfen, zweifelte ich stark daran. Und im Moment hatte ich das ja nicht nötig. Jens Krügers Gesicht mit dem Lausbubenlächeln erschien vor meinem inneren Auge.

Das Telefon läutete und zerstörte das Gemälde. Meine Mutter. Schon wieder.

»Mama, ich möchte nicht zu einer Séance gehen«, sagte ich statt einer Begrüßung und klang genervt.

»Aber Kind, sperr dich doch nicht so dagegen. Ich spüre nur negative Schwingungen. Du könntest der Sache wenigstens eine Chance geben.«

»Nein.« Negative Schwingungen. So ein Quatsch!

»In der Zeitung war von einer Leiche die Rede, die gefunden worden ist.«

Ich sagte nichts.

»Ist das etwa diese Susanne?«

Ich schwieg. Eisern.

»Also ist sie es«, stellte meine Mutter mit Grabesstimme fest, dass selbst mir eine Gänsehaut über den Rücken lief. Wie schaffte sie das nur immer wieder? »Hör mal, diese Frau hat mich erneut um Hilfe gebeten. Sie möchte, dass man ihren Mörder findet.«

»Dann hilf du ihr doch. Immerhin hat sie sich an dich gewandt und nicht an mich.«

»Sie kann ja auch nicht mit dir Kontakt aufnehmen. Wie

soll sie, wenn du dich weigerst, an Séancen teilzunehmen? Sie hat nur die Möglichkeit, sich über mich an dich zu wenden.«

So ein Blödsinn.

»Mama, bitte, das ist nicht mein Ding. Ich mache das auf meine Weise.« Ehe sie mir wieder ein schlechtes Gewissen einreden konnte, fuhr ich fort: »Wir können uns ja bald mal treffen. Wenn der Fall erledigt ist.« Und die Hölle eingefroren.

Sie verabschiedete sich und hörte sich gekränkt an. Diesmal war es mir egal.

Als ich die Treppe hinaufging, stolperte ich wie am Abend zuvor über Mark Heilig, der es sich mit einer mittlerweilen leeren Flasche Bier und einer Zeitschrift auf dem Treppenabsatz vor meiner Wohnung bequem gemacht hatte.

»Na endlich«, begrüßte er mich, stand auf und klopfte den Staub von den Jeans. »Ich dachte schon, du kommst überhaupt nicht mehr nach Hause. Wo treibst du dich denn herum?«

»Ermittlungen.«

Einen sarkastischen Kommentar, als Mark hinter mir die Wohnung betrat, sparte ich mir.

Er schien sich wie zu Hause zu fühlen, trabte in die Küche, machte den Kühlschrank auf und holte zwei Bier heraus. Er öffnete sie auf konventionelle Weise mit einem Flaschenöffner, der an seinem Schlüsselbund befestigt war. Ich grinste in mich hinein. Es hatte einiges an Übung erfordert, den Kronkorken nach dem Öffnen der Flasche mit der Hand aufzufangen.

»Ermittlungen im Fall Dauber?«, wollte er an meine Erklärung im Flur anknüpfend wissen.

»Sitzt du jetzt jeden Abend hier, wenn ich nach Hause

komme? Als so eine Art Empfangskomitee? Wenn ich das weiß, kann ich dir beim nächsten Mal einen roten Teppich ausrollen.«

»Es gibt neue Erkenntnisse.«

Ich nahm das Bier entgegen, das Mark mir hinhielt, und trank einen Schluck.

»Du hast da einen Fleck auf dem T-Shirt«, sagte er und kam näher, um das verräterische Mal auf meinem Shirt in Brusthöhe genau unter die Lupe zu nehmen.

»Ich war in Söflingen, da gibt es das beste Eis der Stadt. Ist dir während deiner Zeit in Stuttgart entgangen.« Es war mir peinlich, dass er mir auf die Brust starrte, und ich überlegte, welchen BH ich vorhin angezogen hatte. Was für ein schwachsinniger Gedanke, schalt ich mich und schüttelte innerlich den Kopf. Was ging ihn mein BH an?

»So, so. Na wie auch immer. Susanne Dauber hat Kontaktanzeigen in der Zeitung aufgegeben, und es besteht die Möglichkeit, dass sie dabei ihren Mörder kennengelernt hat.«

Ich sagte nichts, sah Mark einfach nur an.

Er trank einen Schluck, hielt aber in der Bewegung beim Absetzen der Flasche inne.

»Du hast es gewusst! Ich fasse es nicht, du hast es gewusst. Du behinderst die Ermittlungen!«

»Überhaupt nicht. Ich ermittle selbst. Wenn du einen Schritt hinterher bist, kann ich nichts dafür.«

»Das darf nicht wahr sein! Du hast es gewusst.« Er hieb sich mit der flachen Hand an die Stirn, während ich ihn einfach nur ansah. »Was weißt du noch, das ich wissen sollte?«, fragte er kalt.

»Überhaupt nichts. Aber wenn wir schon dabei sind, dann kümmer dich um den Ehemann. Er wusste auch von den Kontaktanzeigen. Und bei der Gelegenheit kannst du ihre Freundin auch gleich unter die Lupe nehmen. Die beiden hatten ziemlich Zoff wegen einem Kerl.«

Mark knallte die Bierflasche auf den Tisch, dass Schaum herausspritzte und sich über das Holz verteilte.

»Du triffst dich doch nicht etwa mit den Typen?«

»Und wenn? Hast du Angst um mich?«

Marks Gesichtszüge verkrampften sich, und es fehlte nicht viel, dann wäre er explodiert, ich konnte es genau sehen. Doch er beherrschte sich. Es waren nur wenige Sekunden, dann drehte er sich um und verließ die Wohnung. Die Tür fiel mit einem lauten Krachen ins Schloss.

Es herrschte eine unheimliche Stille, und Marks Worte und das Donnern der Tür hallten in meinem Kopf.

Dann zuckte ich die Achseln und trank einen Schluck Bier.

Was konnte ich dafür, wenn er langsamer ermittelte? Wahrscheinlich nagte es an seinem Ego, dass ich mehr wusste als er. Er hatte mir nicht zugetraut, dass ich mit meinen Nachforschungen tatsächlich erfolgreich sein würde. So konnte man sich täuschen.

Warte nur, Mark Heilig, wozu ich noch alles fähig bin. Den Fall lasse ich mir nicht aus der Hand nehmen. Du wirst noch dein blaues Wunder erleben.

Ich stellte meine leere Flasche sanft neben seine, die in einer Bierpfütze stand, und holte einen Lappen, um das Verschüttete wegzuwischen. Ich zögerte nur kurz, dann nahm ich seine Flasche und trank einen Schluck daraus. Es war ein eigenartiges Gefühl. Fast so, als würde ich seine Lippen berühren. Wie damals.

Das warme Gefühl in meinem Bauch war urplötzlich wieder da, doch es störte mich nicht. Es war angenehm und stärker als beim letzten Mal. Es kribbelte. Oder bildete ich mir das nur ein?

Schnell stellte ich die Flasche wieder weg und ging ins Bad. Es war spät geworden, und morgen hatte ich ein Date.

Während ich die Zähne putzte, klingelte das Telefon. Ob Mark sich entschuldigen wollte? Hastig spuckte ich die Zahnpasta ins Becken und spülte den Mund aus. Doch ich kam zu spät. Als ich den Hörer abnahm, hörte ich nur noch das Freizeichen. Wild drückte ich ein paar Tasten, um dem Telefon die gespeicherte Nummer des Anrufers zu entlocken. Doch die Rufnummer war unterdrückt gewesen.

Kurze Zeit später dachte ich nicht mehr daran und fiel in einen tiefen, traumlosen Schlaf …

… aus dem ich wenig später unsanft gerissen wurde. Wieder läutete das Telefon, und ich hatte Schwierigkeiten, mich zu orientieren. Diesmal wurde eine Rufnummer angezeigt, die ich jedoch nicht kannte.

»Hier ist Rafael Winter.«

Der hatte mir zu meinem Glück gerade noch gefehlt.

»Was wollen Sie?«

»Mich entschuldigen. Wir hatten einen schlechten Start, davon ist ein unangenehmes Gefühl in mir zurückgeblieben.«

So, so. Was ihn betraf, hatte ich auch nicht die besten Gefühle.

»Haben Sie eine Ahnung, wie spät es ist?«

»Hast du etwa schon geschlafen?«

Jetzt reichte es.

»Also nur fürs Protokoll: Erstens, ja, ich habe bereits geschlafen, und zweitens sind wir nicht per du.«

»Jetzt hab dich doch nicht so. Ich würde mich gern entschuldigen.«

»Was hiermit erledigt wäre, ich wünsche keine weiteren Störungen dieser Art!«

Ich legte auf.

Donnerstag

Das durchdringende Geräusch meines Telefons riss mich aus dem Schlaf. Mühsam ergatterte ich den Hörer und lauschte. »Etwas Entsetzliches ist passiert!«

Verdammt, was denn jetzt schon wieder? Und warum immer so früh?

Ich linste auf den Wecker und stellte fest, dass es schon fast neun Uhr war. Ich gähnte ausgiebig und rieb mir die Augen, ehe ich antwortete.

»Was ist jetzt schon wieder los, Lou?« Ich mochte ihn. Wirklich. Aber in einem hysterischen Anfall von ihm aus dem Schlaf gerissen zu werden, war Höchststrafe. Und er war hysterisch!

»Grauenvoll, einfach schrecklich!«

Ja, das hatten wir bereits.

»Wo bist du?«

»Beim Arbeiten. Stell dir vor, die Polizei war heute Morgen schon da.«

»So oft, wie die in letzter Zeit bei dir waren, solltest du dich eigentlich langsam daran gewöhnt haben.«

»Es war die Mordkommission.« Seine Stimme war nur mehr ein ehrfurchtsvolles Flüstern.

Und ich hatte eine unheilvolle Ahnung. Ich setzte mich auf.

»Und wer war da?« Wollte ich die Antwort wirklich hören?

»Ein Kommissar Heilig. Und ich kann dir eines sagen, der ist alles andere als heilig.«

»Okay«, flüsterte er. »Ich mag nicht, dass die Gäste etwas mitbekommen. Es wird schon genug geredet.«

»Ich mach das schon, Lou. Ich habe es dir versprochen. Bitte erzähl einfach nichts von mir. Und ich sehe zu, dass ich dir die Mordkommission irgendwie vom Hals schaffe.«

Wie genau ich das machen wollte, wusste ich selbst nicht, und ich konnte nur hoffen, dass mir etwas einfiel. Aber mir graute bei dem Gedanken, dass Mark mich singen hörte. Ich konnte nur hoffen, dass Lou sich an unsere Abmachung hielt und nichts erzählte.

»Der Kommissar sah verdammt gut aus«, schob Lou nach einer kleinen Pause, deutlich ruhiger, hinterher.

Ich hustete. Tatsächlich? Ja, das war mir auch schon aufgefallen. Irgendwie.

Ich ließ Lous Beobachtung unkommentiert und versuchte, nicht weiter darüber nachzudenken.

Ich trödelte ein bisschen herum und ging später einkaufen. Als ich zurückkam, verließ Leon die Wohnung im ersten Stock.

»Hallo«, grüßte ich, und er nickte.

Er betrachtete meine Einkaufstaschen. »Hast du da eine Knarre drin?«

Ich verschluckte mich.

»Äh, nein. Nur Milch, Brot und Nutella.«

Er schien enttäuscht.

»Du bist aber schon ein richtiger Privatdetektiv? Oder hast du das nur gesagt, um mich zu vergackeiern?« Empört sah er zu mir hoch, die kleinen Fäuste in die Hüften gestemmt, und ich unterdrückte ein Lachen. »Ich bin zwar noch ein Kind, aber blöd bin ich auch nicht.«

»Nein, nein. Ich bin wirklich Privatdetektivin. Es ist nur so, dass man zum Mitführen einer Waffe eine Erlaubnis braucht. Und so eine Erlaubnis bekommen Privatdetektive nicht einfach so.« Vermutlich gab es in Deutschland kaum eine Handvoll.

»Und wie verteidigst du dich dann?«

Ich setzte meine Taschen ab.

»Man muss eben clever sein.«

»Bist du clever?«

Ich überlegte einen Moment.

»Ich denke schon.«

»Bist du gut in deinem Job?«

Respekt, das war ein erstklassiges Verhör.

»Willst du bei mir anheuern?«

Er zögerte und sah mich an. Etwas hatte sich verändert.

»Nein. Ich wollte fragen …«

»Leon, was machst du schon wieder?«

Eine junge Frau hatte die Tür geöffnet, aus der Leon eben gekommen war, und sah uns an.

»Hallo«, grüßte sie überrascht. »Ist er Ihnen auf die Nerven gegangen?«

»Überhaupt nicht. Wir haben uns unterhalten.«

»So.«

»Das haben wir schon ein paarmal getan. Ich würde nicht so weit gehen zu sagen, dass wir befreundet sind, aber ich glaube, dass wir auf einem guten Weg sind.« Ich gab dem Zwerg einen Klaps auf die Schulter und lächelte seine Mutter an.

»Oh. Und ich hatte schon befürchtet, dass er Ihnen auf die Nerven gegangen ist. Soll ja auch schon vorgekommen sein. Frau Beierlein hat da so ihre Erfahrungen machen müssen.« Sie warf ihrem Sohn einen vielsagenden Blick zu.

»Kann ich doch nichts dafür, wenn die Frau das nicht gut findet. Ich wollte doch nur wissen, ob sie ihre Zähne auch ankleben muss wie Opa. Immerhin ist sie mindestens so alt wie er.«

Ich prustete los, als ich mir vorstellte, wie Frau Beierlein auf diese Frage reagiert haben mochte.

»Manche Menschen mögen das aber nicht. Und ich möchte hier eine Weile wohnen bleiben.«

Unwillkürlich streckte ich ihr die Hand entgegen.

»Ich bin Jule. Willkommen in unserer kleinen Wohngemeinschaft.«

»Äh, Barbara«, sagte sie und schüttelte meine Hand. »Leon, jetzt komm aber wieder rein und lass Jule in Ruhe, okay?«

Ich nickte und verabschiedete mich.

»Sie ist Privatdetektivin«, hörte ich Leon sagen.

»Ja klar, und ich bin Lady Gaga.«

»Und sie hat einen komischen Namen, finde ich.«

»Das hast du ihr aber hoffentlich nicht gesagt.«

Hatte er. Doch seine Antwort bekam ich nicht mehr mit, Barbara hatte die Tür geschlossen.

Heute Morgen war ein großer Artikel über das Auffinden der Leiche in der Zeitung erschienen. Jens Krüger hatte ganze Arbeit geleistet und einen informativen, wenig reißerischen aber doch an das Mitgefühl appellierenden Bericht über das Opfer verfasst und stieg damit in meiner Achtung. So zu schreiben, war eine Kunst. Die Gratwanderung zwischen ernstem Journalismus und reiner Effekthascherei hatte er mit Bravour gemeistert.

Darüber dachte ich nach, als ich über den Münsterplatz in Richtung der Eisdiele am Rathaus ging. Die Donau mit ihren breiten Fußwegen war nur einen Steinwurf weit entfernt, und auch die Stadtmauer oder die Altstadt luden zum Bummeln und sich Treibenlassen ein.

Für meine Verhältnisse hatte ich mich ordentlich zurechtgemacht. Ich trug ein schwarzes, enganliegendes T-Shirt und meine besten Jeans. Sie kaschierten meinen etwas zu groß geratenen Hintern, und ich fühlte mich nicht übermäßig zur Schau gestellt.

Mein Haar hatte ich in einen kleinen Pferdeschwanz gepresst. Einige Locken hielten sich nicht an die von mir vorgegebene Ordnung und hatten sich widerspenstig selbstständig gemacht. Sie kringelten sich im Nacken und über dem Ohr, aber daran ließ sich nichts ändern, und mittlerweile hatte ich mich daran gewöhnt.

Schnell überquerte ich die Straße und sah mich suchend auf dem Rathausplatz um. Jens Krüger lehnte lässig am Brunnen. Mir fiel wieder auf, wie groß er war. Beim Friseur musste er auch gewesen sein, die blonden Locken waren nur noch im Ansatz vorhanden. Er lächelte mich an.

»Hallo«, grüßte er mit tiefer, weicher Stimme. Er trug Jeans, ein T-Shirt und hatte eine Lederjacke bei sich. »Ist es okay, wenn ich du sage?« Er grinste und zwinkerte mir zu.

Sollte mir recht sein. Immerhin waren wir in etwa gleich alt.

Wir reihten uns hinter einer Mutter mit einem kleinen Mädchen in die Schlange vor der Eisdiele ein und warteten.

Wenig später bummelten wir in Richtung Donau und unterhielten uns über Belanglosigkeiten. Langsam begann ich, mich zu entspannen, der Fall rückte vorübergehend in den Hintergrund. Vergessen konnte ich ihn nicht.

Jens brachte mich zum Lachen, und ich genoss es. Ich hatte den Eindruck, dass er sich selbst nicht ganz ernst nahm, eine ausgesprochene Frohnatur war, und diesen positiven Einfluss gab er an seine Umgebung weiter.

»Erzähl mal, Frau Privatdetektivin, was machst du so?«, wollte er wissen.

»Beruflich oder privat?«, fragte ich, angesteckt von seinem Herumgealbere, zurück und genoss mein Eis.

»Beides.«

»Was ich beruflich mache, weißt du ja.«

»Ja schon. Aber mich interessiert, was dahinter steckt. Ich habe noch nie einen Privatdetektiv kennengelernt. Schon gar keine Frau. Wollen wir uns setzen?«, fragte Jens und deutete auf eine Bank mit Blick auf die Donau und das gegenüberliegende Neu-Ulmer Ufer. Auf der anderen Seite stand ein großer Bagger und schaufelte Unmengen Kies aus dem träge dahinfließenden Fluss.

Ich nickte.

»Du brauchst keine Angst zu haben. Nichts von dem, was du mir erzählst, steht morgen in der Zeitung.«

»Na, bei euch Schreiberlingen weiß man das nie so genau«, konterte ich.

»Ernsthaft. Wie wird man Privatdetektiv?«

Ich überlegte einen Moment, leckte noch einmal an meinem Eis und sah dem Bagger zu, der mit weit ausgestrecktem Arm Kies ans Ufer hob.

»Der Beruf hat mich gefunden, würde ich sagen. Nicht ich ihn.«

Ich wollte nicht zu viel erzählen. Dafür kannte ich Jens weder lang noch gut genug. Und die Vergangenheit hatte mich gelehrt, nicht zu schnell einem Menschen zu vertrauen.

»Und dann hast du Fälle wie den Mord?«

Ich war froh, dass er nicht im Detail wissen wollte, wie sich mein beruflicher Weg entwickelt hatte.

»Du hättest mir übrigens ruhig sagen können, dass es eine Frau ist.«

Ich grinste. »Das wäre doch langweilig gewesen. Dann hätte ich mich auch gleich von der Zeitung bezahlen lassen können.«

»Eben nicht, du hättest den Artikel nicht schreiben können.«

»Okay, da hast du recht. Ist dir übrigens gut gelungen, die Mischung aus Einfühlsamkeit und Berichterstattung. Das können nicht viele.«

»Danke.«

Wir aßen unser Eis und sahen dem bunten Treiben am Ufer zu.

»Sag mal«, brach Jens schließlich das Schweigen, und ich sah ihn an. Das Eis war aufgegessen, und nun saß ich träge in der Sonne und genoss die warmen Strahlen auf meiner Haut und die angenehme Begleitung. »Was macht der Bagger da?«

»Die Donau ausbaggern.«

»Ach ne, tatsächlich? Das sehe ich auch. Ich meine, warum?«

Veralberte er mich?

»Du liest wohl deine eigene Zeitung nicht, oder?«

Sein Blick drückte Verständnislosigkeit aus.

»Heute Morgen ist ein Artikel über das Fischerstechen erschienen.«

»Worüber? Ehrlich, ich weiß nicht, wovon du sprichst. Davon habe ich noch nie gehört.«

»Wo kommst du eigentlich her?«

Es dauerte, ehe er antwortete.

»Von hier und da«, antwortete er schließlich, und ich bohrte nicht weiter. Auch er schien Geheimnisse zu haben. Das überraschte mich. Und auch er wollte sie nicht ausbreiten. Ähnelten wir uns? Fast hatte es den Anschein. »Ich bin viel herumgekommen, war aber größtenteils in Süddeutschland.«

Das erklärte, warum man ihm nicht unbedingt anhörte, dass er kein Ulmer war. Zwar vermisste ich den schwäbischen Dialekt, aber sein Hochdeutsch war kein reines. Einheimische Redewendungen schwangen ebenso mit wie das eine oder andere schwäbische Wort.

Ich war sensibel genug, nicht nachzufragen. Was ich von anderen forderte, galt auch für mich.

»Das bringt mein Beruf so mit sich«, fügte Jens erklärend hinzu.

»Okay, kein Problem. Das Fischerstechen ist eine Ulmer Tradition und findet alle vier Jahre statt. Es ist ein alter Fischerbrauch und funktioniert wie ein Ritterkampf. Nur eben ohne Pferde. Stattdessen stehen sich die Kontrahenten in kleinen, schmalen Booten gegenüber, die Zillen genannt werden. Eines startet am Ulmer Ufer, das andere am Neu-Ulmer. Die fahren aufeinander zu und versuchen, sich gegenseitig vom Boot zu stechen und in die Donau zu schubsen. Die Stecher sind Weißfischer, aber auch einige traditionelle Gestalten, wie zum Beispiel die Narren, Bauer und Bäuerin oder die Schwanenwirtin. Und natürlich geschichtliche Figuren, wie der König von Bayern oder der Graf von Württemberg. Ist ganz witzig zum Zuschauen und findet nicht jedes Jahr statt, ist also etwas Besonderes. Dieses Jahr ist es wieder so weit. Und heute Morgen ist in der ›Südwest Presse‹ ein Artikel erschienen, dass die Donau ausgebaggert werden muss, damit Fahrrinnen für die Zillen entstehen. Sonst wäre es für die Stecher, die in die Donau fallen, nicht tief genug. Nebenbei wird die Donau alle paar Jahre sowieso ausgebaggert, wegen all dem Kies, der sich dort sammelt.«

»Interessant. Habe ich nicht gelesen, den Artikel.«

»Wirklich?«

»Du kannst mir ruhig glauben«, beteuerte Jens. »Ich finde es nicht so spannend, was in der Zeitung steht. Ausgenommen, was ich schreibe.« Er lachte und fuhr sich mit der Hand durch das Haar. »Ernsthaft, ich lese kaum Zeitung. Ich sehe lieber Nachrichten.«

Ich fiel in sein Lachen ein.

»Ich wohne erst seit knapp einem Jahr in Ulm und war davor in Reutlingen.«

Langsam wanderten wir zurück, und Jens verabschiedete sich, weil er noch zu arbeiten hatte.

Zu Hause bot sich mir ein bereits vertrauter Anblick, und ich seufzte. Mark saß nach vorn gebeugt auf der obersten Treppenstufe und sah mich verärgert an. Augenblicklich verschwand die Hochstimmung.

»Hast du kein Zuhause?«

»Wo warst du?«

»Das geht dich nichts an«, antwortete ich und schloss die Tür auf. Ich hatte keine Lust, mir den schönen Nachmittag von einem grantigen Mark verderben zu lassen.

Er betrat die Wohnung hinter mir.

»Das geht mich wohl etwas an. Wir suchen einen Serienmörder.«

Ich hielt in der Bewegung inne und drehte mich zu ihm um. Mark stand dicht hinter mir, und ich prallte gegen seinen Brustkorb und schnappte nach Luft. Ob wegen der Information, der peinlichen Situation oder dem Déjà-vu konnte ich selbst nicht sagen. Vielleicht lag es auch an seinem Aftershave, mit dem Erinnerungen verbunden waren.

Ich räusperte mich, drehte mich um und ging in die Küche.

Ich konnte nur hoffen, dass er meinen roten Kopf nicht bemerkte, den ich zweifellos hatte.

»Wie kommst du darauf?«, fragte ich, als ich mich wieder gefangen hatte.

»Die Info bleibt unter uns, okay?«

Ich nickte.

»Vor vier Monaten ist in Weißenhorn eine Frau erdrosselt aufgefunden worden.«

»Ich erinnere mich dunkel. Hat man den Mörder nicht im näheren Umfeld der Familie gesucht?«

»Hat man, das führte aber zu nichts. Die Frau trug eine Kette um den Hals mit einem billigen Blumenanhänger aus Metall. Es war eine Rose. Nichts Wertvolles und auch nichts Schönes. Der Ehemann kannte die Kette nicht. Die Information wurde damals zurückgehalten, weil die Kollegen vermuteten, dass sie ihr vom Mörder umgelegt worden ist.«

Ich zog überrascht eine Augenbraue hinauf.

»Sieh mich nicht so an. Es kommt öfter vor, dass nicht alle Informationen an die Öffentlichkeit gelangen.«

»Und was hat das mit Susanne Dauber zu tun?«

»Wegen dem Fischerstechen wird im Moment die Donau ausgebaggert. Zum Glück nur in kleinen Mengen, sonst wäre ein Fund nicht aufgefallen. Ohnehin war es ein großer Zufall. Auf jeden Fall hat einer der Baggerführer eine Kette mit einem Anhänger gefunden und ihn bei der Polizei abgegeben, weil er vermutet hat, dass ihn jemand verloren haben könnte und er womöglich wertvoll sei. Bei uns sind sämtliche Alarmglocken angegangen. Es ist exakt der gleiche Anhänger mit der Rose wie bei der toten Frau in Weißenhorn.«

»Und woher wisst ihr, dass Susanne ihn um den Hals getragen hat?«

»Das wissen wir nicht«, gab Mark zu. »Aber er hat definitiv nicht lang im Wasser gelegen, und Susannes Hals hat neben den Spuren der Erdrosslung eine weitere aufgewiesen, die der Pathologe zunächst nicht zuordnen konnte. Nun hat er eingeräumt, dass es möglich ist, dass sie von einer Kette kommt, die der Toten um den Hals gelegt worden ist. Vermutlich hat sie sich an etwas verhakt, einem Ast oder etwas Ähnlichem, hat Susanne die Verletzung zugefügt und ist dann gerissen.«

Ich schluckte. Vorausgesetzt, die vagen Schlussfolgerungen stimmten, nahm der Fall neue Dimensionen an. Ein Schauer lief mir über den Rücken. Es war das Gefühl von Adrenalin, der unbekannten Gefahr und der Neugierde, das ich verspürte. In Bruchteilen von Sekunden gingen mir 1000 Gedanken durch den Kopf, ohne dass ich einen davon zu Ende bringen konnte.

Er fasste mich an der Schulter und sah mich eindringlich an. Ein seltsames Gefühl stieg in mir hoch.

»Verstehst du? Du kannst dich mit diesen Männern nicht treffen. Wir suchen einen Serienmörder!«

Ärgerlich schüttelte ich seine Hand ab. Ich setzte zu einer scharfen Erwiderung an, als das Telefon klingelte.

Die Zeit schien stillzustehen, und ich hörte wie paralysiert auf das Klingeln, das die Stille in regelmäßigen Abständen zerriss.

»Willst du nicht rangehen?«, fragte Mark schließlich und deutete auf den Apparat, der auf dem Küchentisch lag.

Ich schüttelte den Kopf.

»Wenn es etwas Wichtiges ist, ruft er wieder an«, antwortete ich und hörte selbst, wie falsch mein Einwand klang. Ich hatte plötzlich Angst, dass wieder niemand am anderen Ende der Leitung war.

Mark machte einen Schritt auf den Tisch zu, auf dem das Telefon lag und unschuldig läutete.

Ich erkannte seine Absicht und setzte zu einem Hechtsprung an, doch ich fasste daneben. Zwar konnte ich sehen, dass keine Rufnummer angezeigt wurde, doch Mark hatte das Gerät schon in der Hand und abgenommen.

»Hallo?« Er lauschte eine Weile und legte dann auf. »Niemand dran. Aufgelegt. Kommt das öfter vor?«

Ich wusste, dass er etwas ahnte, und drehte mich um, um ihm nicht in die Augen sehen zu müssen. Ich gab vor, das Geschirr abtrocknen zu müssen und schüttelte den Kopf.

»Der wievielte Anruf dieser Art war das?«, fragte Mark scharf.

»Der dritte«, antwortete ich leise und senkte den Blick. Ich hatte keine Angst, aber die mögliche Bedeutung dieser Tatsache sorgte für einen neuerlichen Schauer.

»Bitte?«

Ich hatte zu leise gesprochen. Nun drehte ich mich um und sah ihm trotzig ins Gesicht.

»Der dritte. Und wenn schon! Du bist Polizist und solltest wissen, dass Frauen, besonders allein lebende, oft Opfer von Telefonterror werden.«

»Aber keine, die Privatdetektivin sind, nicht im Telefonbuch stehen und einen Serienmörder jagen.«

»Schrei hier nicht so herum, das ist meine Wohnung.«

»Ich kann schreien, so lang es mir passt.«

»Aber nicht in meiner Wohnung! Was glaubst du eigentlich, wer du bist?«

Mein Blick stand Marks in nichts nach. Wir starrten uns einige Sekunden böse an, dann gab er nach und richtete sich aus seiner leicht nach vorn gebeugten Haltung auf.

»Mach doch, was du willst.«

Die Tür fiel leiser ins Schloss als am gestrigen Abend, und ich stand an das Spülbecken gelehnt, das Spültuch noch immer in der Hand.

Dann wandte ich mich ab und ging ins Schlafzimmer, um mich umzuziehen.

Er und die Informationen, die er mir eben gegeben hatte, waren übermäßig präsent. Sie verdrängten alles, und ich konnte an nichts anderes mehr denken.

Mein Gehirn arbeitete fieberhaft und kam zu der Schlussfolgerung, dass Marina Waldner als Tatverdächtige ausfiel, wenn ich wirklich einen Serienmörder suchte. Es konnte auch alles nur ein Zufall sein. Doch etwas sagte mir, dass es nicht so war.

Zum ersten Mal seit langer Zeit schloss ich die Tür von innen ab, legte die Kette vor und sah nach, ob alle Fenster geschlossen waren, bevor ich ins Bett ging und mit einem unguten Gefühl einschlief.

Freitag

Ich stand in aller Herrgottsfrüh auf. Es war an der Zeit, mich ernsthaft in die Sache zu vertiefen. Was ausgesehen hatte wie ein Freundschaftsdienst für Lou, hatte sich zu einem Mordfall von ungeahnten Ausmaßen entwickelt.

Mein erstes Ziel war Erich Weber, auch wenn ich ihn noch immer nicht für verdächtig hielt. Er hatte pünktlich um Viertel vor acht das Haus verlassen und war in sein Auto gestiegen. Ich wollte wissen, wo er arbeitete und war ihm gefolgt. Zu meiner Überraschung hatte er beim nahegelegenen Supermarkt geparkt. Weil der erst um acht Uhr öffnete, war ich ihm in den Vorraum des Marktes gefolgt.

Hier herrschte zu so früher Stunde bereits hektische Betriebsamkeit. Eine kleine Bäckerei und ein Waschsalon hatten schon geöffnet, und von Erich Weber war nichts zu sehen.

Unschlüssig sah ich mich um und entschied mich für ein Frühstück. Ich reihte mich in die kleine Schlange vor der Bäckerei ein und bestellte ein mit Schinken und Ei belegtes Vollkornbrötchen und einen Kaffee zum Mitnehmen. Als ich beides in Händen hielt, sah ich Erich Weber. Hinter dem Verkaufstresen eines Schuhmachers und Schlüsseldienstes. Ein wenig originelles Schild ›Webers Expressdienste‹ hing deutlich sichtbar an der hinteren Wand über einem Brett mit Schlüsselrohlingen.

Da der Supermarkt bis 22 Uhr geöffnet hatte, stieg ich beruhigt ins Auto und fuhr zurück zu Webers Haus. Dort angekommen, verzehrte ich zunächst mein Frühstück.

Dann ging ich zur Haustür und klingelte. Wie erwartet rührte sich nichts. Unschlüssig sah ich mich um. Im Haus nebenan bewegte sich ein Vorhang im ersten Stock, das war mein nächstes Ziel. Es geht doch nichts über neugierige Nachbarn.

Als ich läutete, wurde fast sofort von einer älteren Dame geöffnet. Sie trug einen Jogginganzug, in der Hand Walkingstöcke.

»Guten Morgen«, grüßte ich.

»Guten Morgen. Möchten Sie zu Herrn Weber?«

»Dort hatte ich geklingelt, ja.«

»Herr Weber ist nicht hier, er arbeitet.«

Ach ne!

»Kann ich Ihnen vielleicht weiterhelfen?« Sie wackelte mit ihren Walkingstöcken.

»Das weiß ich nicht genau. Wann kann ich ihn denn wieder antreffen?«

Die Dame wiegte ihren toupierten Kopf. »Das ist schwierig. Er arbeitet, wie gesagt.«

»Beim Schlüsseldienst.« Selbst belanglose Informationen preisgeben schaffte Vertrauen, das wusste ich aus Erfahrung.

»Richtig. Normalerweise schließt er das Geschäft um 18 Uhr. Aber seit seine Frau vor ein paar Monaten verstorben ist, geht er abends manchmal aus. Ich weiß nicht, wohin.«

Ich schon.

»Aber er kommt meistens spät zurück.« Ihr Tonfall zeigte deutlich, wie sehr sie dieses Verhalten missbilligte. »Er ist überhaupt immer seltsamer und schweigsamer geworden, seit seine Frau tot ist. Früher konnte man wenigstens noch das eine oder andere Wort mit ihm wechseln, obwohl er da schon ein Stoffel war. Aber jetzt …« Sie schüttelte den Kopf. »Am besten, Sie versuchen es bei ihm im Geschäft.«

Sie hatte sich beflissen nach vorn gebeugt.

»Danke, dann suche ich ihn dort auf.«

Die Frau schloss die Tür.

Als ich zurück zum Auto ging und einstieg, sah ich, dass der Vorhang im Erdgeschoss bewegt wurde. Um nicht weiter aufzufallen, fuhr ich davon.

Machte ihn das verdächtig? Er hatte seine Frau verloren und ging aus. Das an sich war kein sonderbares Verhalten. Wenn es auch seltsam sein mochte, dass er das so kurz nach dem Tod seiner Frau tat. Aber wer konnte schon wissen, ob er nicht einfach Vergessen suchte? Im Alkohol und in Gesellschaft anderer Menschen. Vielleicht fiel ihm sonst die Decke auf den Kopf?

Dass er ein Stoffel war, mochte sein. Vielleicht hatte er aber auch nur einfach keine Lust, sich mit neugierigen Nachbarinnen zu unterhalten. Ich konnte das nachvollziehen.

War er der Typ, der als Serienmörder unschuldigen Frauen auflauerte? Und nach dem Tod seiner Frau hatte er ein Ventil gesucht?

Ich war mir da noch immer nicht sicher. Für mich war das die falsche Fährte.

»Haben Sie geglaubt, ich würde das nicht herausfinden?« Meine Stimme war ruhig und trug trotzdem einen Unterton der Schärfe. Ich saß im gleichen weißen Sessel wie beim letzten Mal.

Ich hatte Marina sofort den Wind aus den Segeln genommen, indem ich sie noch unter der Tür auf Tobias Goldmann angesprochen hatte.

Sie hatte klein beigegeben und mich hereingebeten.

»Sie haben gesagt, dass Sie niemals die gleichen Männer getroffen haben. Und am Telefon spielen Sie mir solch eine Schmierenkomödie vor, als Sie vom Tod Susannes erfahren haben. Für wie blöd halten Sie mich eigentlich?«

Ihre Augen füllten sich mit Tränen.

»Und was, wenn ich fragen darf, haben Sie mir noch alles verschwiegen?«

»Nichts, ehrlich.« Die Antwort war kaum mehr als ein Flüstern. Marina Waldner saß wie ein Häufchen Elend in ihrem Sessel, hatte die Beine angezogen und die Arme um die Knie geschlungen.

Ich wartete ruhig auf eine Antwort. Und die Stille war fast noch unerträglicher als die zuvor gestellten Fragen.

»Sie müssen mir glauben. Susanne war mir wichtiger als sonst jemand im Leben. Wir waren *Freundinnen.*« Marina unterdrückte ein Schluchzen, konnte aber nicht verhindern, dass ihr Tränen über die Wangen rannen. »Ich vermisse sie so. Es war ein dummer Zufall, dass wir beide auf Tobias Goldmann gestoßen sind. Ich habe ihn ganz nett gefunden und hätte ihn gern wiedergesehen. Er war aber nicht an mir interessiert. Bei Susanne schien es genau anders herum zu sein. Und dass es dann zum Streit gekommen ist, war einfach nur blöd. Tobias ist gleich verschwunden, und wir haben uns angesehen und beschlossen, dass es kein Mann der Welt wert ist, dass man sich um ihn streitet. Also haben wir einen netten Abend verbracht und sind übereingekommen, die Sache zu vergessen. Sie müssen mir glauben.« Sie schnäuzte sich und sah mich flehend an.

»Warum haben Sie mir das nicht gleich gesagt?«

»Aus genau dem Grund, der nun eingetreten ist. Weil sie mich als Verdächtige behandelt hätten, wenn Sie von dem Streit gewusst hätten. Also habe ich es Ihnen nicht gesagt.«

Ich dachte einen Moment darüber nach und entschied, Marina zu glauben. Ohnehin war mein Besuch mehr Routine.

»Okay. Wenn es noch etwas gibt, das ich wissen müsste, dann sagen Sie es mir bitte. Und zwar jetzt!«

»Ich habe Ihnen alles gesagt, das müssen Sie mir glauben. Bitte finden Sie den Mörder. Ich habe meine beste, wahrscheinlich meine einzige Freundin verloren.« Die leise Stimme ging in ein Schluchzen über.

Ich ging und nagte auf meiner Unterlippe, als ich das Auto aufschloss. Ich glaubte Marina Waldner. Schon allein, weil ich einen Serienmörder suchte, und die waren in den seltensten Fällen Frauen. Doch auch ihr ganzes Verhalten entsprach nicht dem einer Mörderin. Ich glaubte nicht, dass Marina in der Lage gewesen wäre, einen Menschen umzubringen. Natürlich konnte ich mich täuschen.

Diese Spur war im Sand verlaufen, nun galt es, die anderen zu verfolgen.

Mein nächster Weg führte mich nach Böfingen. An Dr. Schönborn war etwas komisch gewesen. Ich hatte mittlerweile eine Ahnung. Die war aber so haarsträubend, dass ich mir selbst nicht über den Weg traute. Kontrolle war angesagt.

Kurze Zeit später hielt ich vor dem Haus, in das Dr. Schönborn zwei Abende zuvor gegangen war.

Ich bemerkte nichts Verdächtiges und stieg aus. Langsam ging ich auf das Haus zu, betrachtete noch einmal das selbst gemalte Schild und klingelte nach kurzem Zögern.

Eine Frau um die 40 öffnete die Tür. Sie war weder besonders groß noch besonders hübsch. Das halblange, braune Haar war zwar nicht strähnig, wirkte aber ungepflegt und war schlecht geschnitten. Sie trug ein blaues T-Shirt mit billig glitzernden Steinen und eine Jogginghose, die die beginnende Fülle nicht zu verbergen vermochte.

»Ja bitte?«, fragte sie, um sich gleich darauf umzudrehen. »Lukas, mach bitte den Fernseher leiser!«, rief sie. »Entschuldigung, Kinder, Sie wissen schon.«

Ich nickte. Ich hatte keine Ahnung.

»Mein Name ist Barbara Meier«, log ich. »Ich bin auf der Suche nach Herrn Wendt. Geschäftlich«, fügte ich vage hinzu und hoffte, einen Treffer zu landen.

Ein kleiner Yorkshireterrier kam kläffend den Flur entlang gerannt.

»Lukas, hol bitte den Hund rein.«

Ein kleiner Junge von vielleicht fünf Jahren stürmte hinter dem Hund her und sah mich neugierig an.

»Wer ist die?«, wollte er wissen.

Ich suchte nach einer plausiblen Antwort. Ein Blick in das Gesicht des fröhlichen Jungen mit den blonden Haaren und den dunklen Augen hatte mich geschockt und vorübergehend sprachlos gemacht, obwohl ich irgendwie damit gerechnet hatte.

»Die Frau möchte eine Versicherung bei Papa abschließen«, kam mir Frau Wendt zuvor. »Sei nicht immer so neugierig. Ich muss Sie bitten, ins Büro zu fahren. Mein Mann kommt heute nicht mehr nach Hause.«

Ich nickte nur.

Frau Wendt drehte sich um und ging zurück ins Haus. Der kleine Junge musterte mich noch immer mit unverhohlener Neugierde. Wenig später erhielt ich von seiner Mutter eine Visitenkarte.

»Die Adresse kennen Sie ja.«

Ich bedankte und entschuldigte mich für die Störung. Der

kleine Junge winkte, als ich mich umdrehte, und der Hund kläffte laut hinter mir her.

Im Auto holte ich erst einmal tief Luft, um mich von der Überraschung zu erholen. Lukas sah Dr. Schönborn zum Verwechseln ähnlich. Und wenn er sein Sohn war, dann hieß Dr. Schönborn nicht Schönborn, sondern Wendt und war alles, aber kein Doktor. Er führte ein Doppelleben, vor der Nase seiner Frau und seiner Kinder, die von seinem Treiben nichts wussten. Frau Wendt war sicher nicht einfältig, den intelligentesten Eindruck hatte sie bei mir aber auch nicht hinterlassen.

Ich fuhr auf direktem Weg nach Söflingen zu der Adresse, die auf der Visitenkarte stand. Ich musste nicht einmal anhalten. Der Mann, den ich suchte, stand im Anzug vor der Tür und trat eine Zigarette aus, bevor er zurück in das Büro der Versicherungsgesellschaft ging.

Daniel Wendt und Dr. Daniel Schönborn waren ein und dieselbe Person. Unfassbar! Das musste ich erst einmal verdauen.

Ein Blick auf die Uhr und mein knurrender Magen erinnerten mich daran, dass es Zeit fürs Mittagessen war. Unschlüssig, was ich tun sollte, suchte ich schließlich einen Parkplatz in einer kleinen Seitenstraße und ging in ein Café, von dem aus ich das Versicherungsbüro im Auge behalten konnte. Obwohl es herrlich warm war, betrat ich die Gaststube und suchte einen Platz am Fenster im hinteren Teil.

Bei der Bedienung bestellte ich einen Schweizer Wurstsalat, eine Tasse Kaffee und die Zeitung, die prompt gebracht wurde. Hinter ihr verschanzte ich mich und sah zwischendurch immer wieder zu dem Büro auf der anderen Straßenseite. Ich konnte Daniel Wendt zwar nicht sehen, doch verlassen konnte er seinen Arbeitsplatz nur durch die vordere Tür, das hatte ich zuvor überprüft. Ich würde ihn also nicht verpassen.

Der Wurstsalat kam, und ich verzehrte ihn lustlos. Er schmeckte nicht besonders, und die Portion war für den Preis fast unverschämt klein.

Während der nächsten zwei Stunden passierte nichts, und ich überlegte bereits, ob ich am Abend wiederkommen sollte. Wenn Wendt heute nicht mehr nach Hause fuhr, war das sicher ein Vorwand, um sich mit einer Frau zu treffen. Es konnte nicht schaden, wenn ich ihm auf den Fersen blieb. Trotzdem war die Warterei nervenaufreibend und führte, zumindest im Moment, zu nichts.

Ich überlegte, ob ich zur Uni fahren und das Alibi von Herrn Dauber überprüfen sollte, als mein Handy klingelte. Da ich die Nummer nicht kannte, überlegte ich einen Moment, ob ich abnehmen sollte. Die Neugier und die aufkommende Langeweile siegten schließlich.

»Hallo?«

»Wo bist du?«, kam Marks Stimme aus dem Hörer. Keine Begrüßung, nichts.

»In einem Café.«

»Triffst du dich schon wieder mit einem Mann?«

»Kontrollierst du mich?« Ich wartete ab und gab mich gnädig. »Aber da es dich wirklich zu interessieren scheint, ich bin allein, habe einen Schweizer Wurstsalat gegessen, der nicht besonders gut und viel zu klein war, und einen Kaffee getrunken. Der ist nicht schlecht gewesen, den könnte ich empfehlen. Jetzt lese ich Zeitung und führe dämliche Telefonate.«

»Du bist dir der Gefährlichkeit nicht bewusst!«

Klang seine Stimme besorgt?

»Schön, dass du dir Gedanken um mich machst, aber ich kann gut auf mich allein aufpassen.« Ich legte die Zeitung auf den Tisch. Auf der anderen Straßenseite tat sich noch immer nichts.

»Wie du willst. Was machen die Ermittlungen?«

»Das geht dich auch nichts an.«

Mark seufzte. »Ich habe nichts anderes erwartet. Du bist ein ganz schöner Sturkopf. Was ist nur aus dem schüchternen kleinen Mädchen von damals geworden?«

»Rate mal.«

»Geht mich wahrscheinlich auch nichts an.«

»Exakt.« Irgendwie genoss ich das Frage- und Antwortspiel. Es bot Abwechslung zu der langweiligen Beschattung, die noch etliche Zeit in Anspruch nehmen würde. Und Mark die Stirn zu bieten, war lustig. Boshaft fragte ich mich, wie lang es dauern würde, ihn richtig auf die Palme zu bringen. Keine Frage, ich war auf einem guten Weg.

»Okay, Spaß beiseite. Ich habe keine Ahnung, warum ich dir das sage, aber Susannes Ehemann hat ein Alibi für den Tatzeitpunkt, das konnten wir zwischenzeitlich ermitteln. Aber er wusste von den Kontaktanzeigen.«

»Ach ne!«

»Doch, stell dir vor.« Marks Ton stand meinem in nichts nach. »Er war auch nicht unbedingt gut auf seine Frau zu sprechen. Ich glaube, eine glückliche Ehe ist etwas anderes. Wie auch immer, er hatte am fraglichen Tag eine schwere Operation, und eine ganze Kompanie von Ärzten und Schwestern schwört Stein und Bein, dass er im OP war. Da kann man auch nicht eben weg, um seine Frau umzubringen und den Patienten dann zunähen. Er scheidet also aus.«

»Wenn ihr von einem Serienmörder ausgeht, war das doch ohnehin reine Routine. Ich hatte ihn als Verdächtigen schon ausgeschlossen.« Ich lehnte mich zurück. »Zugegeben, gerade habe ich mir überlegt, ob ich sein Alibi überprüfen soll. Aber das hat sich ja jetzt erledigt. Warum erzählst du mir das eigentlich?«

Mark seufzte wieder.

»Keine Ahnung. Wahrscheinlich will ich, dass du mit dem Quatsch aufhörst und die Ermittlungen an den Nagel hängst. Du wirst den Mörder sowieso nicht finden.«

Ich zog eine Augenbraue nach oben und strich mir eine widerspenstige Locke hinters Ohr.

»Und warum nicht?«

»Hör mal, das ist eine Nummer zu groß für dich. Die halbe Kripo ermittelt in dem Fall. Und ausgerechnet du willst den Mörder finden? Das ist doch lächerlich!«

»Ich war auch mal bei der Polizei, oder hast du das vergessen?«

»Nein, habe ich nicht. Aber damals warst du jemand anderer. Trotz allem bist du immer noch du. Lass die Finger davon, das ist gefährlich!« Die Warnung klang eindringlich.

»Hast du Angst um mich?« Trotz meines Ärgers konnte ich es mir nicht verkneifen, zu kokettieren.

»Wenn es dich beruhigt, ja. Ich möchte nicht, dass du auch mit einer Kette um den Hals in der Donau endest. Dafür kennen wir uns schon zu lang. Zufrieden?«

Das war es? Weil wir uns kannten? *Weil wir uns kannten???*

»Du kannst mich mal«, sagte ich und unterbrach die Verbindung.

Ich musste mich zusammenreißen, um nicht vor Ärger mit der Hand auf den Tisch zu schlagen. Was bildete sich dieser aufgeblasene Affe eigentlich ein? Jahrelang hatten wir uns nicht gesehen, hatten noch nicht einmal ein besonderes

Verhältnis gehabt, von der Knutscherei auf der Party einmal abgesehen, bei deren Erinnerung mein Herz noch immer kleine Purzelbäume schlug, zugegeben. Doch jetzt spielte er sich auf wie ein Ersatzpapa.

Ich kochte vor Zorn, und die Tatsache, dass ich in einem Café saß und seit zweieinhalb Stunden das Büro auf der gegenüberliegenden Straßenseite beobachtete, trug nicht zur Verbesserung meiner Laune bei. Plötzlich wurde es mir zu eng und drückend in dem stickigen Gastraum. Ich bezahlte meine Rechnung und verließ fluchtartig das Lokal, um spazieren zu gehen. Immer rund um das Versicherungsbüro, um Wendt nicht zu verpassen. Doch er ging nur zweimal zum Rauchen auf die Straße.

Nach eineinhalb weiteren quälenden Stunden und gefühlten qualmenden Schuhsohlen war es soweit. Zusammen mit einem Kollegen trat Daniel Wendt auf die Straße und zündete sich eine weitere Zigarette an. Er hatte sich umgezogen und trug nun Jeans und ein teuer aussehendes Polohemd. Er sah smart aus.

Ich sprintete zu meinem Auto und startete den Motor, um nicht zu verpassen, wenn er losfuhr. Nur um gleich darauf festzustellen, dass er nicht vorhatte wegzufahren. Gemächlich ging er die Straße entlang, vorbei an der rückwärtigen Seite des Klosterhofs, stadtauswärts.

Gerade als ich überlegte, ob ich den Wagen stehen lassen und die Verfolgung zu Fuß aufnehmen sollte, bog er rechts ab und verschwand im Biergarten eines chinesischen Restaurants. Ausgerechnet die ›Chaussee‹.

Ich parkte auf der Rückseite und schielte durch die Hecke in das Restaurant. Ein typischer Biergarten: In der Mitte stand ein großer Kastanienbaum, und rundherum saßen Gäste an Gartentischen auf Klappstühlen. Eine Asiatin huschte lautlos mit Getränken und Speisen hin und her, und der Besitzer, Herr Xu, machte seine Scherze mit den Gästen und lachte herzhaft. Ich kannte ihn. Er war ein netter Mann und hatte immer einen lustigen Spruch auf den Lippen.

Daniel Wendt saß mit dem Rücken zu mir an einem Tisch in der Nähe und erhob sich, als sich eine großgewachsene, schlanke Brünette mit Pagenkopf näherte. Sie trug einen kurzen, schwarzen Rock, eine Bluse mit raffiniertem Ausschnitt und Pumps, bei deren bloßem Anblick ich mich fragte, wie man darin laufen konnte.

Sie konnte, näherte sich sogar schnellen Schrittes Daniel Wendt und reckte ihm das Gesicht entgegen, damit er links und rechts ein Küsschen auf die dargebotene Wange hauchen konnte.

»Wie schön, dass es geklappt hat«, hörte ich sie sagen. »Konntest du doch rechtzeitig Schluss machen?«

Wendt rückte ihren Stuhl zurecht, bevor er ihr gegenüber Platz nahm.

»Die Operation war nicht besonders schwierig«, antwortete er und lehnte sich zurück. »Ich habe meinem Kollegen übergeben und gesagt, dass ich noch einen wichtigen Termin habe und unter keinen Umständen gestört werden möchte. Außer, es geht um Leben und Tod meiner Patienten.«

Er lachte, und ich schüttelte mich.

Die beiden hatten bestellt und taten sich gerade an einer Suppe als Vorspeise gütlich. Ich knirschte mit den Zähnen und überlegte kurz, dann glaubte ich, das Wagnis eingehen zu können, meinen Beobachtungsposten für kurze Zeit zu verlassen, und sprintete los.

Vor der Eisdiele herrschte wie einige Abende zuvor reges Treiben. Doch mein Ziel befand sich auf der anderen Straßenseite. Ein kleines, türkisches Straßenrestaurant, ›Söflinger Kebab & Pizza‹ genannt, in dem es phantastische Türkische Pizza und hervorragenden Kebab gab. Der Clou war der ›Söflinger Spezial‹, eine Pizza, die mit Kebab-Zutaten belegt war und hervorragend schmeckte. Ein halbwegs angemessener Ersatz für das Essen bei meinem Lieblingschinesen.

Ich bestellte meinen Kebab mit extra Knoblauchsoße und besonders scharf. Als ich hineinbiss, lief mir die Soße am Mundwinkel hinunter, und ich fing sie mit der Zungenspitze auf. Als kleine Entschädigung dafür, dass sich Wendt und seine Freundin den Bauch mit einem mehrgängigen Menü im ›Chaussee‹ vollschlugen.

Als ich zurückkam und meinen Wachposten hinter der Hecke wieder einnahm, saßen die beiden noch beim Hauptgang. Ich vermutete Nr. 47: Ente mit Knoblauch und verschiedenem Gemüse, leicht scharf, und biss die Zähne zusammen. Verdammt, das hatte ich auch schon lang nicht mehr gehabt.

Mein Zorn wuchs. Ob auf Daniel Wendt, auf Mark Heilig oder mich selbst, wusste ich nicht zu sagen. Ich hatte einfach schlechte Laune, und die vergrößerte sich von Minute zu Minute.

Das Essen zog sich hin, anschließend wurde Wein bestellt, und Daniel Wendt hielt nicht nur Händchen, er legte seiner Angebeteten sogar ritterlich seine Jacke um, während ich hinter dem Gestrüpp zu frieren begann, denn nachts war es noch immer empfindlich kühl.

Doch ich hielt eisern durch, bis die beiden nach dem Genuss von Nachtisch und Kaffee um halb zehn das Restaurant verließen. Die Brünette trug noch immer Wendts Jacke um die Schultern, und er legte den Arm um sie, während sie ihren Kopf an ihn drückte.

»Ich friere«, hörte ich sie sagen.

Na rate mal, wer noch. Ich biss die Zähne fest aufeinander, damit niemand hörte, wie sie klapperten, und schwor mir feierlich, in Kürze ein mehrgängiges Menü bei Herrn Xu zu genießen. Vielleicht zusammen mit Conny, meiner Freundin. Zeit für sie, mal wieder rauszukommen.

Ich stieg in mein Auto und verfolgte die beiden mit den Augen, bis sie fast nicht mehr zu sehen waren. Erst dann startete ich den Motor und fuhr hinterher. Vor dem Versicherungsbüro stand Wendts Mercedes. Die beiden stiegen ein und fuhren davon. Ich in angemessenem Abstand hinterher.

Noch immer war in Söflingen viel los, die Spaziergänger genossen das gute Wetter und waren alle in Jacken gehüllt, wie ich bibbernd feststellte. Ich verfluchte meine Dummheit, nicht wenigstens einen Pulli mitgenommen zu haben. Doch wer hatte geahnt, dass ich mir die halbe Nacht um die Ohren schlagen würde?

Die kurze Fahrt endete in der Innenstadt in einer ruhigen Seitenstraße der Frauenstraße. Wer hier, Auf dem Kreuz, wohnte, verfügte über Geld und guten Geschmack. Wendt hielt vor einem mehrstöckigen Neubau und stieg mit seiner Begleiterin aus. Lachend gingen sie ins Haus, während ich langsam hinterher rollte und hinter dem Mercedes zum Stehen kam. Ich wusste, dass ich hier nicht ungestraft lang stehen bleiben konnte, musste aber Gewissheit über den Verbleib der beiden bekommen, ehe ich das Wagnis eingehen konnte, einen Parkplatz zu suchen.

Ich schaltete den Motor ab, ließ das Licht aber brennen und stieg aus. Wendt und seine Begleitung waren im Inneren des Hauses verschwunden, und ich suchte die Klingelschilder ab. Im obersten Stock wohnte Dr. Daniel Schönborn.

Genug gesehen. Ich wollte nicht bis ins letzte Detail wissen, was im Inneren der Wohnung vor sich ging. Ich hatte eine Ahnung, und die reichte mir. Ich fror erbärmlich und sehnte mich nach einer heißen Dusche.

Als ich mich zum Auto umdrehte, sah ich eine Gestalt herantreten. Musste das jetzt auch noch sein? Hatte ich nicht schon genug gelitten? Eine männliche Politesse, die im Dunkeln ihr Unwesen trieb. Frauen traf man in Ulm um diese Uhrzeit nicht mehr an.

Schnell ging ich auf ihn zu und grüßte freundlich. Ein Ticket hätte mir zu meinem Glück gerade noch gefehlt.

»Entschuldigen Sie, ich musste nur eben etwas in den Briefkasten werfen, ich fahre sofort weg.«

»Sie dürfen hier nicht stehen, das ist ein Anwohnerparkbereich.«

»Das weiß ich«, antwortete ich pflichtschuldig. »Aber ich musste wirklich nur etwas in den Briefkasten werfen. Deswegen habe ich auch das Licht brennen lassen.«

Der Beamte, ein Mann Mitte 40 mit schütter werdendem Haar und spitzem Kinn wiegte den Kopf.

»Wenn das so ist, will ich es gut sein lassen. Sie können von Glück reden, dass das Licht tatsächlich brannte, als ich kam. Solche Ausreden höre ich immer wieder.«

»Es war wirklich keine Ausrede, ehrlich. Ich bin schon weg.«

Ich wünschte artig einen schönen Abend und machte, dass ich davon kam. Für heute reichte es mir.

Doch als wäre ich nicht leidgeprüft genug, klingelte auf dem Heimweg mein Handy. ›Aquarius‹. Schon wieder. Ich ging dran.

In einem Anfall geistiger Umnachtung versprach ich meiner Mutter morgen vorbeizukommen. Nur damit sie mich endlich in Ruhe ließ. Als ich aufgelegt hatte, überlegte ich mir, was mich bei dieser Zusage geritten hatte.

Direkt vor dem Mietshaus fand ich einen Parkplatz und stieg aus. Innerlich wappnete ich mich, dass Mark vor meiner Tür sitzen und mit weiteren Vorhaltungen auf mich warten würde. Doch der Flur war leer. Im ersten Moment wusste ich nicht, ob ich erleichtert oder enttäuscht sein sollte. Dann beschloss ich, dass es mir egal zu sein hatte.

Doch als ich die Tür aufschließen wollte, stieg neuer Zorn in mir hoch. Ich hatte doppelt abgeschlossen, das tat ich immer. Doch die Tür war einfach nur ins Schloss gezogen.

Es war jemand in meiner Wohnung. Was hatte er neulich gesagt? Wenn er gewollt hätte, hätte er in der Wohnung auf mich gewartet. Na warte, was bildete sich dieser dreiste Mistkerl eigentlich ein?

Doch in meiner Wohnung war es dunkel, der Flur war leer. Eine dunkle Ahnung beschlich mich.

»Mark?«, rief ich und wartete auf eine Antwort. Auch in der Küche war es dunkel. »Bist du da?« Fast hoffte ich jetzt auf eine Antwort.

Ich suchte vergeblich nach einem Zeichen seiner Anwesenheit, und ein ungutes Gefühl beschlich mich. Hätte er nicht zumindest einen Zettel hinterlassen, damit ich wusste, dass er hier gewesen war? Auf den ersten Blick war nichts zu sehen.

Im Wohnzimmer stand eine Schublade meines Schreibtisches offen. Nicht weit, aber gerade so, dass ich sehen konnte, dass sie geöffnet worden war.

Ich fror. Mark hätte nicht in meinen Unterlagen gewühlt. Ich traute ihm einiges zu, auch dass er in meine Wohnung gelangt war. Das jedoch war nicht seine Art.

Im Schlafzimmer war die Schublade mit meiner Unterwäsche geöffnet, und auf meinem Bett hatte jemand gesessen.

Das konnte nicht Mark gewesen sein, dessen war ich mir sicher.

Ich suchte weiter und fand überall Spuren der Anwesenheit einer fremden Person. Es war nichts beschädigt, und soweit ich es beurteilen konnte, fehlte auch nichts. Doch es war jemand hier gewesen.

Ich versuchte, das Zittern in meinem Körper zu unterdrücken. Mich fröstelte. Nicht auszudenken, was passiert wäre, wenn ich früher nach Hause gekommen wäre und diesen Jemand überrascht hätte.

Dann fing mein Gehirn wieder an zu arbeiten. Ich meldete den Einbruch bei der Polizei und wurde aufgefordert, nichts zu berühren, bis die Beamten eintrafen.

Während ich wartete, wanderte ich ziellos in meiner Wohnung hin und her. Überall brannte nun Licht, ich fühlte mich unbehaglich, und ich fror. Ich fühlte mich bedroht von einer unsichtbaren Gefahr.

Die Polizei traf nach kurzer Zeit mit zwei Streifenwagen ein und nahm den Einbruch auf. Ein Team der Spurensicherung wurde angefordert, um Fingerabdrücke zu nehmen und weitere Spuren zu sichern.

Ich kam mir vor wie eine Fremde in meiner eigenen Wohnung, saß am Küchentisch, trank Kaffee und musste zusehen, wie meine kurz zuvor aufgeräumte und saubergemachte Wohnung in ein Chaos verwandelt wurde. Dabei gaben sich die Beamten keine Mühe, besonders leise oder rücksichtsvoll zu sein. Ich kannte das aus meiner Zeit bei der Polizei und hatte bis zu einem gewissen Grad Verständnis dafür. Doch nun war ich eine Betroffene, ein Opfer, und fühlte mich erbärmlich und unbehaglich, während ein junger Mann der Spurensicherung mit behandschuhter Hand in meiner Unterwäsche wühlte.

»Was ist hier los?«, kam Marks laute Stimme aus dem Flur, und innerlich stöhnte ich auf. Hatte ich für heute nicht schon genug mitgemacht?

Ich antwortete nicht und sah ihn einfach nur an.

Fürsorglich legte er mir die Hand auf die Schulter und sah zu mir hinunter. Wenn ich meinen Kopf zurücklehnte, würde er auf seinem Bauch zu ruhen kommen. Ein tröstlicher Gedanke. Irgendwie. Doch ich riss mich zusammen, ließ meinen Kopf genau dort, wo er gerade war.

»Was ist passiert?« Seine Stimme war leise und drückte Wärme aus. Ich nahm den schwachen Geruch seines Aftershaves wahr und fand ihn herrlich beruhigend.

Die Situation drohte, mich zu übermannen und ich schluckte schwer, um die aufkommenden Tränen zurückzudrängen.

»Bei mir ist eingebrochen worden«, antwortete ich und kämpfte mit dem Kloß in meinem Hals. Wenn er nicht sofort die Hand von meinem Arm nahm, würde ich gleich anfangen zu heulen.

Abrupt stand ich auf und drehte mich weg, um mir eine neue Tasse Kaffee einzuschenken.

»Möchtest du auch?«, fragte ich über meine Schulter hinweg, ohne Mark anzusehen. Meine Stimme klang kratzig in meinen Ohren.

»Gern«, antwortete er. Dann verschwand er im Flur, um mit seinen Kollegen zu sprechen. Ich hörte sie im Schlafzimmer leise reden und war froh, dass er die Küche verlassen hatte. Als er zurückkehrte, hatte ich mich gefangen und konnte ihn wieder ansehen.

»Keine verwertbaren Spuren. Ist dir etwas aufgefallen?«

Ich schüttelte den Kopf und nippte an meinem Kaffee. Ich wollte nur noch allein sein, und hatte gleichzeitig Angst davor.

»Er muss Handschuhe getragen haben. Fehlt etwas?«

»Nein.« Ich starrte vor mich hin auf die Tischplatte. »Zumindest nicht, soweit ich auf den ersten Blick feststellen konnte. Und wenn ich mir das Chaos jetzt ansehe, wage ich zu bezweifeln, dass es mir in absehbarer Zeit auffallen wird, wenn etwas fehlt.«

»Sorry, aber du kennst die Prozedur.«

Ich nickte müde. Es war fast Mitternacht.

»Hast du Feinde?«

»Außer meinem Exmann eigentlich nicht, und das ist Jahre her.«

Mark zog eine Augenbraue nach oben und starrte mich aus großen Augen an. »Du warst verheiratet?«

»So etwas soll vorkommen.« Ich klang bissig und strich mir eine Locke hinter das Ohr, die sich selbstständig gemacht hatte und mich an der Nase kitzelte.

Mir kam es unendlich lang vor, ehe er etwas sagte.

»Könnte er es gewesen sein?«

Ich war froh, dass er das Thema nicht vertiefen wollte.

»Glaube ich nicht, ist schon zu lang her. Außerdem ist er zu blöd für so etwas.«

Mark kommentierte das mit einer erneut hochgezogenen Augenbraue und einem unterdrückten Schmunzeln. Irgendwie hätte ich selbst gern gelacht. Wenn die Situation nicht so verdammt ernst gewesen wäre.

»Sonst jemand? Ein Klient vielleicht? Oder jemand, gegen den du ermittelt hast?«

»Nicht, dass ich wüsste. Das Übliche eben, mir ist nichts Besonderes aufgefallen.«

Es herrschte betretenes Schweigen, und schließlich sprach Mark aus, was wir beide dachten.

»Wir sollten ins Auge fassen, dass der Mörder hier gewesen ist.«

Ich antwortete nicht.

»Hast du jemanden, wo du heute Nacht hin kannst?«

»Ich bleibe hier.«

»Du hast also niemanden?«

»Und wenn es so wäre, würde ich es dir nicht auf die Nase binden«, giftete ich zurück. Ich hätte zu meiner Freundin Conny gehen können. Da die aber einen Mann, zwei Kinder und einen Beruf hatte, war sie sicher nicht erpicht auf nächtlichen Besuch einer Freundin, die von einem verrückten Serienmörder verfolgt wurde. Und Fanny wollte ich nicht mit in die Sache hineinziehen. Über meine Mutter dachte ich keine Sekunde nach. Na ja, doch. Vielleicht eine. Um festzustellen, dass sie keine Alternative war.

»Du kannst zu mir kommen«, bot Mark an.

»Sicher nicht!« Doch die Idee hatte etwas für sich. Ich hätte zumindest gesehen, wie er wohnte und ob er mit jemandem zusammenlebte. Das hätte ich aber nie zugegeben.

»Du kannst richtig böse schauen.« Er lächelte. »Dann hast du gar keine Kulleraugen mehr. Schade, die mag ich.«

Ich war restlos bedient für heute.

Im Flur packten die Beamten ihre Sachen zusammen. Ein Uniformierter streckte den Kopf zur Küchentür herein.

»Wir sind fertig.«

»Ich möchte eine Kopie des Berichts und sämtlicher Ergebnisse«, ordnete Mark an und erhielt ein widerwilliges Nicken.

Kurze Zeit später waren wir allein. Ich ging zum Kühlschrank und holte ein Bier heraus.

»Kann ich auch eins haben?«

Ich überlegte, ob ich ihn gleich oder erst später hinauswerfen sollte. Er bekam das Bier.

»Du willst also wirklich hier bleiben?«

»Ja. Ich habe nicht vor, klein beizugeben.« Ich nippte an meiner Flasche und wand mich unter seinem ernsten Blick.

»Jule, das ist kein Spaß. Wir suchen einen gemeingefährlichen Irren.«

»Wenn es wirklich einer ist.«

»Ich meine es ernst. Willst du dich nicht aus den Ermittlungen zurückziehen und das den Profis überlassen?«

»Fang nicht schon wieder damit an.«

Mark hob beschwichtigend die Hand. »Wie du meinst«, sagte er und stand auf. »Schließ aber wenigstens gut ab.«

Ich nickte und folgte ihm in den Flur.

»Du bist ganz schön stur«, sagte er an der Tür und sah mich an, dass mir warm wurde. »Pass auf dich auf, Kullerchen«, sagte er und strich mir mit der Hand über die Wange. Dann drehte er sich um und ging.

Ich stand mit offenem Mund an der Tür, die Hand an der Wange, über die noch kurz zuvor seine Finger gestrichen hatten. Sein Aftershave lag wie ein lauer Hauch in der Luft. Er umfing mich tröstlich, denn ich war allein und fröstelte.

Als ich die Tür schloss und verriegelte, wurde ich mir der Stille bewusst, die in meiner Wohnung herrschte und die umso lauter erschien, als es noch kurz zuvor wie in einem Bienenhaus zugegangen war. Die Angst griff mit kalter Hand nach mir, und ich bereute bereits, dass ich Marks Angebot nicht angenommen hatte.

Ich vergewisserte mich, ob alle Fenster geschlossen waren, und ging unter die Dusche. Sämtliche Türen in meiner Wohnung ließ ich offen, und das Licht brannte in jedem Zimmer. Das heiße Wasser sorgte zwar für körperliche Wärme, die klamme Kälte in mir vermochte es nicht zu verdrängen.

Mit einem unguten Gefühl ging ich ins Bett und schlief sofort ein.

Er hatte sie nicht küssen dürfen, sie hatte ihn weggestoßen. Es hatte sein müssen. Irgendwie. Es war wie ein Rausch gewesen, als er die Hände um ihren Hals gelegt und zugedrückt hatte.

Und dann war etwas Neues passiert: Es war ein prickelndes Gefühl gewesen, als sie nach einem kurzen, sinnlosen Kampf ihren letzten Atemzug getan hatte. Als fokussiere sich alles auf das nahende Ende. Wie das Hinarbeiten auf den letzten Akt einer pompösen Wagner-Oper.

Diesmal hatte er sich schnell von ihr lösen können. Es war ein Zeichen. Sie schien nur eine Zwischenstation zu sein. Hin zu etwas Größerem, Höherem. Noch konnte er es nicht deuten. Aber er ahnte etwas. Langsam nahm es Gestalt an. Fast schien es, als sei er den langen, mühsamen Weg in den vergangenen Jahren nur dafür entlang geschritten.

Doch die Erkenntnis kam ihm erst jetzt. Er hatte geahnt, dass es noch etwas geben musste.

Auch jetzt war es ihm noch nicht ganz klar. Aber es kam näher. Wie ein Licht am Ende eines langen, dunklen Tunnels. Es war wie eine Befreiung.

Er musste sich zwingen, sich auf die Frau zu konzentrieren, die er in den Armen hielt. Vorsichtig ließ er sie ins Wasser gleiten. Sie hatte Respekt verdient. Doch es gelang ihm nicht, ihr die volle Aufmerksamkeit zuteilwerden zu lassen.

Schließlich drehte er sich um und ging. In Gedanken versuchte er, die Momente noch einmal an sich vorbeiziehen zu lassen. Wie er sich ihr genähert hatte. Ihr Geruch, das kurze, schwarze Haar und die Augen. Seine Wut, als sie ihn von sich gewiesen hatte, und die Beherrschung, die es ihn gekostet hatte, sie dafür nicht zu schlagen. Doch es wollte ihm nicht recht gelingen.

Schließlich gab er auf. Er wusste jetzt, was er zu tun hatte. Etwas anderes wartete auf ihn, sollte ihm geschenkt werden, und Geschenke durfte man nicht zurückweisen. Sie würde seine Belohnung für all die Mühen der vergangenen Jahre sein. Endlich bekam alles einen Sinn.

Samstag

Der Schlaf war kein erholsamer. Beim geringsten Geräusch schreckte ich hoch, und am nächsten Morgen wachte ich wie gerädert auf.

Es hatte keinen Sinn, weitere Zeit im Bett zu verbringen, an Schlaf war nicht mehr zu denken.

Ich kochte Kaffee und machte mich daran, das Chaos in meiner Wohnung zu beseitigen. Meine Unterwäsche aus der mehrfach durchwühlten Schublade steckte ich angeekelt in die Waschmaschine und schüttete eine doppelte Dosis Waschpulver dazu.

Den halben Vormittag verbrachte ich damit, in meiner Wohnung die alte Ordnung wieder herzustellen. Mit dem Vorsatz, nicht an den gestrigen Einbruch zu denken. Es blieb bei dem Versuch. Die Frage, wer das getan haben mochte, und ob es vielleicht der Mörder gewesen war, nagte unablässig an mir.

Unterbrochen wurde ich um halb zehn, als es an der Tür klingelte. An der Wohnungstür. Ich kämpfte lang mit mir, ob ich öffnen sollte, und schalt mich schließlich eine dumme Gans. Wer sollte mir um die Uhrzeit an die Wäsche wollen? Es war lächerlich. Ein kleiner Vorfall, und ich begann den Verstand zu verlieren.

Ich öffnete und atmete auf. Vor der Tür stand Leon, in der Hand eine zugeknotete Plastiktüte.

»Darf ich reinkommen?« Er sah mich nicht an, und ich konnte ihn kaum verstehen.

»Klar.« Ich war unsäglich erleichtert.

Doch was sollte ich mit dem kleinen Kerl jetzt anfangen?

Er sah sich neugierig in meiner Wohnung um und betrachtete das Chaos. »Ist bei dir eingebrochen worden?«

»Äh, so ähnlich.«

Er nickte. »Okay.«

Ich räumte den Küchentisch ab und deutete auf einen Stuhl.

»Willst du dich nicht setzen?«

Er rutschte auf den alten Holzstuhl, und ich hatte den Eindruck, dass er das nicht gern tat. Warum hatte er dann geklingelt?

»Möchtest du etwas trinken?«, fragte ich, um das Eis zu brechen. Was sollte ich ihm anbieten? Hatte ich Apfelsaft? Zwar lag Bier im Kühlschrank, aber das war wohl nicht das geeignete Getränk für einen kleinen Jungen.

Doch er schüttelte den Kopf. Zu meinem Glück.

Irgendwo musste noch eine Schachtel mit Schaumküssen herumstehen, ich hatte sie vorhin erst gesehen. Die hatte mein Bruder bei einem seiner seltenen Besuche mitgebracht, und ich mochte sie nicht.

Ich fand den Karton unter dem Altpapier. Das Mindesthaltbarkeitsdatum lief erst in einem Monat ab. Vergiften würde ich ihn also nicht. Ich stellte die klebrigen Dinger auf den Tisch. Ein Glas dazu und eine Flasche Mineralwasser, weil ich keinen Saft hatte.

»Danke, aber das mag ich nicht. Von Mineralwasser bekomme ich Sodbrennen. Ich trinke nur stilles Wasser.«

Sodbrennen? In dem Alter? Sodbrennen hatten schwangere Frauen. Oder alte Männer. Doch er hatte das mit einem solchen Ernst hervorgebracht, dass ich nicht auf die Idee kam, daran zu zweifeln. Also füllte ich sein Glas mit Leitungswasser.

Ich setzte mich zu ihm und versuchte, mich gegen das Kommende zu wappnen. Es misslang.

Er stellte die mitgebrachte Tüte schwungvoll auf den Tisch. Es klimperte. Dann sah er mich an, und sein Gesicht drückte eine Ernsthaftigkeit aus, die ich einem so kleinen Kind nicht zugetraut hatte.

»Das sind 13 Euro und 92 Cent.« Das Sprechen kostete ihn sichtlich Überwindung. »Und mehr habe ich nicht. Aber ich brauche deine Hilfe.«

Na, das war aber jetzt eine Hausnummer.

»Äh, okay. Was soll ich denn für dich tun?«

»Ich habe Probleme in der Schule.«

Oh Gott, wer hatte die nicht? Ich erinnerte mich an meine eigene Schulzeit und schüttelte mich.

»Hast du Stress mit einem Lehrer?«

»Einem Lehrer? Ach was. Es sind die anderen Jungs, die mir Schwierigkeiten machen.« Seine Stimme war leise geworden, er sah auf den Tisch.

Ich schwieg, weil ich nicht wusste, was ich sagen sollte. Dann sah ich Tränen auf die hölzerne Tischplatte tropfen, langsam aber stetig.

Was dann geschah, konnte ich nicht erklären. Vermutlich hing es mit dem Einbruch in der letzten Nacht zusammen, der mich emotional aus der Bahn geworfen hatte. Vielleicht erinnerte ich mich auch an meine eigene Schulzeit. Vielleicht lag es an Mark. Oder an allem zusammen.

Ich ging um den Tisch herum, kniete vor ihm auf den Boden und nahm ihn in den Arm. Er wehrte sich gegen die Umarmung, aber ich ließ ihn nicht los. Ein Kloß war in meinem Hals aufgestiegen, und er ließ sich nicht zurückdrängen. Mir selbst rannen Tränen über die Wangen, und ich schluchzte. Leon wurde ruhiger in meinem Arm und ließ sich halten.

Ich weiß nicht, wie viel Zeit vergangen war, ehe ich mich wieder aufrichtete und eine Runde Taschentücher ausgab. Ich räusperte mich.

»Was machen wir jetzt mit uns beiden?«, fragte ich, um etwas zu sagen. Das Sprechen fiel mir schwer.

Leon zuckte mit den Schultern und sah mich von unten unsicher an. Ein klasse Bild hatte ich abgeliefert. Ich, die coole Privatdetektivin, die stets alles unter Kontrolle hatte. Wenn er sich jetzt jemand anderen suchte, war ich selbst schuld. Plötzlich war mir wichtig, dass er Vertrauen zu mir hatte und nicht aus der Wohnung rannte.

»Eines ist klar, das bleibt unter uns, okay?«

Er nickte. Seine Augen schwammen noch immer in Tränen. Er schnäuzte sich geräuschvoll. »Was ist denn los mit dir?«

»Oh, ich würde sagen, ich habe eine beschissene Nacht hinter mir. Entschuldigung. Darf ich das überhaupt sagen?«

»Du meinst wegen *beschissen*? Das ist schon okay. In der Schule sagen sie ständig solche Worte.« Er nickte. »Die Polizei war da, oder?«

Zwar waren sie nicht gerade leise gewesen, aber wie hatte er das mitbekommen? Die Wohnung lag am Ende des Flurs, einen Stock unter meiner. Und es war mitten in der Nacht gewesen. Eine Zeit, zu der kleine Jungen längst schlafen sollten.

»Ja.«

»Sagst du mir warum? Irgendwann? Ich verspreche, ich sage auch nichts.«

»Klar. Wenn es vorbei ist.«

»Der Mann, der manchmal bei dir vor der Tür sitzt, ist das dein Freund?«

»Äh, nein.« Verdammt, der Junge sah und hörte zu viel. »Jetzt kümmern wir uns aber erst einmal um dich, okay?«

»Darf ich?«, fragte er und deutete auf die Schaumküsse.

»Sicher, greif zu.«

Ich wartete, bis er den süßen Papp gegessen hatte.

»Erzählst du mir jetzt, was los ist?«, fragte ich.

Er nickte und schluckte hinunter.

»Also, es ist so. Ich bin da in der neuen Schule. Und da gibt es in meiner Klasse eine Clique. Das sind richtig fiese Typen. Und die sind alle größer als ich.«

»In der wievielten Klasse bist du denn?«

»In der vierten.«

»Vierte? Wie alt bist du?«

Er sah wieder auf den Tisch.

»Ich weiß, was du denkst. Ich habe eine übersprungen.«

Oh, okay, ich hatte es also mit einem kleinen Intelligenzbolzen zu tun. In Ordnung. Das erklärte einiges.

Ich nickte.

»Auf jeden Fall haben die mich gleich in der ersten Woche bedroht. Ich sollte ihnen mein Pausenbrot geben. Zuerst habe ich das getan, dann wollte ich nicht mehr und habe einfach keines mehr mitgebracht. Dann haben sie mich auf dem Heimweg abgepasst und mir ordentlich eines mitgegeben. Sie haben mir in den Magen geschlagen und mich getreten. Es hat ganz schön wehgetan.«

Am liebsten hätte ich gleich wieder angefangen zu heulen. Aus Mitleid mit dem armen Kerl. In welcher Welt lebten wir eigentlich?

»Und dann haben sie gesagt, dass ich ihnen Geld mitbringen muss. Sonst stecken sie mich in einen Sack und verprügeln mich und schmeißen mich anschließend in die Donau.«

Bitte?

»Deswegen habe ich nämlich auch nicht mehr viel Taschengeld. Und ich hoffe, dass das hier drin ausreicht, um dich zu bezahlen.« Er deutete auf die Tüte. Dann faltete er die Hände und sah mich erwartungsvoll an.

Ich wusste nicht, was ich sagen sollte. Ich war schlicht sprachlos. Was um Himmels willen war nur los in dieser Welt? Es hatte schon immer Mord und Totschlag gegeben. Aber ein achtjähriger Junge?

Ich lehnte mich zurück. Darüber musste ich erst einmal nachdenken.

»Hilfst du mir trotzdem?«

»Klar helfe ich dir. Denen werden wir das Handwerk schon legen! Das geht ja gar nicht.«

Er schien unendlich erleichtert und griff nach einem weiteren Schaumkuss.

»Du bist schon ganz schön cool«, sagte er. »Obwohl du geheult hast.«

Was sollte ich jetzt dazu sagen? Ich räusperte mich.

»Weißt du, manchmal darf man weinen. Es ist ein Zeichen von Stärke. Und lass dir von niemandem etwas anderes erzählen, okay?«

Er sah mich zweifelnd an, dann nickte er.

»Du erzählst es trotzdem niemandem, oder?«

Er grinste. »Ne, schon klar!«

»Gut, und jetzt erzähl mir mal, wo du herkommst und was du so machst. Dann erzähle ich dir auch ein bisschen was aus dem Leben eines Privatdetektivs.«

Wir verbrachten einen kurzweiligen Vormittag.

Seine Mutter arbeitete als Krankenschwester und hatte sowohl Nacht- als auch Wochenenddienste. Was erklärte, warum Leon so viel allein war.

Aber er war ein aufgewecktes Bürschen und löcherte mich mit Fragen zu meinem Beruf, die ich versuchte, kindgerecht zu beantworten.

»Haben wir jetzt einen Deal?«, fragte er, als er ging, und hielt mir feierlich die Hand hin. Ich schlug ein.

»Äh, ja. Haben wir. Ich helfe dir.«

Sein Taschengeld behielt ich vorläufig. Ich wollte ihn nicht kränken, indem ich es ihm gleich wieder zurückgab. Es gab sicher Möglichkeiten, wie ich es ihm auf Umwegen wieder zukommen lassen konnte.

Wie ich ihm aber helfen sollte, war mir noch ein Rätsel. Ich konnte ja schlecht in die Schule marschieren und den Bösewichten Prügel androhen. Vermutlich hatten sie alle ältere Brüder, Vettern oder Onkels, und das konnte ich jetzt nicht auch noch brauchen.

Noch immer fühlte ich mich in meiner Wohnung nicht wohl. Der Einbruch hatte mir mehr zugesetzt, als ich zuzugeben bereit war. Hätte der Einbrecher den Fernseher oder den Computer mitgenommen, hätte ich ihn für bescheuert gehalten, ich hätte es aber nachvollziehen können. Doch dass nichts gestohlen worden war, machte die Sache zu etwas Persönlichem. Und das nagte an mir.

In einem Anflug von latentem Schwachsinn beschloss ich, den versprochenen Besuch bei meiner Mutter zu absolvieren. Dann konnte ich mich wenigstens aufregen und musste nicht über den Einbrecher nachdenken.

Sie wohnte in Neu-Ulm im Donaucenter, einem Hochhauskomplex aus den Sechzigern, von dem aus man einen schönen Blick auf die Donau hatte. Wenn man in der richtigen Wohnung lebte. Seine besten Jahre hatte die Anlage aber definitiv bereits hinter sich.

Meine Mutter besaß keine gute Wohnung, und ihr Blickfeld erstreckte sich über die Dächerwelt der Innenstadt von Neu-Ulm.

Ich hatte an der Tür unten geklingelt und wurde sofort eingelassen. Oben empfing sie mich, aufgeregt wie ein Schulmädchen.

»Kind, dass du endlich einmal wieder hier bist! Wie schön, dich zu sehen!«

Meine Mutter riss mich an ihren voluminösen Busen und drückte meinen Kopf an ihren Hals, dass ihr krauses, rotgefärbtes Haar mich in der Nase kitzelte. Ich nieste.

»Bist du krank? Du solltest mehr Tee trinken. Komm rein, ich habe eine Kanne aufgesetzt.«

»Ich habe Heuschnupfen«, murmelte ich, aber sie war mit wehendem Kaftan schon in der kleinen Wohnung verschwunden. Es interessierte sie nicht.

Ich folgte ihr und stieß mit dem Kopf gegen einen Traumfänger, der im Flur im Halbdunkeln von der Decke hing. Schnaubend betrat ich das Wohnzimmer, das ein illustres Sammelsurium von allerlei Krimskrams beherbergte. An der Terrassentür hing ein Windspiel und klimperte leise unablässig vor sich hin.

»Setz dich«, forderte sie mich auf.

Ich sah mich um. Wohin? Ich sah keine Sessel oder Stühle, auch ein gemütliches Sofa vor dem Fernseher fehlte.

Mutter deutete auf eine Ansammlung nicht zusammenpassender Sofakissen, die als Haufen auf dem Boden lagen.

»Hast du deine Möbel verkauft?«

»Das ist der neueste Schrei. Das hilft dir, dich auf das Wesentliche zu konzentrieren.«

Und verursachte Bandscheibenvorfälle.

Seufzend ließ ich mich nieder und sortierte eine Weile Sofakissen, um wenigstens halbwegs bequem zu sitzen. Es funktionierte nicht.

Meine Mutter zündete irgendein seltsames Kraut in einer

Schüssel an, und helle Rauchschwaden zogen durch die Wohnung. Es stank erbärmlich, und ich fragte mich, was sie da wohl abfackelte.

Sie brachte Tee und schenkte mir in einen Tonbecher ein.

»Die habe ich selbst getöpfert. Hübsch, nicht?«

Ich beäugte diese Missgeburt einer Tasse und nickte vorsichtig. Ob sie den Henkel absichtlich weggelassen hatte?

»Äh, ja.«

Der Tee stank ähnlich grausam wie die Räucherschale. Hatte sie etwa Teeblätter angezündet? Ich bildete mir ein, dass mein Gehirn von den Düften bereits in Mitleidenschaft gezogen wurde.

»Erzähl mal, wie geht es dir?«

Tja, wie ging es mir? Ziemlich bescheiden, würde ich sagen. Ich holte Luft und wollte ihr mein Leid klagen.

»Hast du dich jetzt dazu entschieden, doch an einer Séance teilzunehmen?«

Spätestens jetzt bereute ich wirklich, dass ich hergekommen war.

Es klingelte, und sie stand erfreut auf. Ohne meine Antwort abzuwarten. Wenig später kam sie noch fröhlicher zurück. Im Schlepptau meinen Bruder Sebastian.

»Ach wie schön, meine Kinderlein alle um mich versammelt.«

Sie drückte Sebastian neben mich auf eines der Kissen und gab ihm einen Becher Tee, der meinem Tongebilde zwar nicht einmal entfernt ähnelte, aber mindestens genauso hässlich war.

Sebastian drückte mich kurz. Er war fünf Jahre jünger als ich, überragte mich aber um einiges. Ich wusste nicht, ob wir uns in irgendeiner Form ähnelten. Er war schlaksig, hatte natürlich rotes Haar und jede Menge Sommersprossen. Ob er nun mein Bruder oder mein Halbbruder war, ich vermutete, dass das nicht einmal meine Mutter so genau wusste. Für mich war er trotzdem mein Bruder, und ich hatte ihn lieb. Auch wenn ich seinetwegen schon etliche schlaflose Nächte verbracht hatte, denn irgendwie schaffte er es immer wieder, sich selbst in Schwierigkeiten zu bringen. Aber er war ein begnadetes Computergenie und hatte meinem Rechner schon öfter wieder Leben eingehaucht, wenn ich schon längst den virtuellen Totengräber bestellt hatte.

»Wie geht es euch?« Meine Mutter strahlte uns an und trank einen Schluck Tee.

Ich sah, dass Sebastian den Mund öffnete, um zu einer Antwort anzusetzen. Ich bedauerte ihn schon jetzt.

»Bist du mit dem Mord schon weitergekommen?«

Er klappte den Mund wieder zu und sah mich an.

»Nein, bin ich nicht.«

»Was soll ich ihr dann sagen?«

»Wem?«

»Na Susanne. Der Toten.«

Ach, dem Geist. Hm, was sagte man einem Geist?

»Keine Ahnung. Sag ihr, dass sie in den Himmel verschwinden soll. Oder meinetwegen in die Hölle.«

»Aber Kind, warum bist du denn so gereizt?« Ein vorwurfsvoller Blick traf mich aus grün umrandeten Augen. »Das sind arme Seelen, die noch hier in unserer Welt gefangen sind. Unerledigte Dinge sorgen dafür, dass sie nicht wegkönnen. Ich stelle mir das schrecklich vor. An wen hätte sie sich denn wenden sollen?«

An den Papst vielleicht? War nicht der für solche Dinge zuständig?

»Sie hat mich ausgesucht. Vermutlich, weil sie von meiner

Verbindung zu dir weiß. Es ist doch auch wirklich ein glücklicher Umstand, dass ausgerechnet die Mutter der Person, die in dem Fall ermittelt, an Séancen teilnimmt.«

Ich fragte mich, was daran glücklich sein sollte.

»Habe ich etwas verpasst?«, mischte sich Sebastian mit gerunzelter Stirn ein. Er rutschte auf seinem Kissen hin und her.

»Jule fängt einen Mörder. Und ich bin das Medium.«

Ich sah meinen Bruder an und unterdrückte den Impuls, mir mit dem Finger an die Stirn zu tippen. In seinem Gesicht standen nur Fragezeichen.

»Erkläre ich dir später. Wie geht es dir?« Mich interessierte die Antwort ehrlich.

»Es geht«, antwortete Sebastian gedehnt. »Ich bin auf der Suche nach Arbeit.«

Mal wieder. Ich seufzte.

»Was ist passiert?«

»Diesmal konnte ich nichts dafür, der Laden hat dicht gemacht.«

Sebastian hatte bei einem Italiener Pizza ausgefahren. Den Job hatte er noch nicht lang gehabt. Und nun war er ihn schon wieder los.

»Kann ich dir irgendwie helfen?«, fragte ich, doch er schüttelte den Kopf.

»Lass mal, ich habe da was am Laufen.«

Ich nickte.

»Was ist jetzt mit dieser Susanne?«, fragte meine Mutter dazwischen.

»Sag ihr einfach, dass ich an der Sache dran bin. Und dass ich ihren Mörder finden werde. Es ist nur eine Frage der Zeit.«

Alles war immer nur eine Frage der Zeit. Zeit ist etwas sehr Dehnbares.

»Wäre es nicht einfacher, wenn du mit mir zu einer Séance gehen würdest?«

Ich stellte meinen Tonbecher auf ein Beistelltischchen und stand auf.

»Ich muss leider los.« Meine Mutter schien enttäuscht. »Ich muss noch ein bisschen ermitteln.«

Das verstand sie natürlich. Ich drückte Sebastian und raunte ihm ins Ohr, dass er mich anrufen solle, wenn er Hilfe brauchte. Er nickte.

Meine Mutter brachte mich zur Tür. Obwohl im Flur ein seltsamer Geruch aus Sechzigerjahren und gekochten Zwiebeln herrschte, atmete ich tief durch, um meinen Kopf von dem Duft der Räucherstäbchen zu befreien. Einer erneuten Umarmung konnte ich geschickt entgehen, und als ich auf der Straße stand, schwor ich mir, dass das für lange Zeit der letzte Besuch bei ihr gewesen sein sollte.

Wie schon oft fragte ich mich, warum wir kein normales Mutter-Tochter-Verhältnis haben konnten. Doch wieder kam ich zu keiner befriedigenden Antwort. Wir hatten uns nie sonderlich nahe gestanden, und oft hatte ich den Verdacht gehegt, dass ich ihr im Weg stand bei der Ausübung ihrer spirituellen Tätigkeiten. Warum hatte sie dann geheiratet und Kinder bekommen? Hatte sie etwas vermisst? Ich wusste es nicht.

Was ich jedoch genau wusste, war, dass sich unser Verhältnis nicht ändern würde. Warum auch? Für sie war alles normal.

Was sollte ich jetzt tun? Wo sollte ich hin? Zurück nach Hause wollte ich nicht. Jemand hatte meine Intimsphäre verletzt. Mein Reich, und sei es noch so unscheinbar und klein, war mir heilig. Weil es meines war. Ich hatte es mir geschaffen.

Und dorthin durfte niemand gelangen. Außer auf meinen ausdrücklichen Wunsch. Es hatte mich viel Mühe und Überwindung gekostet, mir etwas Eigenes aufzubauen, und nun hatte es jemand entweiht.

Ich überlegte kurz, dann beschloss ich, meiner Freundin Conny einen Besuch abzustatten. Ich hatte sie schon länger nicht mehr gesehen und vermisste sie.

Auf dem Weg zu ihr rief Fanny an und riss die nächste Baustelle auf. Sie hatte herausgefunden, was Lou für ein Geheimnis vor uns verbarg, und es hatte nicht nur sie in höchstem Maß alarmiert.

Sie war auf einen abgeschlossenen Kellerraum gestoßen, in dem sie Dekorationsmaterial vermutet hatte. Auch nach längerem Suchen war der Schlüssel nicht aufzufinden gewesen, und Lou hatte nur schroff erklärt, dass er ihn nicht habe und das von ihr Gesuchte dort nicht sei.

Das hatte Fanny in ihren Bemühungen, den Schlüssel zu finden, natürlich nur angestachelt. Und schließlich hatte sie ihn entdeckt. In Lous Schreibtischschublade.

Ich verkniff mir jeden weiteren Kommentar.

Ohne zu zögern, war sie in den Keller hinuntergestiegen und hatte nachgesehen. Der Raum war über und über voll mit sauber verschlossenen Kartons gewesen, die allesamt mit asiatischen Schriftzeichen versehen waren.

Was hatte Lou jetzt nur wieder angestellt? Was lagerte er da im Keller? Plagiate? Von was? Oder Pillen? Himmel, man konnte ihn wirklich nicht allein lassen. Ich musste der Sache auf jeden Fall nachgehen, bevor er sich ins Unglück stürzte. Wenn die Polizei einen Durchsuchungsbefehl erwirken konnte, dann gute Nacht.

In Gedanken versunken und mit keineswegs kleiner werdenden Sorgen erreichte ich Blaustein. Conny hatte früh geheiratet. Einen Rechtsanwalt. Soweit die Parallelen zu meinem Leben.

Sie hatte mittlerweile ein Reihenhäuschen und zwei Kinder und ging in ihrer Hausfrauenrolle voll auf. Und da endeten die Gemeinsamkeiten auch schon wieder.

Wir waren Freundinnen seit der Grundschule und hatten uns nie aus den Augen verloren. So unterschiedlich unser Leben auch verlaufen war.

Als ich klingelte, öffnete mir eine Dreijährige mit lockigem Wuschelkopf. Sie lächelte verschämt und verschwand schnell wieder.

»Hallo Sophie«, rief ich hinter ihr her, aber sie war bereits weg.

Conny kam in den Flur, ein knapp ein Jahr altes Baby auf dem Arm.

»Komm rein und stör dich bitte nicht am Chaos.«

Das tat ich nie. Obwohl in jeder Ecke Spielzeug herumlag, wirkte alles trotzdem sauber und aufgeräumt. Ganz anders als bei mir.

Ich umarmte sie und drückte der Kleinen ein Küsschen auf die Wange, was mir einen kritischen Babyblick eintrug. Alexa war mein Patenkind.

Ich folgte Conny in die Küche und durch das Wohnzimmer auf die Terrasse, die erst im letzten Jahr fertig geworden war.

»Da habt ihr aber ganz schön gewerkt«, stellte ich fest, als ich den Garten sah. Die abfallende Unkrautwüste war sauber angelegten Beeten gewichen. Das Gelände war eben und neu bepflanzt. Sandkasten, Trampolin, Rutsche und Schaukel standen ebenso herum wie Dreirad und Bobbycar.

»Das war auch eine elende Schufterei. Möchtest du einen Kaffee?«

Ich und Kaffee? Was für eine dämliche Frage!

Conny drückte mir Alexa in den Arm und verschwand. Wir guckten uns an, Alexa misstrauisch, ich neugierig und unbeholfen. Und dann stellte sie fest, dass ich nicht ihre Mutter war, und dass sie sich offensichtlich nicht an mich erinnern konnte. Die Mundwinkel verzogen sich in Zeitlupentempo nach unten, dann öffnete sie den Mund und begann zu brüllen, so laut es der kleine Hals zuließ, und schließlich kullerten große, theatralische Tränen aus blauen Augen.

Zum Glück kam Conny mit dem Kaffee, und ich gab ihr das Baby sofort zurück. Auf ihrem Arm entspannte sich Alexa schlagartig und grinste mich kurze Zeit später schon wieder an. Conny setzte sie in den Sandkasten, während Sophie im Trampolin herumhüpfte.

»Puh«, machte sie, band ihren Pferdeschwanz neu und lehnte sich zurück. Sie war nicht besonders groß und setzte langsam ein bisschen an. Aber sie hatte das gewinnendste Lächeln, das ich kannte. Sie war ein fröhlicher und aufgeschlossener Mensch und hatte eine Ausstrahlung wie keine zweite. Außerdem war sie im Besitz einer Kaffeemaschine, die den besten Kaffee zubereitete, den ich kannte. Schon allein dafür würde ich alle Mühen auf mich nehmen.

»Was führt dich her? So mitten unter der Woche?«

Ich nippte an dem Kaffee und genoss erst einmal. Nach den vergangenen Tagen hatte ich mir so eine Köstlichkeit mehr als verdient.

»Ich habe Urlaub.«

»Oh, okay. Ich wollte dich sowieso anrufen. Sophie, zieh dir die Schuhe wieder an, wenn du im Gras rumläufst. Das Kind macht mich wahnsinnig. Warum läuft sie immer mit Socken über die Wiese?«

»Weil sie ein Kind ist und es nicht besser weiß.« Ich überlegte. »Oder weil sie dich ärgern will.«

Conny seufzte.

»Manchmal denke ich das auch.«

»Weswegen wolltest du mich anrufen?«

»Stell dir vor, was ich erfahren habe.« Sie sah mich an, und ihre Augen leuchteten spitzbübisch. »Mark Heilig ist wieder in der Stadt!«

Ach, echt? Ich sagte nichts und trank einen weiteren Schluck, während ich den Kindern im Garten beim Spielen zusah.

»Und? Was sagst du?«

Was sollte ich sagen? Dass er in letzter Zeit fast jeden Tag bei mir gewesen war?

»Habe ich schon mitbekommen.«

»Ah, okay.«

»Hat sich in letzter Zeit alles ein bisschen überschlagen«, sagte ich als Entschuldigung. »Bei mir ist eingebrochen worden.«

»Bitte? Was wurde gestohlen?«

Ich schluckte schwer.

»Nichts.«

Sie sah mich einen Moment an.

»Raus mit der Sprache. Was ist los?«

Ich erzählte ihr der Reihe nach, was in den letzten Tagen passiert war und ließ nichts aus. Weder die Séancen-Geschichte mit meiner Mutter noch die Besuche von Mark. Danach fühlte ich mich besser.

»Und was willst du jetzt tun?«, fragte sie, als ich geendet hatte.

»Den Mörder finden, was sonst?«

»Ich meine, mit Mark.«

»Was soll ich mit ihm machen?«

Sie grinste.

»Na du weißt schon. Nachholen, was ihr damals verpasst habt.«

»Bist du verrückt?«

»Komm schon, jetzt sage nicht, dass du nicht schon daran gedacht hast.«

Ich antwortete nicht.

»Na also.«

»Das kommt nicht infrage.«

»Wieso? Ist es nicht an der Zeit, dieses Kapitel zu beenden?«

»Da hat überhaupt nie etwas angefangen.«

»Das stimmt nicht. Ich sehe dich noch heute auf meinem alten Sofa sitzen und jammern, was da wohl passiert ist. Du warst die verwirrteste Person, die ich je gesehen habe. Und das alles wegen einem einzigen Kuss. Hat Dirk dich je so geküsst?«

»Oh bitte, lass meinen Ex-Mann aus dem Spiel.«

»Hat dich überhaupt jemals jemand so geküsst?«, fuhr sie unerbittlich fort. Freunde dürfen sich die Wahrheit sagen, müssen es sogar, dazu sind sie da. »Ich habe gehört, dass er phantastisch küssen kann.« Sie klang schwärmerisch. Und ein bisschen wehmütig.

Was erwartete sie? Mehr als ein Grinsen fiel mir nicht ein.

»Na also. Alexa, bitte nicht die Schaufel in den Mund stecken, die ist voller Sand. Warum müssen kleine Kinder immer alles in den Mund nehmen?«

Ich stand auf, weil ich Lou heute noch mit meinem Besuch beehren wollte. Das hatte mir zu meinem Glück gerade noch gefehlt.

»Erst einmal muss ich den Mörder finden. Und was mit Mark passiert, werden wir dann sehen. Vielleicht mag er mich ja auch gar nicht?«

»Mark Heilig heißt vielleicht so, ist es aber nicht. Er nimmt mit, was nicht bei Drei auf dem Baum ist. Er wird dich mögen, glaub mir.« Conny zwinkerte mir zu.

Ich winkte Sophie und Alexa und verabschiedete mich von Conny.

»Pass auf dich auf, ja? Mit dem Einbruch ist nicht zu spaßen.«

Ich versprach es und ging.

»Du hast etwas herausgefunden, ja?« Lou hüpfte aufgeregt vor meinem Auto auf und ab, dass ihm sein Hut, heute mit rotem Band, schief in die Stirn rutschte.

»Gar nichts habe ich herausgefunden«, antwortete ich schlecht gelaunt und stieg aus. »Bei mir ist eingebrochen worden.«

»Oh. Das heißt jetzt aber nicht, dass du dich nicht mehr um meinen Fall kümmern kannst, oder?«

Na, schönen Dank auch. Ein bisschen Mitgefühl wäre wohl angebracht gewesen. Andererseits, wenn ich in seiner Situation gewesen wäre, hätte mich ein Einbruch bei jemand anderem auch nicht besonders beeindruckt.

»Ich kümmere mich weiter um deinen Fall, und ich habe das Gefühl, dass sich etwas tut, und dass wir bald mehr wissen.«

Das hörte sich gut an, oder? Lou nickte auf jeden Fall begeistert. Was sich allerdings tun sollte, wusste ich nicht so recht. Ich hatte nur langsam das ungute Gefühl, dass ich selbst der Lockvogel in einem undurchsichtigen Spiel war. Und das schmeckte mir nicht.

»Trotzdem muss ich mit dir reden.«

Er sah mich treudoof von unten an.

»Es geht um das, was du da im Keller lagerst. Das Zeug mit den japanischen Schriftzeichen.«

Er sah mich an wie vom Donner gerührt und hatte untertassengroße Augen.

»Da ist nichts«, antwortete er. Lou war der schlechteste Lügner der Welt.

»Klar, sicher. Was steht dann da unten?«

Seine Gesichtsmuskulatur spannte sich an, aber er sagte nichts.

Ich seufzte.

»Lou, ich weiß nicht, was da drin ist. Ich bitte dich nur, lass das Zeug verschwinden. Wenn die Polizei dir den Laden auseinandernimmt, dann solltest du dich nicht noch zusätzlich zur Zielscheibe machen.«

Er sah auf den Boden.

»Okay. Wie du meinst. War nur ein gut gemeinter Rat. Aber wenn du alles besser weißt – deine Entscheidung.«

Ich drehte mich um und stieg wieder in mein Auto. Für heute war ich restlos bedient.

Auf dem Heimweg meldete der örtliche Radiosender in den Nachrichten den Fund einer weiteren Leiche in der Friedrichsau in einem der Seen. Ein kalter Schauer lief mir über den Rücken. Wäre ich das gewesen, wenn ich gestern früher nach Hause gekommen wäre?

Daheim angekommen, griff ich zum Telefon und ließ mich mit Mark verbinden, der keinen Feierabend und kein Wochenende zu kennen schien. Sollte er in einer Beziehung leben, war es nur eine Frage der Zeit, bis sie daran zerbrechen würde. Seltsam, wie kam ich auf diesen Gedanken?

»Wie geht es dir?« Er klang müde.

»Geht so. Zumindest hatte ich keinen Besuch mehr.« Der Scherz missglückte, Mark lachte nicht, und auch ich fühlte mich nicht besser.

»Es ist eine weitere Leiche gefunden worden?«

»So ist es. Ich habe auch nicht viel Zeit. Hier ist die Hölle los.«

»Ich lasse dich gleich weiter arbeiten. Nur eine Frage.«

»Es ist eine Frau«, kam Mark mir zuvor. »Und ja, sie hatte eine Kette mit einem Rosenanhänger um den Hals.«

Mein Herz stand einen Moment still.

»Jule, gestern habe ich dir schon gesagt, dass das kein Spaß mehr ist.«

»Ich höre nicht auf zu ermitteln, falls du das damit sagen willst.« Meine Hand ballte sich zur Faust.

»Mach, was du willst.«

Fast tat er mir leid. Er hatte sich wegen mir die halbe Nacht um die Ohren geschlagen, und nun war eine weitere Leiche gefunden worden. Er musste in Arbeit ersticken.

»Möchtest du heute Abend zum Essen kommen?«, fragte ich spontan und presste die Lippen zusammen, als mir bewusst wurde, dass die Worte laut und für Mark hörbar meinen Mund verlassen hatten.

Er schien ebenso überrascht wie ich und antwortete nicht.

»Natürlich nur, wenn du Zeit hast. Und wenn niemand auf dich wartet. Ich meine …«

Er lachte leise.

»Ich nehme die Einladung gern an.« Und als ich nicht antwortete: »Dann bis heute Abend.«

Das Freizeichen ertönte, doch irgendwie fühlte ich mich nicht in der Lage, den Hörer aus der Hand zu legen. Hatte ich das tatsächlich gemacht? Hatte ich Mark zum Essen eingeladen? Zu mir nach Hause? War ich von allen guten Geistern verlassen?

Es half nichts, es war zu spät. Ich hatte ihn eingeladen, und er hatte zugesagt. Die Suppe musste ich wohl auslöffeln. Im wahrsten Sinne des Wortes. Und die Blöße würde ich mir nicht geben, jetzt wieder abzusagen.

Doch ich konnte der Sache auch etwas Positives abgewinnen. Jetzt war ich beschäftigt und damit abgelenkt. Die Gedanken an den Einbruch oder den Serienmörder, und ob es da einen Zusammenhang geben mochte, schob ich von mir.

Als ich mit Aufräumen fertig war, ging ich in den Supermarkt um die Ecke und kaufte ein, was ich für mein Abendessen brauchte. Ich hatte beschlossen, Pasta mit Garnelen in einer Weißweinsahnesoße zu kochen. Anschließend würde ich Mark ein Apfeltiramisu vorsetzen. Er würde sich wundern, wozu ich fähig war!

Den Rest des Nachmittages verbrachte ich damit, das Abendessen vorzubereiten. Speziell der Nachtisch war eine zeitaufwendige aber lohnenswerte Geschichte.

Doch Mark kam nicht. Als es 20 Uhr vorbei war, saß ich auf dem Sofa und sah fern. Ich hatte mittlerweile nicht nur einen Bärenhunger, ich wurde langsam auch sauer.

Die Vorkommnisse in Ulm hatten ihren Weg in die Hauptnachrichten des Fernsehens geschafft. Zwar nur in einer kurzen Meldung am Ende, aber der Sprecher warf die Frage auf, ob nicht ein Serienmörder sein Unwesen trieb.

Das ungute Gefühl und die Stille in meiner Wohnung erdrückten mich fast. Ich vergewisserte mich, dass alle Fenster und auch die Wohnungstür geschlossen waren, und zog mich mit einem Bier wieder vor den Fernseher zurück. Wenn Mark nicht kam, würde ich mir eben die tausendste Wiederholung von Dirty Dancing ansehen.

Kurz vor 21 Uhr klingelte es an der Tür, und mein Herz tat einen Sprung. Ich war einfach nur erleichtert, dass ich den Rest des Abends in Gesellschaft verbringen durfte. Zumindest versuchte ich, mir das einzureden.

Trotzdem ließ ich die Kette an der Eingangstür vorgelegt, bis Mark davor stand.

»Ah, Vorsicht ist die Mutter der Porzellankiste«, witzelte er, als ich öffnete. »Sehr löblich. Wenn es dir auch nichts bringen wird. Wer in diese Wohnung will, gelangt hinein.«

Er sah müde aus und hatte Schatten unter den Augen. Dunkle Bartstoppeln zierten sein Kinn und ließen es grau und erschöpft erscheinen. Doch das machte keinen ungepflegten Eindruck, und ich ertappte mich bei der Frage, ob sich die Stoppeln so stachelig weich anfühlten wie sein Haar.

»Komm rein. Magst du ein Bier?«

Mark nahm dankbar an und ließ sich auf einen der Stühle am Küchentisch fallen. Kaum zu glauben, dass wir erst letzte Nacht hier gesessen und über den Einbruch gesprochen hatten.

»Tut mir leid, es hat länger gedauert.«

»Macht nichts, jetzt ist das Essen zwar nicht mehr so frisch, aber sicher noch genießbar.«

»Es duftet auf jeden Fall verführerisch. Ich hatte kaum Zeit, heute etwas zu essen. Entsprechend groß ist mein Kohldampf. Ich hoffe, es wird reichen.«

Ich hatte den Tisch nicht besonders liebevoll gedeckt. Weingläser oder Kerzen fehlten, ich wollte keinen falschen Eindruck entstehen lassen.

Dagegen hatte ich mir beim Kochen die größte Mühe gegeben. Es duftete nach Knoblauch und frischen Kräutern, mit denen ich die Garnelen mariniert hatte, ehe ich sie angebraten und eine Soße aus Weißwein und Sahne gezaubert hatte. Der Clou waren die gerösteten Cherrytomaten, die ich hinzugefügt hatte. Dazu gab es warmes Baguette mit Oliven, für das ich extra noch einmal nach Blaustein gefahren war. Nur bei diesem Bäcker entfaltete sich das volle Aroma der öligen Früchte im Brot.

Im Nu waren die Nudeln warm und dampften verlockend in der Schüssel. Ich musste Mark nicht auffordern, sich zu bedienen. Er hatte den ersten Teller verputzt, bevor ich ein paar Gabeln gegessen hatte. Zu meiner Befriedigung stellte ich fest, dass es ihm schmeckte.

»Herrlich.« Langsam bekam er wieder ein bisschen Farbe ins Gesicht. »Ich darf doch?«, fragte er und griff erneut zu. Ich freute mich. Auch wenn er noch kein Wort über meine Kochkunst verloren hatte. Plötzlich war es mir wichtig, dass es ihm schmeckte.

Erst jetzt begann er zu erzählen. Spaziergänger, die eine frühe Runde mit ihrem Hund gedreht hatten, hatten die Leiche gefunden. Eine junge Frau, die nach ersten Ermittlungen ebenfalls Kontaktanzeigen in der Zeitung aufgegeben hatte.

Ich fröstelte. Hatte ich den Mörder bereits getroffen? Oder war es möglich, dass Susanne Dauber noch mehr Männer getroffen hatte, von denen niemand etwas wusste? Auf jeden Fall führte die Spur zu den Zeitungsannoncen.

Als ich die leeren Teller ins Spülbecken stellte, sprach Mark weiter.

»Die Sache läuft langsam aus dem Ruder. Wir haben einen Abgleich der Daten durchgeführt. In den letzten Jahren sind in Deutschland immer wieder Frauen erwürgt aufgefunden worden, und alle trugen diese seltsame Kette mit der Rose um den Hals.« Er schwieg einen Moment und starrte vor sich hin. »Acht Morde in 14 Jahren. Eine unvorstellbare Zahl.«

»Dann suchen wir also tatsächlich einen Serienmörder.« Es war unglaublich!

»*Wir?*«

Ich biss die Zähne zusammen.

»Ja, *wir*. Ich suche auch. Schon vergessen? Ich übe einen Beruf aus. Für mich ist das kein Zeitvertreib aus Langeweile.«

Musste er jetzt alles verderben?

»Ich möchte nicht, dass du auch irgendwann mit einer Kette um den Hals im See gefunden wirst«, sagte er leise und eine Spur versöhnlich.

»Angst?« Welcher Teufel hatte mich jetzt schon wieder geritten? Zuerst denken und dann sprechen.

Marks Kopf ruckte nach oben.

»Ja, du dumme Gans! Ich habe es nicht gern, wenn Bekannte von mir um die Ecke gebracht werden.«

Ich schwieg. Die dumme Gans hatte mich nicht gekränkt. Bei den Bekannten sah es schon anders aus.

»Wird schon nichts passieren«, antwortete ich und strich mir eine Locke aus der Stirn.

»Wenn du deine Haare abschneidest, stört dich die Locke nicht mehr«, sagte Mark und sah mich aus dunklen Augen an. »Wäre aber schade drum.«

Ich wusste nicht, was ich darauf antworten sollte, deswegen wechselte ich das Thema.

»Ihr habt jemanden am Wickel, dem ihr versucht, die Morde anzuhängen. Habe ich recht?«

Mark sah überrascht auf, sagte aber nichts.

»Gregor Falke aus dem ›Jazz-Keller‹.«

Mark reagierte nicht.

»Er hat nichts mit den Morden zu tun.«

»Woher weißt du das?« Seine Stimme war gefährlich leise geworden.

»Ich weiß es eben. Punkt.«

»Ah, das ist wohl der berühmte Ermittlerinstinkt, habe ich recht?«

»Wenn du so willst, von mir aus.«

»Dann will ich deinem Instinkt mal ein paar Fakten entgegenhalten. Die Frau, von der ich dir neulich erzählte, die vor einem halben Jahr in Weißenhorn im See gefunden wurde, verkehrte wie Susanne Dauber im ›Jazz-Keller‹. Und der saubere Herr Falke ist kein unbeschriebenes Blatt. Er ist wegen Drogendelikten vorbestraft und hat sogar gesessen. Solche Kerle ändern sich nicht. Er ist im Moment unsere heißeste Spur.«

Und wahrscheinlich die einzige. Was erklärte, warum er so verbissen war.

»Er war es nicht«, beharrte ich.

»Willst du mir nicht sagen, wie du darauf kommst?«

»Nein.«

»Ach so. Dann soll ich dir das jetzt einfach so glauben und meine Ermittlungen diesbezüglich einstellen.«

»Ja. Ich will dich nur davor bewahren, Zeit in eine Sache zu investieren, die zu nichts führt.«

»Das ist aber nett von dir. Du verteidigst den Guten ja recht vehement. Gibt es dafür einen tieferen Grund? Ich meine, eine Liaison wirst du wohl nicht mit ihm haben.« Selten hatte er spöttischer geklungen.

»Er war es nicht. Belassen wir es einfach dabei.«

»Wie du meinst.« Wir wussten beide, dass er den Teufel tun würde.

Er schwieg einen Moment und sah dann wieder auf. »Der Einbruch gestern bei dir ist seltsam. Wir haben keinerlei verwertbare Spuren gefunden. Der Typ muss Handschuhe getragen haben.«

»Vielleicht war es einfach nur ein Spanner.«

»Spanner beobachten und brechen nicht ein. Ich mache mir wirklich Sorgen, dass es der Mörder war.«

Ich mir auch. Doch ich hütete mich, das laut zu sagen. Stattdessen stand ich auf.

»Nachtisch?«

»Immer.«

Ich holte Dessertschalen und das Apfeltiramisu aus dem Kühlschrank. Statt mit Amaretto war es mit Calvados gemacht, die geriebenen Äpfel waren mit gerösteten Mandeln bestreut.

»Lecker!«

Ich freute mich über sein Kompliment, ließ es aber unkommentiert.

»Erzähl mal, du warst verheiratet?«

Die Frage traf mich unvermittelt und rührte an einer alten Wunde. Ich nagte an meiner Unterlippe.

»Jeder macht einmal Fehler. Die einen wiegen leichter, manche schwerer.«

Ich stand auf, um Bier aus dem Kühlschrank zu holen, und öffnete die Flasche am Küchentisch.

»Hast du eigentlich keinen Flaschenöffner?«

Er hatte mir fasziniert zugesehen.

»Ich hatte ihn verlegt. Und als ich ihn wieder gefunden hatte, waren schon Macken im Tisch. Also war es egal. Ist einfacher.«

»Wieso habt ihr euch getrennt?«, nahm er den Faden wieder auf und aß einen weiteren Löffel seines Nachtischs. »Köstlich!«

»Ist eine lange Geschichte.« Ich starrte vor mich hin auf die Tischplatte und überlegte, wie viel ich ihm erzählen sollte. »Die übliche Geschichte.«

Er drängte mich nicht und hörte einfach zu.

»Junges Mädchen sucht die große Liebe und lässt sich vom ersten Dahergelaufenen becircen. Vielleicht hätte ich nicht gleich heiraten sollen, dann hätte ich festgestellt, dass er das nicht nur mit mir so gemacht hat. Er musste ständig und an jeder Hand zehn Mädchen gehabt haben, ich habe es nur nicht gemerkt.« Die Erinnerung an jenen Abend kehrte zurück, doch ich fühlte, dass es mir gut tat. Also redete ich einfach weiter. »Irgendwann bin ich dahinter gekommen und bin ausgezogen. Ich habe sie in flagranti in meinem Bett erwischt. War nicht gerade angenehm.«

Mark nickte. Mit schief gelegtem Kopf nippte er gelegentlich an seinem Bier und hörte zu.

»Dann folgte das Übliche: Auszug, Scheidung, neues Leben, neuer Job. Und jetzt sitze ich hier und suche einen Serienmörder.«

»Deswegen die Veränderungen?«

Ich zuckte mit der Schulter.

»Ich denke, es war einfach an der Zeit, etwas in meinem Leben zu verändern. Es hat mich verändert. Aber ich bin zufrieden.«

»Deshalb das Piercing in der Lippe?«

Ich lachte leise. Wenn er wüsste.

»Nein, das hat mir gefallen.«

Nun lachten wir beide, irgendwie verlegen.

Die Situation war seltsam neu und doch irgendwie vertraut, als hätte es die letzten Jahre, in denen wir keinen Kontakt gehabt hatten, nicht gegeben. Ich schämte mich nicht. Nicht für das, was gewesen war und nicht für das, was ich heute war. Es tat gut, darüber zu reden, ich hätte es früher tun sollen.

Mark wusste längst nicht alles über mich. Er wusste nicht, wie sehr ich mich nach der großen Liebe gesehnt hatte, die ich in meinem Leben nie erfahren hatte. Er wusste nichts von meinem Bruder, der vielleicht nicht mein Bruder war, nichts von meiner Mutter, die ständig wechselnde esoterische Spinnereien im Kopf hatte, und nichts von meinem Vater, der vor 14 Jahren umgebracht worden war, und dessen Mörder noch heute frei herumlief. Er ahnte nicht, dass ich bei meinen Großeltern aufgewachsen war und mich immer nur nach Liebe und einem sicheren Platz im Leben gesehnt hatte.

In Dirk Heit hatte ich geglaubt, diese Liebe gefunden zu haben. Umso größer war die Enttäuschung gewesen, als ich ihn im Bett mit einer anderen erwischt hatte. Und umso schlagartiger die Erkenntnis, dass ich mein Leben selbst in die Hand nehmen und für mich kämpfen musste, wenn es sonst niemand tat. Meine Wohnung war nun mein Heiligtum. Mein Rückzugsort, meine Burg. Ich schottete mich hier ab und ließ alles draußen, inklusive meiner Gefühle. Nie war jemand über Nacht dageblieben.

Und ausgerechnet hier war eingebrochen und in meinen persönlichsten Dingen gewühlt worden. Es kam der Entweihung eines heiligen Ortes gleich und hatte mich nachhaltig schockiert und verunsichert.

Nein, das alles wusste Mark Heilig nicht. Und das sollte auch so bleiben.

»Ist lang her«, sagte ich schließlich und sah auf. »Schon vergessen. Wie gesagt, jeder macht einmal Fehler.«

»Du überraschst mich immer wieder, stelle ich fest.«

»Belassen wir es einfach dabei.«

»Okay. Jetzt musst du mir aber verraten, bei welcher Pizzeria du das Essen gekauft hast. Ich habe noch nie so köstliche Nudeln gegessen, und das Tiramisu war einfach gigantisch. Das muss ich mir merken.«

»Wie, wo habe ich das her?«

Das war jetzt nicht sein Ernst, oder? Er foppte mich nur. Gerade hatte ich mein halbes Leben vor ihm ausgebreitet. Das hatte ich noch nie getan. Und jetzt fragte er mich, *wo ich das Essen gekauft hatte*?

»Komm schon, du willst doch nicht sagen, dass du das Tiramisu selbst gemacht hast.«

War das zu fassen? Er glaubte mir nicht.

»Und wenn es so wäre?« Das war fast noch schlimmer als die Frage nach meinem Aussehen.

»Das glaube ich nicht. Das hast du doch bestimmt von einem Italiener.«

Ich holte tief Luft und versuchte, den Ärger hinunterzuschlucken.

»Hör mal zu, nur weil du selber nicht kochen kannst und mich schon lang nicht mehr gesehen hast, ist das kein Grund, mich zu beleidigen.«

Wenn Blick töten könnten, wäre er jetzt auf der Stelle über meinem Küchentisch zusammengebrochen. Die Nase mitten in der leeren Tiramisuschüssel.

»Ist doch nichts dabei«, sagte er und lachte. Er *lachte*! »Komm, sag schon. Oder ist das ein Geheimnis?«

»Du blöder Kerl! Ich habe auch die Pasta selbst gemacht.«

»Ja klar. Und meine Oma wohnt auf dem Mond.«

Er hatte sich gemütlich zurückgelehnt, nippte an seinem Bier, an meinem!, und grinste mich an.

»Raus mit dir!« Ich deutete mit einer eindeutigen Geste zur Tür.

Mark lachte noch immer.

»Jetzt komm schon, ist doch nicht schlimm!«

»Verschwinde!«

Er sah mich fassungslos an. Dann erhob er sich unsicher.

»Ist das dein Ernst?«

»Mach, dass du raus kommst!«

Wortlos stellte er sein Bier ab, das noch nicht einmal zur Hälfte getrunken war, und drehte sich um.

»Du hast sie ja nicht mehr alle.«

Er stand auf und ging.

Zornig kippte ich den Rest des Tiramisus in den Abfalleimer und das Bier in den Abfluss. Selten hatte ich mich verletzter gefühlt als im Moment.

Weil ich mit mir und meinem Zorn nichts anzufangen wusste, fuhr ich in den ›Jazz-Keller‹ und setzte mich mit dickem Hals an die Bar. Ich wusste, dass ich mit dem Taxi nach Hause fahren würde.

Als ich den ersten ›Canchanchara‹ getrunken hatte, fühlte ich mich besser. Ich begann, mit Fanny herumzualbern und versuchte, Lou erneut auf den Zahn zu fühlen, was die Pakete in seinem Keller anbelangte. Doch er mauerte noch immer und tat wie die Unschuld vom Lande. Für heute gab ich auf.

»Ich habe versucht, mit dem Kriminalkommissar zu reden, der hier gewesen ist.«

»Der Heilige?« Lous Augen bekamen einen seltsamen Glanz.

»Jep. Genau der.«

»Und?«

»Da ist nichts zu machen. Er hat sich in die Geschichte verbissen wie ein Terrier. Ich rate dir wirklich, ihm nicht noch mehr Angriffsfläche zu bieten. Schaff das Zeug aus dem Keller raus.«

Vielleicht hatte unser Zoff dazu geführt, dass er Lou nun ernsthaft auf dem Kieker hatte? Doch auch dieses Argument zog nicht. Er schwieg eisern, was den Keller und dessen Inhalt anging, und tat, als wäre alles nur meiner Einbildung entsprungen. Wie konnte man nur so verbohrt sein?

Fanny stand hinter dem Tresen und schenkte Getränke aus. Sie rollte die Augen, sagte aber nichts.

Plötzlich stand Andreas vor mir. Ich hatte ihn bisher nicht entdeckt und sah mich im Gastraum um. Doch, da hinten unter dem Tisch lag Flocki und blickte gemütlich zu uns herüber.

»Du hier?«, fragte ich albern. Ich hatte definitiv schon einen zu viel.

Doch er sah mich einfach nur an. In seinen Augen stand eine Mischung aus Zorn und etwas anderem, das ich nicht deuten konnte. Er sagte kein Wort, packte mich stattdessen am Handgelenk und zog mich vom Barhocker herunter.

Ehe ich mich versah, stand ich auf der Bühne, in der Hand ein Mikrofon. Vertraute Klänge drangen an mein Ohr, und ich begann unsicher zu singen. Was sollte das?

Andreas stand die Mordlust des Nick Cave ins Gesicht geschrieben. Hatte ich neulich die kraftvolle Stimme und die Intensität wahrgenommen, so fragte ich mich jetzt, ob er verdammt gut schauspielerte, oder ob ich es mit einem Irren zu tun hatte.

Ich konnte nicht anders, ich spielte meine Rolle. Die des unschuldigen jungen Mädchens, das sich in den eigenen Mörder verliebt und willig mitgeht, als er es zu Ende bringt.

»On the third day he took me to the river, he showed me the roses and we kissed. And the last thing I heard was a muttered word as he stood smiling above me with a rock in his fist.«

Ich beobachtete Andreas genau. Seine Augen waren fast schwarz, er hielt meine Hand mit seiner umklammert, und es tat mir weh, während sein Blick sich in mich hineinbohrte.

»On the last day I took her where the wild roses grow. And she lay on the bank, the wind light as a thief. As I kissed her goodbye, I said, ›All beauty must die‹. And lent down and planted a rose between her teeth.«

Ich schlug die Augen nieder, als er meine Hand losließ. Keine Sekunde konnte ich ihn mehr ansehen. Ich wusste, dass meine Stimme leiser wurde, und brachte kaum noch etwas heraus.

»They call me The Wild Rose, but my name was Elisa Day. Why they call me it I do not know. For my name was Elisa Day. My name was Elisa Day. For my name was Elisa Day.«

Die Musik hörte auf zu spielen, ich stand auf der Bühne mit gesenktem Kopf und lauschte der Stille, die im Saal herrschte. Ich musste an die tote Frau im Fluss denken, die eine rote Rose zwischen den Lippen hatte, und schauderte, als mir die Parallelen zu den Ereignissen der letzten Tage und Wochen überdeutlich bewusst wurden.

Endlich hob ich den Kopf und sah mich unsicher um. Applaus brandete auf. Und Andreas war verschwunden.

Ich versuchte, mich mit Anstand von der Bühne zu verabschieden und suchte den Gastraum mit den Augen nach ihm ab. Doch er war nirgends zu sehen. Auch Flocki war verschwunden.

Ich stürmte von der Bühne und floh nach draußen auf den Parkplatz. Aus den Augenwinkeln nahm ich eine Gestalt wahr, die mir verwundert nachblickte und anhob, mich anzusprechen.

Ich kannte den Typen, hatte ihn irgendwo schon einmal gesehen. Dann fiel der Groschen. Es war Rafael Winter. Und das führte nur dazu, dass ich noch schneller im Auto verschwand. Mit ihm wollte ich nun wirklich nicht mehr reden heute Abend. Eigentlich hätte ich nicht mehr fahren dürfen. Ich tat es trotzdem. Nach diesem Abend war ich restlos bedient und wollte nur noch nach Hause.

Ich schaffte es ohne größere Zwischenfälle in meine Wohnung und verriegelte sämtliche Türen und Fenster. Das Licht ließ ich brennen. Dann schlief ich ein und träumte von roten Rosen und toten Frauen im Wasser. Und immer wieder tauchte Andreas auf.

Mitten in der Nacht schreckte ich hoch, weil das Telefon klingelte. Eine Rufnummer wurde nicht angezeigt. Ich nahm den Akku aus dem Gerät und legte es neben das Bett. Es dauerte lang, ehe ich wieder eingeschlafen war.

Sonntag

Es war Sonntagmorgen, zehn Uhr, und ich saß missmutig über der Zeitung und einer Tasse Kaffee und dachte über den gestrigen Abend nach.

Überlegungen, die zu nichts führten. Ich fühlte mich gerädert von der letzten Nacht und fragte mich, wer mich wohl angerufen hatte. Dabei wusste ich es längst. Und ich war soweit, zumindest mir selbst gegenüber zuzugeben, dass ich Angst hatte.

Und dann lag mir das kleine Problem mit Leon im Magen. Ich wollte ihm helfen, keine Frage. Aber im Moment wusste ich nicht, wo mir der Kopf stand. Der Fall beanspruchte mich über die Maßen, und ich hatte keine Ahnung, wie ich mir die Zeit freischaufeln sollte, für Leon den Aufpasser zu spielen. Außerdem hatte ich noch immer keine Ahnung, wie ich ihm helfen konnte.

Mangels Alternativen rief ich meinen Bruder an und bestellte ihn zu mir.

Leon war hocherfreut, mich besuchen zu dürfen, warf mir einen verschwörerischen Blick zu und verabschiedete sich von seiner Mutter. Die zögerte, ihn mitgehen zu lassen.

»Keine Angst«, sagte ich. »Wir werden uns die Köpfe schon nicht einhauen. Und eigentlich ist er ja ganz brav.«

Zweifelnd sah sie ihren Sohn an und umarmte ihn dann mit der Ermahnung, nur ja anständig zu sein.

»Cool«, sagte er, als er meinen Bruder zu Gesicht bekam. »Habe ich jetzt einen Bodyguard? So wie die im Film? Mensch, bist du groß!«

Er sah bewundernd zu Sebastian hinauf. Der blickte skeptisch nach unten.

»Sebastian, wir brauchen deine Hilfe«, sagte ich feierlich, als wir alle um den Tisch saßen. In der Mitte stand die Schachtel mit den Schaumküssen. Leon und Sebastian bedienten sich und kauten einträchtig.

»Was'n los?«, nuschelte mein Bruder mit vollem Mund. Ich warf ihm einen strafenden Blick zu. Der Jugend ein Vorbild.

»'tschuldigung.«

»Leon hat ein kleines Problem in der Schule. Und du hast doch im Moment nichts zu tun. Wie wäre es, wenn du Leon in die Schule begleitest und ihn von dort wieder abholst, wenn er aushat?«

Sebastian überlegte, und Leon und ich sahen ihm gleichermaßen hoffnungsvoll dabei zu.

»Will dir einer ans Leder?«

Leon nickte und erzählte seine Geschichte erneut.

»Das geht ja nun mal gar nicht!«, sagte Sebastian, als er geendet hatte. »Klar helfe ich dir. Ich hatte früher auch mal Probleme mit solchen Kerlen. Das kriegen wir schon hin.«

»Und ich überlege mir in der Zwischenzeit, wie wir uns die Bösewichte vom Hals schaffen, okay?«

Beide nickten, und ich war froh, dass wir fürs Erste eine Lösung gefunden hatten. Keine zufriedenstellende, dessen war ich mir bewusst. Mir musste etwas einfallen, und zwar schnell. Aber es war für den Moment besser als nichts.

Mittags war ich dann wieder allein. Abwechslung musste her, alles war besser, als hier zu sitzen und nachzudenken. Also beschloss ich, Jens anzurufen. Er hatte gesagt, ich solle mich bei ihm melden. Etwas, das ich nur zu gern tat, um der Einsamkeit in meiner Wohnung zu entfliehen. Ich hatte das

Gefühl, hier ersticken zu müssen, wenn ich den Abend nicht anderswo verbrachte.

»Jule, wie schön! Wie geht es dir?«

Nicht gut.

»Es geht so. Hast du heute Abend schon was vor? Sollen wir ein Bier trinken gehen? Ich brauche ein bisschen Abwechslung und Zerstreuung.«

»Ich hätte dich für eine Weintrinkerin gehalten«, antwortete Jens. »Aber Bier ist auch gut.«

»Prima.«

»Ich habe nur nicht viel Zeit. Morgen geht ein bedeutender Prozess weiter, und meine Zeitung hat mich als Berichterstatter hingeschickt. Ich muss früh raus, weil ich nach Stuttgart fahren muss. Und klar denken können sollte ich auch. Wenn es dir also nichts ausmacht, dass es bei einem Bier bleibt, dann sehr gern.«

Wir verabredeten uns für den Abend in der ›Teutonia‹, einem gemütlichen Biergarten in der Friedrichsau.

Weil ich es zu Hause nicht mehr aushielt und meine Wohnung in den vergangenen Tagen zweimal gründlich geputzt hatte, zog ich meine Lederklamotten an und ging nach draußen.

In der warmen Sonne schwitzte ich schnell, aber nach einer halben Stunde stand mein Motorrad startklar vor der Tür. Es hatte ein halbes Jahr Winterschlaf gehalten, nun war es an der Zeit, es wieder aufzuwecken.

Ich stülpte den Helm über und startete den Motor, der nach so langer Pause Anlaufschwierigkeiten hatte und ordentlich hustete. Doch dann schnurrte er wie ein Kätzchen. Ich legte den Gang ein und brauste los in Richtung der schwäbischen Alb. Dort fuhr ich mit meiner Bandit durch kleine Dörfer und zwischen Feldern und spürte, wie die frische Luft und der Fahrtwind halfen, den gestrigen Abend in meiner Erinnerung auf ein erträgliches Maß zu reduzieren.

Auf dem Motorrad fühlte ich mich frei. Ich liebte es, einfach nur so dahinzubrausen. Als Autofahrerin mochte ich es schnell, beim Motorradfahren genoss ich, auch wenn ich nicht so flott unterwegs war. Ich gehörte nicht zu den Rasern, die stolz darauf waren, in einer halben Stunde nach Stuttgart zu fahren. Damit konnte ich den ganzen Tag zubringen. Ohnehin fuhr ich lieber auf der Landstraße als auf der Autobahn. Dafür war meine 600er ohnehin nicht ausgelegt.

Ich bog ab Richtung Donautal, trank in Munderkingen in einem Straßencafé eine Tasse Kaffee und fuhr im Zickzack-Kurs zurück nach Ulm.

Es war vier Uhr, und ich fühlte mich merklich besser. Staubig und verschwitzt zwar, aber zufrieden und klar im Kopf.

Ich duschte und zog mich um.

Jens wartete bereits. Er nahm mich kurz in den Arm, und ich spürte, wie gut mir das tat.

»Bier oder Wein?«, fragte er, als wir uns gesetzt hatten.

»Für mich ein Bier, ich bin wirklich keine Weintrinkerin.«

»Und dabei gibt es so gute Weine. Ungewöhnlich, dass eine Frau lieber Bier trinkt.«

Die Kellnerin brachte das Bestellte und wir stießen an.

»Eigentlich ein bisschen makaber, dass wir hier sitzen und anstoßen«, meinte Jens und sah mich an.

»Du meinst, wegen der Leiche, die hier gefunden worden ist?«

Jens nickte. »Wir sitzen hier, reden fröhlich, lachen, trinken etwas zusammen, und dort drüben, nicht weit von hier, ist eine tote Frau in einem See gefunden worden.«

Eigentlich hatte ich dieses Thema vorübergehend ausblenden wollen. Aber scheinbar kam man in Ulm derzeit nicht daran vorbei.

»Komisch«, fuhr Jens fort. »Schon die zweite Frau innerhalb weniger Tage, die aufgefunden worden ist.«

»Wie meinst du das?«

»Na, so oft kommt das nicht vor. Und jetzt zwei Morde in so kurzem Abstand. Das ist doch seltsam, gib's zu.«

»Aha, der Journalist.«

»Nein, gesunder Menschenverstand. Serienmörder sind selten. Viel seltener, als es uns das Fernsehen weismachen möchte. Trotz allem gibt es sie.«

Ich nickte nur.

»Weißt du mehr darüber?« Er sah mich abwartend an. »Komm schon, raus mit der Sprache! Treibt hier wirklich ein Serienmörder sein Unwesen?«

»Zumindest scheint es so auszusehen«, sagte ich langsam.

»Wie kommst du darauf?«

Zum Teufel mit Mark Heilig! Ich überlegte kurz, dann erzählte ich Jens von den Ketten mit der Rose dran, die bei den Opfern gefunden worden waren. Den Einbruch in meiner Wohnung und die Tatsache, dass in Deutschland noch mehr tote Frauen gefunden worden waren, die auf gleiche Weise ums Leben gekommen waren, verschwieg ich.

»Das ist unfassbar!«, sagte Jens, als ich geendet hatte, und schüttelte den Kopf. »Ich hätte nicht gedacht, dass es so etwas wirklich gibt. Und das direkt vor unserer Nase.«

»Scheint aber wohl so zu sein.«

Wir wechselten das Thema, und ich war froh darüber. Es tat gut, nicht zu Hause herumsitzen zu müssen, aber ich war weit davon entfernt, den Abend zu genießen.

Gegen halb zehn warf Jens einen entschuldigenden Blick auf die Uhr.

»Es tut mir leid, aber ich sollte langsam nach Hause. Ich habe morgen einen langen Tag vor mir.«

»Du brauchst dich nicht zu entschuldigen, ich bin auch nicht mehr richtig fit.«

Wir bezahlten und verließen den Biergarten. Meine Proteste, dass ich allein nach Hause gehen konnte, ignorierte er. Und irgendwie war ich froh darüber.

»Hier läuft ein Serienkiller frei herum, da werde ich dich selbstverständlich zurückbringen.«

Eine halbe Stunde später lieferte er mich wohlbehalten vor meiner Wohnung ab. Er hatte keine Ahnung, wie schwer es mir fiel, meine eigenen vier Wände zu betreten.

Doch es schien alles in Ordnung zu sein. Weder saß Mark vor meiner Tür, noch schien jemand in meiner Wohnung gewesen zu sein. Trotzdem drehte ich den Schlüssel zweimal um, legte die Kette vor und vergewisserte mich, dass die Fenster richtig geschlossen waren.

Montag

Wieder riss mich das Läuten des Telefons aus dem Schlaf. Das wurde langsam zu einer unangenehmen Gewohnheit.

Verschlafen schielte ich auf den Wecker, doch es war kurz nach acht. Für meinen nächtlichen Anrufer zu spät. Dafür höchste Zeit aufzustehen.

Ich nahm den Hörer ab.

»Kannst du mir bitte mal sagen, was das soll?«

»Dir auch einen schönen guten Morgen«, antwortete ich Mark und setzte mich im Bett auf. Dann tastete ich nach dem Lichtschalter und blinzelte im hellen Schein der Nachttischlampe. »Verrätst du mir den Grund deiner schlechten Laune und warum du sie gerade an mir auslassen musst? Und dann auch noch so früh am Morgen.«

»Schlag mal die Zeitung auf.«

»Ich liege noch im Bett.«

»Dann wird es höchste Zeit, dass du deinen Hintern raus bewegst und dir ansiehst, was du angerichtet hast.«

Keine Entschuldigung, dass er mich geweckt hatte.

»Die Zeitung ist im Briefkasten, und der befindet sich, wie du weißt, zwei Stockwerke weiter unten. Sicher werde ich jetzt nicht im Schlafanzug nach unten laufen und mir ansehen, warum dir eine Laus über die Leben gelaufen ist. Entweder du erzählst es mir jetzt oder du lässt es bleiben.«

Hatten ihm die Beleidigungen vom Samstag nicht gereicht? Kein Wort der Entschuldigung hatte ich gehört. Ich hatte überhaupt nichts von ihm gehört. Musste er jetzt am frühen Morgen mit seinen Anschuldigungen weitermachen?

Ich war plötzlich hellwach. Und stinksauer.

»Bitte, wie du meinst. Ich lese dir die Überschrift vor: *Treibt ein Serienmörder in Ulm sein Unwesen?*«

Ups, ich schluckte.

»Es geht weiter«, verkündete Mark mit unheilvoller Stimme. »*Am Samstagmorgen wurde eine weitere weibliche Leiche in Ulm gefunden. Auch sie trug das Merkmal eines mutmaßlichen Serienmörders, eine Kette mit einem Rosenanhänger, um den Hals und auch sie ist erwürgt worden. Was verschweigt uns die Polizei?* Den Rest erspare ich dir. Der Artikel ist von Jens Krüger. Das ist der Wichtigtuer, der neulich am Rechen stand, als wir Susanne Dauber gefunden haben. Und du hast mit ihm geredet. Was hast du ihm noch alles erzählt?«

Ich war wie vor den Kopf gestoßen. Darum hatte Jens es gestern Abend so eilig gehabt, er hatte den Artikel für heute noch in die Zeitung bringen wollen. Er hatte mich ausgehorcht!

Diese Erkenntnis war wie ein Schlag ins Gesicht, verminderte meinen Zorn auf Mark jedoch keineswegs.

»Wer sagt dir, dass ich ihm das erzählt habe?«, fragte ich und merkte selbst, wie hölzern meine Frage klang.

»Ich war es bestimmt nicht. Außer mir wissen das nur eine Handvoll Kollegen hier auf dem Revier. Und du.«

Der Vorwurf lastete schwer.

»Das ist noch lang kein Grund, mich so anzugiften«, blaffte ich zurück, musste aber gleichzeitig zugeben, dass er allen Grund dazu hatte.

»Hast du es ihm erzählt?«

»Du kannst mich mal.«

Ich legte auf, weil ich nicht wusste, was ich sagen sollte. Das Telefon klingelte sofort wieder, doch ich schob es unter das Kopfkissen und ging ins Bad. Verfolgt vom Läuten des lästigen Apparats. Vielleicht sollte ich ihn rauswerfen. Das ersparte eine Menge Probleme.

Ich musste nachdenken, was ich tun sollte. Jens hatte mein Vertrauen missbraucht und mich ausgehorcht. Und Mark tat sein Möglichstes, um mir das Leben zur Hölle zu machen. Seit ich den Fall übernommen hatte, ging alles schief.

Als ich geduscht hatte und angezogen war, setzte ich mich mit einer Tasse Kaffee an den Küchentisch und suchte nach Jens' Telefonnummer.

»Hier ist Jule.«

»Guten Morgen, wie geht es dir?« Er klang ausgeschlafen und fröhlich. Fahrgeräusche waren im Hintergrund zu hören.

»Das fragst du mich, nachdem du mir so ein Ei gelegt hast?« Ich konnte mich nur mit Mühe beherrschen.

»Was ist denn los?«

»Was los ist? Du hetzt mir mit deinem Artikel die halbe Polizei an den Hals. Ich habe dir Insiderwissen verraten, weil ich nicht davon ausgegangen bin, dass du es Wort für Wort drucken lässt. Ich habe Ärger an der Backe, der sich gewaschen hat. Und du fragst mich, was los ist? Du hast vielleicht Nerven.«

»Aber Jule …«

»Nichts *aber Jule*. Du hast mein Vertrauen missbraucht und mich ausgehorcht, um es dann beruflich zu verwerten. Das ist niederträchtig!«

»Jule, bitte. So ist das nicht gewesen.«

»Ach, das Übliche. *Schatz, es ist nicht so, wie du denkst.*«

Er schwieg, ich ebenfalls.

»Können wir bitte vernünftig wie zwei erwachsene Menschen darüber reden?« Jens ließ sich von meinem Wutausbruch nicht einschüchtern.

»Bitte, nur zu. Sag, was du zu sagen hast.«

»Nicht am Telefon. Das würde zu lang dauern. Ich hatte meine Gründe, aber das führt jetzt zu weit. Darf ich dich als Entschädigung zum Abendessen einladen?«

»Für dein Verhalten gibt es keine Entschuldigung. Und glaub ja nicht, dass ich mich von einem Abendessen einlullen lasse!«

Ich wurde ruhiger. Mein anfänglicher Ärger hatte nun, nachdem ich mir Luft gemacht hatte, nachgelassen. Sein Verhalten trug ich ihm trotz allem nach.

»Wie du magst. Dann bezahlst du eben selbst. Ich bitte dich nur, dir meine Gründe anzuhören. Vielleicht erscheint dir dann einiges klarer. Ich habe es nicht zuletzt wegen dir getan.«

»Da bin ich ja mal gespannt.« Ich konnte nicht verhindern, dass ätzender Spott meine Stimme begleitete.

»Ich rufe dich an, wenn ich zurück bin, dann können wir in Ruhe über alles reden.«

Ich verabschiedete mich nicht. Zu schwer wog die Enttäuschung über den Vertrauensbruch. Da musste er sich ordentlich etwas einfallen lassen, wenn er mir das erklären wollte.

Der Tag hatte denkbar schlecht angefangen. Ich fühlte mich unter Zugzwang. Mark konnte ich nur wieder versöhnlich stimmen, wenn ich den Fall löste. Sonst waren wir Feinde für den Rest meines Lebens.

Ich fragte mich, warum mir das so wichtig war. Doch die Antwort wollte ich mir nicht geben.

Es war höchste Zeit, Nägel mit Köpfen zu machen. Ich wollte ins Zeitungsarchiv und mir den Artikel über die Frau in Weißenhorn ansehen. Und dann musste ich mir Lou vorknöpfen. Wenn Mark sich rächen wollte, dann über ihn. Ich musste wissen, was in den Paketen war. Und später am Tag wollte ich mir diesen Wendt alias Dr. Daniel Schönborn noch einmal vorknöpfen.

Ein arbeitsreicher Tag lag vor mir. Nicht zuletzt, weil Jens mit mir zum Abendessen gehen wollte. Ich trank eine weitere Tasse Kaffee und schaufelte eine Schale Cornflakes in mich hinein, dann ging ich zu Fuß zum Zeitungsverlag, der nicht weit entfernt war.

Bei der jungen Frau am Informationsschalter brachte ich mein Anliegen vor, und sie ging mit mir ins Archiv im Keller. Sie weihte mich in das Geheimnis der Ablage und die Funktion des Microfishgeräts ein und überließ mich dann mir selbst.

Ich wühlte eine Weile herum, bis ich den entsprechenden Artikel gefunden hatte. Doch meine Enttäuschung war groß, weil ich mir mehr davon versprochen hatte. Im Wesentlichen wusste ich bereits alles, was dort geschrieben stand. Der Mord war im Herbst vergangenen Jahres geschehen, und man hatte zunächst im Umfeld der Familie nach dem Täter gesucht. Allerdings gab es keine weiteren Erkenntnisse, und die Meldungen wurden von Tag zu Tag immer kürzer. Ein Anhänger mit Rose wurde nicht erwähnt. Aber das hatte Mark mir ja schon erzählt.

Ich überlegte, ob mir noch mehr ungeklärte Mordfälle dieser Art einfielen, und fragte mich, was der Auslöser für eine solche Tat gewesen sein konnte.

Einer Eingebung folgend studierte ich die Todesanzeigen in den Wochen, bevor der Mord geschehen war. Und dabei stieß ich auf eine große Anzeige mit Bild von einer Sigrid Weber. Im Namen von Erich Weber. Frau Weber war drei Wochen vor dem Mord nach kurzer, schwerer Krankheit verstorben, wie es hieß.

War das ein Zufall? Oder eine Spur? Noch immer wollte ich nicht recht daran glauben, dass Erich Weber etwas mit dem Mord zu tun hatte. Aber trotzdem, etwas war komisch. Vielleicht sollte ich mich langsam an den Gedanken gewöhnen, ihn als Tatverdächtigen in Betracht zu ziehen.

Nachdenklich verließ ich das Archiv, in dem ich immerhin den Vormittag verbracht hatte. Merkwürdig, wie schnell die Zeit verging, wenn man etwas suchte.

Um zu Lou zu kommen, musste ich mein Auto holen. Schnell lief ich nach Hause und traute meinen Augen nicht, als ich Sebastian und Leon mit gesenkten Köpfen den Hof hinter dem Haus betreten sah.

»Was ist denn mit euch passiert?«, wollte ich wissen.

Sie drehten sich um, und was ich sah, verschlug mir den Atem: Sebastian hatte einen Riss in seinen Jeans und humpelte, und Leon war vom Kopf bis zu den Füßen dreckig und hatte eine blutige Schramme im Gesicht.

»Seid ihr unter die Straßenbahn gekommen?« Ich schloss die Tür auf. Vergessen war Lou. »Kommt rein, das müssen wir sauber machen.«

Ich verfrachtete die beiden in meine Wohnung und setzte sie an den Küchentisch. Dann holte ich Verbandszeug und Wunddesinfektionsmittel aus dem Bad.

»So, jetzt erzähl mal«, forderte ich Leon auf, als ich seine Wunde im Gesicht säuberte. Sie hatte schlimmer ausgesehen, als sie letztendlich war. Trotz allem tat es sicher weh.

»Dein Bruder ist eine ganz schöne Pfeife«, platzte er heraus, und Sebastian senkte schuldbewusst den Blick auf den Tisch. Um ihn gleich darauf wieder zu heben.

»Die waren zu viert.«

»Bitte?« Das durfte jetzt aber nicht wahr sein! »Hast du dich von vier Knirpsen fertigmachen lassen?«

Sebastian sagte nichts.

»Also bitte, ein Knirps bin ich ja wohl schon lang nicht mehr!«

»Entschuldigung«, murmelte ich. Ich war völlig perplex. »Tut das weh?«

Leon schüttelte heldenhaft den Kopf.

»Ich glaube, das lassen wir offen, so heilt es schneller.«

»Gibt das eine Narbe?«

»Nein, dafür ist die Wunde nicht tief genug.«

Leon schien enttäuscht.

»Jetzt sag schon, was ist passiert?« Ich hatte mich Sebastian zugewandt und ihn aufgefordert, die Hose auszuziehen. Sein Knie sah übler aus als Leons Gesicht. Ich pulte kleine Steinchen heraus, und Sebastian zuckte mehr als einmal zusammen.

»Sie haben wieder auf mich gewartet. Und statt dass dein Bruder etwas unternommen hat, hatte er nur eine große Klappe. Imponiert hat das niemandem. Dann haben sie mich geschubst, und ich bin auf den Boden gefallen. Daher habe ich die Schramme. Dann sind sie mit Stöcken auf uns los. Ich bin davongerannt, und Sebastian hat's am Schienbein erwischt. Also wollte er auch davon. Und als er über das Geländer springen wollte, ist er mit dem Fuß hängengeblieben und auf die Fresse gefallen.«

Ich musste mich zusammenreißen, um nicht laut loszulachen.

»Und jetzt lachen sie auch noch über uns. Das ist fast noch schlimmer als die Schläge. *Babysitter* haben sie ihn genannt. Und *Waschlappen*. Als ob ich ein Baby wäre! Was soll ich denn jetzt machen?«

»Sebastian, das ist jetzt nicht sein Ernst, oder? Bist du wirklich hingefallen?«

»Ja, verdammt. Und das war meine beste Hose.«

Ich sah das Stück zweifelnd an, verkniff mir aber weitere Kommentare, während ich sein Knie mit Desinfektionsmittel besprühte. Er zuckte wieder zusammen und machte empört »Aua«.

»Du bist das Baby von uns zwei«, empörte sich Leon und sah meinen Bruder böse an. »Noch nicht einmal das blöde Spray hältst du aus. Mir hat es nicht wehgetan.«

Ich platzte fast vor Lachen, als ich Sebastians belämmerten Blick sah.

»Ein echter Depp bist du. Da habe ich mich ganz schön blamiert. Bringe einen Bodyguard mit, und auf der Flucht haut es ihn auf die Fresse. Unfassbar!« Leon schüttelte den Kopf.

Ich konnte nicht mehr, ich lachte laut heraus und wischte mir kurze Zeit später die Tränen aus dem Gesicht. Leon grinste wieder aus seinem verschrammten Gesicht, nur Sebastian war tief gekränkt und schwieg.

»Wir müssen uns etwas anderes überlegen«, sagte ich. »Etwas, das mehr Eindruck macht. Entschuldigung, Sebastian.«

»Darf ich dich morgen trotzdem zur Schule bringen?«, fragte Sebastian, und ich merkte, wie schwer ihm die Frage fiel.

»Aber nur, wenn du mich nicht wieder blamierst, okay?«

Die beiden gaben sich feierlich die Hand, während ich ein erneutes Lachen zu unterdrücken versuchte.

»Okay, und ich hole dich ab«, versprach ich. Ich musste mir etwas einfallen lassen, und zwar schnell.

Lou saß an seinem Schreibtisch, als ich das Büro betrat. Von vornherein ließ ich keinen Zweifel an meinen Absichten aufkommen. Diesmal würde ich mich nicht mit einer fadenscheinigen Ausrede abspeisen lassen. Ich stemmte die Hände in die

Hüften und beugte mich zu ihm hinunter. Ich mochte aussehen wie ein kleiner Racheengel, aber wenn nur noch das half, was sollte ich tun?

»Raus mit der Sprache, Lou. Was versteckst du im Keller?«

Er sagte nichts und sah betreten zu Boden. Als er nach einer guten Minute noch immer schwieg und mich noch nicht einmal angesehen hatte, platzte mir endgültig der Kragen.

»Sag mal, hast du sie nicht mehr alle? Was soll das? Du flehst mich förmlich um Hilfe an und legst mir dann Steine in den Weg, weil du mir Dinge verschweigst.« Es half nichts. »Wenn ich dir helfen soll, dann sag mir jetzt, was los ist. Oder ich hänge alles an den Nagel und gehe jetzt durch diese Tür hinaus.«

Meine Worte standen wie ein Donnerhall im Raum. Und Lou antwortete noch immer nicht. Er sah zu Boden und sagte nichts.

»Deine Entscheidung«, fügte ich unerbittlich hinzu.

Ich war bereits an der Tür, als ich etwas vernahm, das mit viel gutem Willen als Lous Stimme erkennbar war, und drehte mich um.

»Bitte?«

»Ich weiß nicht, was drin ist.« Er flüsterte und schien nur mehr ein Schatten seiner selbst.

»Bitte?«

Er sah auf. »Ich weiß nicht, was drin ist.« Diesmal lauter.

»Ja, das habe ich verstanden.«

»Wieso fragst du dann?« Er wirkte erleichtert, dass er die Last nicht mehr allein auf seinen Schultern zu tragen hatte, und wurde schon wieder aufmüpfig.

»Weil ich nicht verstehe, wie man so dämlich sein kann.« Ich setzte mich ihm gegenüber.

»Okay«, sagte er und holte Luft. »Ich habe einem Freund einen Gefallen getan.«

»Einem Freund?«

»Ja, einem Freund. Einem guten Freund.«

»Woher kennst du ihn?«

Schweigen.

»Lou …!«

»Aus dem Knast.«

»Bitte?«

»Aus dem …«

»Ich habe dich schon verstanden.« Langsam ging er mir auf die Nerven. Ich seufzte. »Okay, weiter.«

»Er hat mich angerufen und mich gebeten, einige Kartons unterstellen zu dürfen.«

»Was ist drin?«

»Woher soll ich das wissen? Ich habe ihn nicht gefragt.«

Ich stand auf. »Du bist echt nicht mehr zu retten.«

Er erhob sich ebenfalls. »He, da, wo ich herkomme, stellt man keine Fragen. Man hilft einem Freund, wenn er darum bittet. Das verstehst du nicht.«

»Und was ist, wenn irgendwelches illegales Zeug drin ist?«

»Ist da nicht drin.«

»Woher weißt du das?«

Er antwortete nicht.

»Wo ist dein Freund?«

Er zuckte mit den Achseln. »Ich habe schon mehrfach versucht, ihn zu erreichen. Er geht nicht ans Telefon.«

Prima, das klang ja großartig. Sehr vertrauenerweckend. Ich streckte die Hand aus.

»Den Kellerschlüssel bitte.«

Lou schüttelte heftig den Kopf.

»Was willst du da?«

»Nachgucken.«

Was sonst?

»Vergiss es.«

Er stand auf.

»Komm schon, wenn du dir so sicher bist, können wir ja auch nachsehen.«

»Das machen wir nicht. Das tut man nicht.« Er kiekste, es war ihm ernst.

»Wenn er dein Freund ist, wird er es verstehen.«

»Er wird mir den Kopf abreißen.«

»Toller Freund.«

»Jule, du verstehst das nicht. Das wäre ein Vertrauensbruch.«

Vielleicht hatte er recht. Ich überlegte eine Weile.

»Kannst du das Zeug irgendwie loswerden?«

Er warf mir einen zweifelnden Blick zu.

»Und wo soll ich es hinbringen? Zu mir nach Hause? Ich glaube nicht, dass mir das weiterhilft.«

Wohl eher nicht.

»Sieh zu, dass du eine Lagerhalle anmieten kannst, und schaff die Kisten weg. Du bringst dich in Teufels Küche.«

»Glaubst du, ich weiß das nicht?«

Er versprach mir, sich um die Sache zu kümmern. Vermutlich, weil ich ihm auf die Nerven ging und er mich loswerden wollte. Ich seufzte. War ich heute nur von Idioten umgeben?

Fanny saugte im Gastraum den Boden und hob grüßend die Hand, als sie mich sah. Sie bedeutete mir, mich zu setzen und schaltete kurz darauf den Staubsauger aus und die Kaffeemaschine ein.

»Möchtest du eine Tasse?«

»Immer.«

Sie klapperte mit dem Geschirr, und ich freute mich wie ein kleines Kind auf Weihnachten auf das schwarze Gebräu. Doch die Freude währte nur kurz. Kaum, dass ich mit dem Löffel die Crema abgefischt hatte, erschien der Hausvamp in Form von Cosima. Das lange, nachtschwarze Haar trug sie offen über einem lila Top, das mehr herzeigte als verbarg. Eine schwarze Marlenehose vervollständigte das Bild. Mir war es ein Rätsel, warum das wieder modern geworden war.

Ich starrte angestrengt in meinen Kaffee und versuchte, nicht da zu sein.

»Hängst du jetzt tagsüber auch noch hier herum?«, raunzte sie mich von der Seite an und stemmte die Hände in die Hüften. »Reicht es nicht, wenn du nachts hier antanzt und eine Nummer abziehst?«

Ich sah auf.

»Was denn für eine Nummer?«

»Jetzt tu doch nicht so blöde. Langsam gehst du mir echt auf die Nerven!«

Gleichfalls, danke. Wenn sie verschwand, hatten wir beide unseren Seelenfrieden wieder. Ich überlegte, ob ich ihr das vorschlagen sollte.

»Willst du jetzt jeden Abend so eine Show mit Andreas hinlegen?«

Ich rührte in meinem Kaffee herum. »Das war nicht meine Idee.«

»Ach ne, wirklich? Und dabei schmeißt du dich auch noch so an ihn ran.«

»Eifersüchtig?« Ich konnte mir ein Grinsen nicht verkneifen und drehte mich zu ihr um.

»Ich? Im Leben nicht! Es ist nur widerlich zum Ansehen.«

»Dann schau halt weg, wenn du es nicht erträgst.«

»Du benimmst dich wie eine Schlampe.«

Ich merkte, wie mein Kopf rot wurde, und richtete mich auf.

»Vorsicht, Fräulein.«

»Jetzt hört auf mit dem Quatsch«, mischte sich Fanny ein. »Das ist doch kindisch. Cosima, wenn du das nicht erträgst, dann geh halt.«

»Das könnte dir so passen.«

»Damit wäre uns allen geholfen«, sagte ich.

»Pass nur auf, dass du nicht auch mit einer Rose im Mund im See landest«, schnaubte Cosima und stöckelte davon.

»Wer ist hier die Schlampe?«

»Auf jeden Fall sie«, befand Fanny und ließ mir einen frischen Kaffee aus der Maschine.

Doch ich konnte ihn nicht mehr genießen. Und als Andreas wenig später mit Flocki auftauchte, lief mir ein Schauer über den Rücken. Doch es half nichts. Ich brauchte seine Hilfe.

Mit gestrafften Schultern ging ich zu ihm hinüber.

»Hallo«, sagte ich lahm.

»Hallo.«

Ein unergründlicher Blick traf mich, und augenblicklich wurde mir noch unwohler. Es hätte nicht viel gefehlt, und ich hätte auf dem Absatz kehrt gemacht und wäre verschwunden. Doch ich tat es nicht für mich. Ich schluckte schwer.

»Ich brauche deine Hilfe.«

Er sah mich einen Moment an und begann dann langsam und präzise mit seiner tiefen Stimme zu sprechen.

»Wenn du glaubst, dass ich mich auf einen weiteren Quatsch einlasse, der auch nur im Entferntesten mit Singen zu tun hat, dann kannst du dir gleich hinter deine süßen Ohren schreiben, dass das nichts wird.«

Ups, hatte ich etwas Falsches gesagt?

»Ich wollte das genauso wenig wie du«, verteidigte ich mich.

»Und was war das dann neulich?«

»Und was war das dann gestern?«

Wir funkelten uns an.

»Das war meine Rache.«

»Dann sind wir ja jetzt quitt.«

»Sind wir.«

»Schön. Gut, dass wir darüber gesprochen haben.«

»Musst du eigentlich immer das letzte Wort haben?« Er klang jetzt belustigt.

»Muss ich nicht. Aber ich brauche deine Hilfe.«

»Okay, wobei?«

Ich holte tief Luft. »Darf ich mir morgen Flocki ausleihen?«

Er sah mich einfach nur an. Dann den Hund, dann wieder mich.

»Was willst du mit ihr?«

»Ich brauche einen großen Hund, der furchterregend aussieht und knurren kann.«

»Musst du einen Verbrecher jagen?«

Wen denn, zum Beispiel?

»Äh, ja. In gewisser Weise schon.«

»Das ist doch nichts Illegales, oder?«

»Nein, nein. Ich muss nur ein bisschen Ordnung schaffen. Und ein Hund wäre dabei ganz hilfreich.«

Er überlegte. Eigentlich müsste er bescheuert sein, wenn er mir den Hund gab.

»Okay.«

Er war bescheuert. Und ich völlig überrumpelt, weil ich niemals damit gerechnet hatte.

»Oh, okay, cool. Danke!«

Er wollte mir Flocki am Morgen vorbeibringen, aber ich lehnte schnell ab und sagte, dass ich sie hier holen würde. Aus unerfindlichen Gründen wäre es mir nicht recht gewesen, wenn er gewusst hätte, wo und wie ich wohnte. Wenn er es nicht ohnehin längst wusste.

Den Rest des Nachmittages verbrachte ich vor mich hinbrütend. Cosima mochte eine eingebildete, dumme Gans sein, und wir zofften uns öfter wegen irgendwelcher Kleinigkeiten, aber etwas an dem, was sie gesagt hatte, nagte an mir und ließ mich nicht mehr los. Doch so sehr ich auch grübelte, ich kam zu keinem wirklichen Schluss. Nur ein schleichendes, unangenehmes Gefühl blieb in mir zurück.

Schließlich gab ich das Nachdenken auf. Wendt war das nächste Ziel, auf das ich mich konzentrieren wollte.

Ich parkte in der Nähe seines Büros und schlich eine Weile darum herum. Außer einer Sekretärin und Daniel Wendt schien niemand mehr da zu sein. Seine Kollegen hatten bereits Feierabend gemacht, und die Frau packte gerade ihre Sachen zusammen, was mir sehr gelegen kam. Ich wollte unter vier Augen mit Wendt reden.

Entschlossen öffnete ich die Tür und trat in einen Raum ein, in dem typischer Büromief herrschte. Die Luft war abgestanden, und es roch nach den Ausdünstungen zu vieler Menschen, die man auf zu engem Raum zusammengepfercht hatte.

»Hallo«, grüßte die Sekretärin, ein junges Mädchen von höchstens 20 Jahren mit einem blondierten Bürstenhaarschnitt. Sie stopfte etwas in ihre Tasche. »Wir haben eigentlich schon geschlossen.«

»Das macht nichts, ich möchte zu Herrn Wendt.«

»Haben Sie einen Termin?«

Als ob sie Angst hätte, dass ich ihr den Feierabend versauen wollte.

»Ich bin sicher, dass Herr Wendt mich empfangen wird«, gab ich zuckersüß zurück und stellte mir sein Gesicht vor, wenn er mich sah und unweigerlich wusste, dass er aufgeflogen war.

Ein Seufzen. »Ich werde sehen, ob er Zeit hat. Würden Sie mir freundlicherweise Ihren Namen verraten?«

»Jule Flemming.«

»Moment bitte.«

Mir war egal, was sie dachte. Es war an der Zeit, dass ich in meinem Fall vorwärtskam und die Scharte auswetzte, die ich mir geleistet hatte. Wenn ich den Fall löste, konnte Mark mir nichts mehr anhaben.

Die Sekretärin erschien, gefolgt von Daniel Wendt, der kalkweiß war. Er trat auf mich zu und reichte mir die Hand. Sie war kalt und feucht.

»Guten Tag, Frau Flemming. Wenn Sie so nett wären, mir in mein Büro zu folgen.«

Er drehte sich ohne ein weiteres Wort um, und ich trabte brav hinter ihm her.

»Ich gehe dann jetzt, wenn Sie mich nicht mehr brauchen?«, sagte die Sekretärin.

»Nein, gehen Sie nur. Schönen Abend.«

Er schloss die Tür, bat mich jedoch nicht, Platz zu nehmen.

Es war das typische Büro eines Versicherungsmaklers. Klein, mit Schreibtisch und PC, einem Besuchertisch, an dem wohl Gespräche geführt wurden, und wegen des freundlichen Eindrucks und des Wohlfühlfaktors einige pflegeleichte Grünpflanzen und farbige Drucke an der Wand.

Auf seinem Schreibtisch stand ein Foto von seiner Frau und den Kindern.

»Herr Wendt, wir sollten uns unterhalten. Oder soll ich besser Dr. Schönborn sagen?«

»Ich weiß, wie Ihnen das vorkommen muss.«

Schon der zweite am heutigen Tag, der behauptete, dass es nicht so war, wie es aussah. Ich konnte es kaum erwarten, seine Ausrede zu hören.

»Wie kommt es mir denn vor?«, fragte ich interessiert. »Oder soll ich fragen, wie es mir vorkommen *sollte*?«

Wendt angelte nach einer Zigarette von seinem Schreibtisch und zündete sie an. Er brauchte einen zweiten Anlauf, bis sie brannte. Beim letzten Mal hatte ich ihn rauchend auf der Straße gesehen. Vermutlich war Rauchen im Büro untersagt, aber er schien Zeit gewinnen zu wollen. Oder brauchte jetzt einfach ein bisschen Nikotin.

Schweigend wartete ich, bis er die ersten Züge getan hatte. Dann wurde es mir zu dumm.

»Nun?«

»Ich liebe meine Frau und meine Kinder. Ich würde sie niemals verlassen. Trotz allem schleicht sich in eine Beziehung irgendwann der Alltag ein und man sehnt sich nach Abwechslung.«

»Und das ist ein Grund, sich eine zweite Identität zu schaffen?« Ich konnte nicht glauben, was er da sagte. Schon wieder hatte ein Mann seine Frau betrogen, und immer wieder hörte ich die gleichen Ausreden.

Der Gedanke an meine eigene Ehe flammte kurz auf, doch ich verdrängte ihn.

»Es ist einfacher so. Sonst lernt man doch mal jemanden kennen, der zu Hause anruft oder meiner Frau einen Tipp gibt. Dem wollte ich vorbeugen.«

Er sah längst nicht mehr so gut aus wie der blendend gelaunte Dr. Schönborn, den ich kennengelernt hatte. Er war noch immer weiß im Gesicht, sein Anzug saß schlecht und auf der Krawatte war ein Kaffeefleck.

»Wie fürsorglich von Ihnen. Das ist aber noch lang kein Grund, Frauen umzubringen.«

Wendt zuckte zusammen.

»Ich? Jemanden umbringen? Das glauben Sie doch selbst nicht!«

»Was soll ich sonst glauben?«, schnauzte ich zurück. »Lag es daran, dass Susanne Dauber ahnte, dass Sie ein Doppelleben führen? Immerhin war ihr Mann Arzt an der Uniklinik, da kannte sie vermutlich eine Menge seiner Kollegen und wusste, dass kein Dr. Schönborn darunter war. War das der Grund, warum sie sterben musste?«

»Sind Sie verrückt geworden?« Wendt drückte seine Zigarette auf der Untertasse seines Kaffees aus, obwohl sie noch nicht einmal zur Hälfte geraucht war. Dann sah er mich an.

»Hören Sie«, sagte er leise und kam näher. »Es ist meine Sache, was ich mit meinem Leben mache. Das berechtigt Sie aber noch lang nicht, mich eines Mordes zu beschuldigen.«

»Ich kann noch viel mehr. Haben Sie die andere Frau auch über eine Kontaktanzeige kennengelernt?«

Sein Gesichtsausdruck verriet mir, dass ich einen Treffer gelandet hatte. »Warum die Kette um den Hals?«

»Sind Sie wahnsinnig? Wissen Sie eigentlich, was Sie da sagen?«

»Ich weiß sehr wohl, was ich sage. Die Frage ist, was Ihre Frau dazu sagt.«

»Wagen Sie es ja nicht!« Er war noch näher gekommen.

»Drohen Sie mir?«

»Wenn Sie das machen, dann …«

»Was dann?«

Mehr konnte ich nicht sagen. Im nächsten Moment landete seine Faust auf meinem Kinn, und ich ging zu Boden. Wendt stürzte sich auf mich, sein Gesicht vor Wut zu einer unheimlichen Maske verzerrt.

Er schlug mir erneut ins Gesicht, dass ich das Gefühl hatte, mein Kopf würde explodieren.

»Ich lasse mir von Ihnen nicht mein Leben kaputtmachen«, zischte er wie von Sinnen.

Wer sollte mir helfen? Im Büro war niemand mehr, und von außen war es nicht einzusehen. Kein Mensch konnte beobachten, dass er mich prügelte, und langsam bekam ich Angst um mein Leben. Beim nächsten Schlag von Wendt wurde mir schwarz vor Augen.

Ich wusste nicht, wie lang ich dort gelegen hatte, doch es konnten nur wenige Augenblicke gewesen sein. Plötzlich bekam ich wieder Luft, und gierig saugte ich die lebensnotwendige Kostbarkeit in tiefen Zügen in meine Lungen.

Als ich vorsichtig die Augen öffnete, starrte ich in den Lauf einer Maschinenpistole, die ein vermummter Schwarzgekleideter im Anschlag hielt. Noch immer heftig atmend, wandte ich vorsichtig den Kopf und sah, dass er nicht allein war.

War ich in der Hölle gelandet? Oder hatte ich Halluzinationen? Vielleicht sollte ich die Augen einfach wieder schließen.

Doch die Neugier siegte. Wendt lag mit dem Gesicht nach unten am Boden. Ein weiterer Vermummter kniete auf seinem Rücken und legte ihm Handschellen an.

»Sie gehört mir!«, hörte ich kurz darauf Marks Stimme.

Keine Halluzinationen. Wohl eher die Hölle. »Mit der habe ich noch ein Hühnchen zu rupfen.«

Der Mann ließ von mir ab, und Mark trat näher. Er blickte mir kurz in die Augen, einen Sekundenbruchteil nur. Die Kiefermuskeln waren angespannt, und die Augen zu kleinen Schlitzen verengt. Dann packte er mich am Arm und zerrte mich grob auf die Beine. Ohne Rücksicht darauf, dass ich noch wenige Sekunden zuvor bewusstlos am Boden gelegen hatte. Hatte er überhaupt keinen Respekt?

Meine Lippe tat weh, und das Dröhnen in meinem Kopf ließ nur langsam nach. Ich fröstelte unter Marks eisigem Blick.

»Raus mit ihm!« Er hatte seinen Blick keine Sekunde von mir abgewandt. Er machte mir Angst.

Die Vermummten führten Wendt ab, und irgendwie war ich doch erleichtert, dass ich ihn nicht mehr sehen musste. Obwohl meine Situation jetzt nicht besser war.

Alles lief wie in Zeitlupe ab, dann herrschte gespenstische Stille in dem engen Büro. Ich war mit Mark allein.

»So, Fräulein, und nun zu dir.« Er packte mich an der Schulter und kam meinem Gesicht so nahe wie zuvor Wendt. »Was bildest du dir eigentlich ein?« Er schüttelte mich so hart, dass mein Kopf wie der einer Marionette vor und zurück schnellte. »Zuerst enthältst du uns wichtige Informationen vor, dann schnüffelst du auf eigene Faust, steckst deine Nase in Dinge, die dich nichts angehen, und informierst die Presse. Und weil dir das noch nicht reicht, musst du dich mit dem Täter anlegen, sodass wir eingreifen müssen, weil er dich sonst umgebracht hätte.«

»Er hätte mich nicht umgebracht.« Ich hatte meine Stimme wiedergefunden, wenn sie sich auch kratzig anhörte. »Und jetzt lass mich los, ich bin keine Puppe!«

Zornig sahen wir uns an. Mein Blick stand Marks in nichts nach. Ich hatte die Fäuste in die Hüften gestemmt und stampfte mit dem Fuß auf.

Plötzlich fing Mark schallend an zu lachen und hielt sich den Bauch. Die Anspannung löste sich.

»Was ist?«, fragte ich und ließ die Hände sinken.

Mark keuchte und japste nach Luft.

»Du stehst da wie ein kleiner Racheengel. Überschätz dich mal nicht, er hätte dich ohne mit der Wimper zu zucken umgebracht.«

Erneut stieg Zorn in mir hoch wie in einem Dampfkessel, und ehe ich mich versah, hatte ich Mark eine Ohrfeige verpasst, die sich gewaschen hatte. Ich hatte meine ganze Wut in den Schlag gelegt. Die Wut über Wendt, darüber, dass er mich geschlagen hatte, und viel mehr noch über Mark und sein Benehmen. Zuerst beschimpfte er mich, dann lachte er mich aus. Was bildete sich dieser Kerl eigentlich ein? Dass er Rambo war?

Mark starrte mich wie hypnotisiert mit offenem Mund an. Auf seiner roten Wange zeichneten sich deutlich sichtbar die Finger meiner rechten Hand ab. Langsam hob er seine Linke und fasste sich ungläubig ins Gesicht.

»Das habe ich jetzt nur geträumt.«

»Hast du nicht«, fauchte ich ihn an. »Und ich schlage noch einmal zu, wenn es sein muss!«

»Das tust du nicht!«

Ich hob die Hand, doch Mark fing sie im letzten Moment ab. Sein Gesicht war von meinem nur wenige Zentimeter entfernt, und wir starrten uns sekundenlang an.

Einen aberwitzigen Moment lang dachte ich, er würde mich küssen. Aber das gab es wohl nur im Film. Oder wünschte ich es mir?

Dann war der Augenblick vorüber, Mark ließ meine Hand nach unten sinken und wandte sich ab.

»Wendt war an zweien der Orte, an denen es Morde gegeben hat. Mehr konnten wir nicht überprüfen, da bist du uns dazwischengekommen.« Seine letzte Bemerkung klang bissig. »Wir haben herausgefunden, dass er ein Doppelleben führt und die Frauen über Kontaktanzeigen kennengelernt hat. Also haben wir ihn observiert. Hätten wir mehr Zeit gehabt, hätten wir ihn festnageln können.«

»Er ist nicht der Mörder.«

Mark drehte sich wieder zu mir um. »Und woher willst du das wissen?«

»Mein Gefühl.«

Mark sah mich nur an, und ich konnte deutlich in seinem Gesicht lesen, was er von meinem Gefühl hielt. Dann verließ er das Büro ohne ein weiteres Wort.

Ich meinte, Gelächter von draußen zu hören. Ob sich die Vermummten über den Abdruck auf seiner Wange amüsierten? Geschah ihm recht.

Ich wartete, bis das Polizeiaufgebot vor der Tür weg war, dann schlich ich wie ein geprügelter Hund vom Ort des Geschehens.

Ich musste mich beeilen, um mich für das Abendessen mit Jens fertigzumachen. Zum Wundenlecken blieb keine Zeit.

Noch hatte ich nur rote Flecken im Gesicht, die aber bald blau schimmern würden. Außerdem war meine Lippe aufgerissen.

Viel mehr schmerzte jedoch, dass Mark mir das Leben gerettet und mich außerdem ausgelacht hatte. Denn auch wenn ich es vorher vehement geleugnet hatte, musste ich mir verbittert eingestehen, dass ich vielleicht nicht mehr lebend aus dem Büro herausgekommen wäre, wenn Mark nicht dazwischengegangen wäre.

Einen Moment überlegte ich, ob ich Jens absagen sollte. Trotzig entschied ich mich dagegen. Sollte er denken, was er wollte. Das war mein Berufsrisiko, wenn ich auch heute zum ersten Mal nur knapp mit dem Leben davongekommen war.

Ich unternahm alles, mich einigermaßen vorzeigbar herzurichten, doch der Versuch misslang kläglich. Ich sah schlecht aus, nicht nur wegen des verschwollenen Gesichts und der aufgerissenen Lippe. Resigniert gab ich auf und entschied mich für mein gewohnt bequemes Outfit.

Als ich im ›Peppers‹ ankam, trug ich eine olivgrüne Hose, ein schwarzes T-Shirt und grobe Boots. Mein Haar hatte ich offen gelassen. Jeder Versuch, es in einen Pferdeschwanz zu zwängen, war danebengegangen.

Das ›Peppers‹ war ein kleines Lokal mit spanischen und mexikanischen Spezialitäten. Ich liebte dieses Essen, außerdem hatte es einen gemütlichen kleinen Garten, in dem man im Sommer herrlich sitzen konnte.

Jens wartete bereits auf mich. Er saß an einem kleinen Tisch am Fenster. Als er mich sah, erstarb das Lächeln auf seinen Lippen und wich zuerst einem erstaunten, dann einem besorgten Ausdruck. Er sprang auf und kam mir entgegen.

»Wie siehst du denn aus?«, fragte er mit einer Mischung aus Mitleid und Entsetzen. »Wer hat dir das angetan? Geht es dir gut?«

»Es geht schon, danke«, antwortete ich hölzern. Ich hatte nicht die Absicht, mich von seiner Fürsorge einlullen zu lassen.

Ihm gegenüber nahm ich Platz. Ein Kellner kam und notierte unsere Bestellung. Ausnahmsweise entschied ich mich für einen schweren Rotwein. Genau den brauchte ich jetzt. Fürs Vergessen und einen guten Schlaf heute Nacht.

Ich holte Luft und wollte Jens zur Rede stellen, doch der hob die Hand.

»Augenblick. Wir können über alles reden, kein Problem. Ich werde dir jede deiner Fragen ehrlich beantworten. Aber zuerst musst du mir erzählen, wer dich so zugerichtet hat.«

Wie viel sollte ich ihm erzählen, ohne dass es am nächsten Tag in der Zeitung zu lesen war?

»Ich verspreche dir, es bleibt unter uns. Ich mache mir Sorgen um dich, das hat nichts mit meinem Beruf zu tun. Aber so wie du aussiehst, hat dir jemand ordentlich zugesetzt.«

Ich nickte und entschloss mich, ihm nichts wirklich Wichtiges zu erzählen und keine Namen zu nennen. Damit konnte er nicht viel anfangen. Und dass es mit dem Fall zusammenhing, behielt ich einfach für mich.

»Ich habe einen Verdächtigen zur Rede gestellt, und der ist ausgerastet. Zum Glück ist jemand dazwischengegangen. Sonst wüsste ich nicht, wie es ausgegangen wäre.«

»Dann musst du ihn anzeigen.«

»Das läuft schon.« Damit musste er sich zufrieden geben, mehr würde er von mir nicht zu hören bekommen. Sein Verhalten hatte mich tiefer gekränkt, als ich mir zunächst hatte eingestehen wollen.

Jens nickte wenig überzeugt, schien sich aber damit zufriedenzugeben, und ich war nicht bereit, weiter darüber zu reden.

»Deswegen sind wir aber nicht hier«, sagte ich fest. »Du bist mir eine Erklärung schuldig.«

Er seufzte. »Das bin ich wirklich. Ich kann mich nur entschuldigen, das ist blöd gelaufen, und ich habe mich wie ein

Idiot benommen. Aber ich möchte versuchen, dir meinen Standpunkt klarzumachen.«

Der Kellner kam mit den Getränken, und ich nippte an meinem Glas, ohne Jens zuzuprosten. Ich bestellte *Fajitas de pollo*, ohne in die Karte zu sehen, während Jens eine Platte mit gemischten Spezialitäten orderte.

»Sieh mal, offenbar treibt ein Serienmörder sein Unwesen«, nahm er den Faden wieder auf. »Das hat die Polizei der Öffentlichkeit verschwiegen. Warum auch immer. Die Aufgabe eines Reporters ist es jedoch zu informieren. Und seien die Informationen auch noch so unangenehm. Jede Frau, die eine Kontaktanzeige aufgibt, könnte ihm zum Opfer fallen. Und dieser Gefahr sollte man sich bewusst sein.«

Er schwieg für einen Moment, doch ich antwortete nicht, nippte an meinem Wein und wartete ab.

»Ich gebe zu, dass es nicht fair war, dich nicht darüber zu informieren. Aber schließlich hast du es mir selbst erst gestern Abend erzählt. Den Entschluss, den Artikel zu schreiben, habe ich dann auf dem Nachhauseweg gefasst. Und glaub mir, mein Chef war nicht begeistert, als ich gestern am späten Abend noch damit ankam. Er musste alles umstellen.«

»Soll ich jetzt auch noch Mitleid haben?«

»So habe ich das nicht gemeint. Aber denkst du nicht, dass du wissen möchtest, dass du zu einem Mordopfer werden kannst, wenn du auf eine Kontaktanzeige antwortest? Wie viele Frauen wären dem Täter wohl noch zum Opfer gefallen, weil sie sich arglos mit einem Fremden verabredet hätten? Frauen, die dieses Risiko jetzt vielleicht nicht mehr eingehen.«

Ich überlegte. Was er erzählte, barg eine gewisse Logik. Trotz allem war ich mit der Wahl der Mittel alles andere als einverstanden.

»Du hättest mich zumindest vorher fragen können. Hast du überhaupt eine Ahnung, was ich für einen Ärger am Hals habe?«

»Das tut mir leid, ehrlich. Ich hätte dich fragen müssen oder es dir zumindest erzählen sollen, das gebe ich zu.«

Was sollte ich jetzt sagen? Irgendwie hatte er recht, und ich war auch selbst schuld. Ich hätte ihm keine vertraulichen Dinge erzählen dürfen. Was hatte mich nur dazu bewogen? Es war dämlich gewesen.

Der Kellner servierte das Essen.

»Lassen wir das einfach.«

Es war ohnehin geschehen. Und mit Mark würde ich schon irgendwie fertigwerden. Ich griff nach Messer und Gabel und begann zu essen. Erst jetzt merkte ich, wie hungrig ich war.

Während des Essens redeten wir kaum miteinander. Ich musste meine Gedanken sortieren, und Jens respektierte das offenbar und ließ mich in Ruhe.

So schlecht der Tag gelaufen war, der Abend schien ein halbwegs versöhnliches Ende zu nehmen, denn die Stimmung entspannte sich merklich, nun, da alles gesagt war.

Das ›Peppers‹ war voll zu dieser Uhrzeit. Gäste kamen und gingen, und es herrschte reges Treiben im Gastraum. Ich sah mich um und verschluckte mich beinahe an meinem Essen. Einige Tische weiter links von mir saß Erich Weber. Ihm gegenüber eine junge Frau. Er lachte und plauderte und hatte keine Ähnlichkeit mehr mit dem in sich gekehrten Mann, der im ›Jazz-Keller‹ regelmäßig zu Gast war.

Den Rest meines Essens konnte ich nicht mehr wirklich genießen. Auch Jens' Versuche, mich in ein Gespräch zu verwickeln, schlugen fehl. Zu sehr war ich damit beschäftigt, Erich Weber und die junge Frau zu beobachten. Und was ich da sah, verunsicherte mich zutiefst. Da saß ein völlig anderer Mensch als der, den ich kennengelernt hatte. War das Mädchen das nächste Opfer? Konnte ich ihn vielleicht auf frischer Tat ertappen?

In mir sträubte sich noch immer alles, dass er der Täter sein sollte, aber diese Stimmen wurden leiser. Deutlich leiser. Der Sache musste ich nachgehen.

Ich zögerte den Abend hinaus, bis auch Weber und seine Begleitung die Rechnung bezahlten. Dann stand ich abrupt auf. Jens sah mich irritiert an.

»Was ist denn jetzt los?«

»Ich muss weg.«

»So plötzlich?«

»Ja.« Ich ließ ihn einfach sitzen, bezahlte und folgte dem Paar nach draußen. Weber hatte den Arm um die Frau gelegt und streichelte ihr zärtlich über den Rücken.

Mein Pech war nur, dass ich kein Auto hatte, ich war zu Fuß ins ›Peppers‹ gekommen. Fieberhaft überlegte ich, was ich tun sollte. Wenn sie ins Parkhaus gingen, war ich aufgeschmissen.

Doch das Schicksal meinte es gut mit mir, denn die beiden gingen ins ›Stitz‹, eine Cocktailbar in der Nähe des Rathauses.

Ich dachte nach. Es war nicht weit bis nach Hause. Konnte ich es riskieren, mein Auto zu holen?

Als sie ihre Cocktails vor sich stehen hatten, beschloss ich, dass ich konnte. Ich rannte nach Hause, rammte den Schlüssel ins Zündschloss und fuhr unter Missachtung sämtlicher Verkehrsregeln zurück.

Die beiden saßen noch immer an ihrem Tisch. Ich atmete auf und lehnte mich zurück.

Die nächsten zwei Stunden hatte ich Zeit zum Nachdenken. Über mich, über Mark, über meinen Beinahe-Tod, über Wendt, Jens Krüger und jetzt über Erich Weber. Andreas mischte sich in meine Überlegungen, doch ich verbat mir weitere Gedanken an ihn. Was dabei herauskam, schmeckte mir nicht.

Gegen halb elf wurde ich müde. Um zwölf fielen mir zum ersten Mal die Augen zu. Kurze Zeit später schreckte ich hoch und stieg aus, um frische Luft zu schnappen.

Es dauerte quälende weitere 20 Minuten, ehe beide das Lokal verließen und scheinbar ziellos durch die Stadt wanderten. Ich folgte ihnen langsam mit dem Auto. In der Hoffnung, nicht als Verkehrshindernis angezeigt zu werden. Zum Glück erreichten sie kurze Zeit später Webers Auto und stiegen ein. Auf meine Chance hoffend, wartete ich ab und folgte ihnen schließlich nach Neu-Ulm. Dort hielt er in einer ruhigen Seitenstraße der Innenstadt an, umarmte die junge Frau ausgiebig – und ließ sie aussteigen.

Was zum Teufel sollte jetzt das? Ich hatte damit gerechnet, den Fall heute Nacht vielleicht lösen zu können. Und was tat mein Verdächtiger? Er setzte das potenzielle Opfer brav zu Hause ab und fuhr weg. Noch nicht einmal ein kleines Härchen hatte er ihr gekrümmt.

Ich musste mich schnell entscheiden. Und folgte Weber. Nach Wiblingen. Er parkte, betrat sein Haus und ging in den ersten Stock. Kein Grund, ihn weiter zu observieren.

Ich fuhr zurück nach Neu-Ulm und untersuchte die Klingelschilder des Mehrfamilienhauses, in das die junge Frau verschwunden war. Es wohnten drei türkische Familien im Haus und ein Marco Brassner. Demnach musste die junge Frau Jasmin Feuer sein.

Und was sollte ich mit der Information jetzt anfangen? Fest stand, dass sich heute Nacht nichts mehr tun würde.

Und irgendwie war ich froh. Ich war fertig mit den Nerven und brauchte dringend Schlaf.

Zu Hause fiel ich ins Bett wie ein Stein.

Mitten in der Nacht schrak ich plötzlich hoch. Ich hatte Herzrasen und war mit einem Schlag hellwach. Es waren nicht die üblichen, immer wiederkehrenden Träume, die mich aus dem Schlaf gerissen hatten. Es war die sichere Gewissheit, dass mir etwas entgangen war. Ich hatte etwas übersehen, und in meinem Traum wäre ich beinahe hinter das Geheimnis gekommen.

Mit offenen Augen lag ich im Bett, versuchte, mich zu beruhigen, und starrte in die Dunkelheit. Unentwegt grübelte ich, was ich geträumt hatte und versuchte verzweifelt, die letzten Fetzen dieses Traumes zu packen, um ihn zu Ende spinnen zu können. Doch es gelang mir nicht. Es war etwas mit Rosen gewesen, daran konnte ich mich erinnern.

Plötzlich gesellte sich ein anderes, unangenehmes Gefühl dazu. Das sichere Wissen, nicht allein zu sein.

Augenblicklich rauschte das Adrenalin in meinem Körper, und ich überlegte fieberhaft, was ich tun sollte. Vergessen waren der Traum und das Gefühl, etwas übersehen zu haben. Ich war nicht allein in meiner Wohnung, und obwohl ich nicht das Geringste hörte, war ich mir der Anwesenheit einer fremden Person so bewusst, als würde sie direkt neben mir stehen.

Leise schlug ich die Decke zurück und stahl mich ohne ein Geräusch aus dem Bett. Mit klopfendem Herz lauschte ich in die Dunkelheit, hörte jedoch nichts.

So abgebrüht ich mich auch geben mochte, in erster Linie war ich eine Frau, deren Leben bedroht wurde. Und das machte mir Angst.

Vorsichtig schlich ich zur Tür und legte die Hand auf die Klinke. Lauschend hielt ich einen Moment inne, ohne mich zu bewegen. Noch stärker spürte ich jetzt die Anwesenheit einer fremden Person.

Als ich die Tür öffnete, nahm ich zweierlei gleichzeitig wahr: In der Küche brannte Licht, und ich war mir sicher, dass ich es ausgeschaltet hatte, als ich zu Bett gegangen war. Im gleichen Moment hörte ich, wie die Eingangstür ins Schloss gezogen wurde. Und mit diesem Geräusch schwand auch die Gewissheit, dass jemand hier war. Ich war wieder allein.

Was ich in der Küche sah, ließ mir das Blut in den Adern gefrieren. Ich hielt unwillkürlich die Luft an, und die Zeit schien einen Moment stillzustehen. Mitten auf dem Tisch stand eine Vase mit einem überdimensional großen Strauß roter Rosen.

Ich wusste nicht, wie lang ich dort gestanden und die perfide Überraschung angesehen hatte. Das Klingeln des Telefons riss mich aus meiner Erstarrung. Ich lief zurück ins Schlafzimmer und meldete mich.

»Für dich!«, waren die einzigen Worte, die aus dem Hörer klangen, dann wurde aufgelegt.

Mir war, als greife eine kalte Hand nach mir. Ich begann zu frösteln, schließlich zitterte ich am ganzen Leib, bis die Kälte auch mein Innerstes erreicht hatte.

Er war sich nun ganz sicher. Zuerst hatte er es nur geahnt, nun wusste er es. Sie war ihm geschickt worden. Für all die Mühen in den vergangenen Jahren sollte er nun die Belohnung erhalten.

Sie war so hübsch, so unwiderstehlich. Sie sollte ihm gehören. Nur ihm. Er würde sie behalten. Mit ihr sollte zu Ende gehen, was mit Heike begonnen hatte.

Noch musste er warten, die Zeit war noch nicht gekommen. Sie sollte es wissen. Es selbst herausfinden. Er war gespannt auf die Überraschung in ihren Augen, die langsam zu Angst werden würde. Sie war ahnungslos. Und er genoss bereits jetzt das Gefühl der Vorfreude.

Er musste sich in Acht nehmen. Sie war gefährlicher als alle anderen zuvor. Aber das Wissen darum ließ ihn vorsichtig sein.

Er hatte keine Angst. Es war nicht das Ende von allem, sondern der Beginn von etwas Neuem. Jule würde ihm gehören, und sie würden für immer vereint sein.

Dienstag

An Schlaf war nach dem Einbruch zunächst einmal nicht mehr zu denken gewesen. Der Einbrecher hatte sogar die Kette an der Tür, die ich vorgelegt hatte, durchtrennt. Mark hatte recht behalten. Wer in die Wohnung wollte, gelangte hinein.

Ich war durch die Wohnung geschlichen und hatte mich schließlich vor den Fernseher gesetzt. Den Privaten sei Dank konnte man sich um diese Uhrzeit mittlerweile allen möglichen Blödsinn ansehen, und seien es nur Wiederholungen irgendwelcher Sitcoms oder Talkshows. Irgendwann war ich dann doch in einen unruhigen Schlaf gesunken.

Jeder Knochen in meinem Körper schmerzte. Zum unbequemen Sofa kam die Prügelei mit Wendt, die ich nun mehr als deutlich spürte. Ich fühlte mich außerstande, heute etwas Sinnvolles zu leisten.

Die Rosen standen noch immer in der Vase auf dem Küchentisch, ich hatte sie nicht angerührt. Wahrscheinlich sollte ich die Polizei rufen. Doch was hätte das gebracht? Unweigerlich ein weiteres Chaos in meiner Wohnung. Mit dem Ergebnis, dass es keine verwertbaren Spuren gab, weil der Einbrecher Handschuhe getragen hatte.

Ich ignorierte die Blumen so gut es ging und nahm meinen Kaffee mit ins Wohnzimmer.

Als das Telefon läutete, warf ich einen kritischen Blick auf das Display. Wenigstens wurde eine Nummer angezeigt, dann konnte es nicht der nächtliche Eindringling sein.

Ich meldete mich und seufzte unwillkürlich, als ich Marks

Stimme vernahm. Konnte er mich nicht wenigstens heute in Ruhe lassen? Hatte der Tag nicht schon beschissen genug angefangen?

»Was willst du?«

»Wir mussten Wendt laufen lassen«, sagte er ohne Begrüßung, und es kostete ihn hörbar Überwindung.

Eigentlich hätte sich jetzt ein Hochgefühl einstellen müssen. Das Gefühl, recht gehabt zu haben. Es blieb aus.

»Er war zwar in der Nähe von zwei Tatorten, das war aber purer Zufall und hatte mit irgendwelchen Fortbildungen zu tun, die seine Firma ihm aufgehalst hat. Und dafür gibt es jede Menge Zeugen. Für alle anderen Morde hat er ebenfalls wasserdichte Alibis. Da ist nichts dran zu rütteln.«

Ich schwieg einen Moment und wartete darauf, dass Mark weiterredete.

»Warum erzählst du mir das?«, fragte ich schließlich.

»Weil der Mörder vielleicht auch hinter dir her ist. Ich möchte nur, dass du weißt, dass du nicht in Sicherheit bist.«

»Das weiß ich bereits, danke.«

Schweigen.

»Ist wieder etwas vorgefallen? Ein weiterer Einbruch?«

»Nein, nichts passiert«, antwortete ich fest. Ich würde allein mit der Sache fertigwerden.

»Sicher?«

»Sicher.« Ich trank einen Schluck Kaffee.

»Wie du meinst. Noch etwas: Wir haben Profiler eingeschaltet. Sie vermuten, dass der Mörder bald wieder zuschlagen wird. Die Abstände zwischen den Morden werden immer kürzer. Möglicherweise möchte er gefunden werden.«

»Willst du mich verarschen? Das hört sich an wie aus einer schlechten Folge CSI.«

»Das ist nicht meine Absicht. Auch wir arbeiten mit Hochdruck an der Überführung des Mörders, kommen aber nicht weiter, also haben wir Profis hinzugezogen.«

»So, so.«

»Hör mal, so kommen wir nicht weiter.« Zufrieden stellte ich fest, dass es auch um seine Nerven nicht mehr zum Besten bestellt war. »Wie wäre es mit einem Waffenstillstand?«

Ich setzte meine Tasse ab.

»Heißt das, dass du mich jetzt in Ruhe lässt? Und mich einfach ermitteln lässt?«

»Wenn es sein muss«, würgte er nach einem kurzen Moment heraus.

»Und das kriege ich schriftlich?«

»Wenn es sein muss, auch das. Hör mal, ich stehe hier echt unter Druck. Da kann ich es nicht brauchen, wenn ich zusätzlich private Probleme aufgeladen bekomme. Es tut mir leid, das zwischen uns ist blöd gelaufen. Ich lasse dich in Ruhe ermitteln, und du sorgst bitte dafür, dass es keine unangenehmen Überraschungen mehr gibt, okay?«

Ob der Einbruch von heute Nacht wohl in diese Kategorie fallen würde?

»Ja. Aber für die Ohrfeige entschuldige ich mich nicht.« Ein bisschen Stolz hatte ich ja auch noch.

»Ich habe mir so etwas Ähnliches schon gedacht.« Mark seufzte. »Wie wäre es mit einem Bier heute Abend? Ich weiß aber noch nicht, wann ich hier herauskomme.«

Jens hatte mich auf ein Eis eingeladen, um den Rest seines schlechten Gewissens zu tilgen. Mist. Was sollte ich jetzt tun?

»Ich habe schon etwas vor.« Irgendwie war mir das peinlich, aber ich konnte nicht einmal sagen, warum.

»Dann eben nicht. Ich wünsche dir einen schönen Tag!«

Was hatte er erwartet? Dass ich nur darauf wartete, mit ihm ein Bier trinken zu gehen? Wir hätten uns für morgen verabreden können, doch er hatte wie eine beleidigte Leberwurst sofort aufgelegt.

Verärgert legte ich den Hörer zur Seite, doch aus dem Gespräch war auch etwas anderes zurückgeblieben. Der Mörder wollte gefunden werden, hatte er gesagt. Ob das den Tatsachen entsprach? Wenn der Einbrecher wirklich der Täter war, dann sprach viel für diese Theorie. Die anderen Opfer hatten nicht über nächtliche Anrufe oder Einbrüche berichtet. Zumindest stand nichts davon in den Akten.

Mir lief ein kalter Schauer über den Rücken. Hatte er seine Vorgehensweise geändert? Wollte er seine Opfer nun schon vor dem Mord quälen und sich an ihren Ängsten weiden? Oder betraf das nur mich?

Ich hatte Angst, und das zuzugeben fiel mir, zumindest mir gegenüber, nicht schwer. War ich sein nächstes Opfer? Wenn der Psychoterror so weiterging, war ich bald ein nervliches Wrack. Ein Blick in den Spiegel genügte, um festzustellen, dass ich nicht mehr lang durchhielt. Zu wissen, dass mir der Mörder nachstellte und nur auf eine Gelegenheit lauerte, auch mich ins Jenseits zu befördern, fraß an meinen Nerven.

Und bei all diesen Überlegungen ließ mich etwas anderes nicht los: Die Gewissheit, dass ich etwas übersehen hatte. Und ich kam, verdammt nochmal, nicht dahinter, was es war. Letzte Nacht war ich mit diesem Gefühl aufgewacht, und es war klarer gewesen als alles andere. So wie ich gewusst hatte, dass Wendt nicht der Mörder war, so sicher war ich mir, dass es etwas gab, das ich nicht richtig zugeordnet hatte. Es war direkt vor meiner Nase. Irgendwo. Und ich sah es nicht, und das machte mich wahnsinnig.

Sollte ich die nächste sein, die dem Mörder zum Opfer fallen sollte, hatte ich zwei Möglichkeiten: Entweder ich vergrub und versteckte mich, bis er mich letztlich doch fand, oder ich nahm das Heft selbst in die Hand. Wenn ich schon partout nicht darauf kam, was ich übersehen hatte, dann wollte ich zumindest alles Menschenmögliche tun, den Mörder zu überführen. Und dann gab es nur eines: weiter ermitteln.

Ich versuchte, mich zu sammeln und meine Gedanken auf die bisherige Ermittlungsarbeit zu konzentrieren. Wendt und der Ehemann fielen aus, die hatten ein Alibi. Blieben also noch Goldmann, der Streetworker Rafael Winter und Erich Weber.

Winter hatte zwar einen Sprung in der Schüssel, doch ich hielt ihn nicht für den Mörder. Dazu reichte sein Intellekt nicht. Sicher, ich konnte mich täuschen, aber mein Gefühl sagte mir, dass er nicht der Mörder war.

Weber hatte sich seltsam verhalten, und ich hätte zu gern gewusst, was es mit der jungen Frau von gestern Abend auf sich hatte. Dem musste ich auf jeden Fall nachgehen.

Blieb noch Goldmann, der affektierte Autoverkäufer. Gedankenverloren hielt ich das Bild von ihm in Händen, das er seiner Antwort auf Susannes Anzeige beigelegt hatte, und versuchte, mir den Abend des Gesprächs mit ihm wieder ins Gedächtnis zu rufen.

Er hatte ein Auto verkauft, einen Touareg, und war sichtlich stolz auf sich gewesen.

An seiner Geschichte zweifelte ich nicht, aber einen besseren Anhaltspunkt hatte ich auch nicht. Sein Arbeitgeber war ein VW-Autohaus in Söflingen.

Irgendwie führten all meine Wege nach Söflingen. Ob das etwas zu bedeuten hatte? Doch eigentlich war es kein Wunder, war es doch ein beliebter Stadtteil mit hoher Wohnqualität.

Ich beschloss, zum Autohaus zu fahren und mich dort umzuhören.

Die Sonne schien, und kein Wölkchen trübte den blauen Himmel. Ein weiterer frühlingshaft warmer Tag lag vor Ulm, und mir kam es beinahe unwirklich vor, dass ich erst letzte Nacht Besuch von einem Einbrecher gehabt hatte. Noch scheute ich mich vor dem Wort Mörder. Die Gefahr fühlte sich nicht so drohend an. Mit einem Einbrecher würde ich fertigwerden. Irgendwie. Mit einem Mörder auch?

Das Autohaus lag im Gewerbegebiet von Söflingen. Ich stellte meinen alten Golf auf den Parkplatz und legte zur Sicherheit eine Parkscheibe hinter die Windschutzscheibe, als ich den Abschleppwagen auf den Hof fahren sah.

Als ich den Verkaufsraum betrat, fühlte ich mich augenblicklich in eine andere, mir fremde Welt versetzt. Es roch neu und unverbraucht. In der Halle herrschte Stille, nur die Gummisohlen meiner Schuhe quietschten leise auf dem blank gewienerten Boden. Ein Telefon läutete, und auch das klang erstaunlich melodiös und leise.

Unschlüssig ging ich durch die Reihen ausgestellter Autos in der großen Halle und bewunderte die chromblitzenden Felgen und den schimmernden Lack. Wohl wissend, dass mein Gehalt nie für einen neuen Wagen reichen würde. Aber träumen durfte man.

Mit einem Seufzen wandte ich den Blick von einem neuen Passat in dunklem Nougatbraun und trat an den Informationsschalter. Ich hatte eine hübsche Blondine in kurzem Rock mit souveränem Lächeln erwartet. Doch augenscheinlich hatte man den Lehrling vorübergehend allein gelassen.

Hinter dem Schalter saß ein kaum volljähriger junger Mann. Er steckte in einem schlecht sitzenden, billigen

Anzug, die braune Krawatte hing wie ein Strick um seinen Hals.

Er hatte seinen flammendroten Kopf tief gesenkt und flehte mit jeder Faser seines Körpers darum, nicht angesprochen zu werden.

»Guten Tag«, sagte ich trotzdem.

Seine Gesichtsfarbe glich einer überreifen Tomate. Er murmelte etwas Unverständliches, brachte aber immerhin so etwas wie ein Lächeln zustande.

»Bitte, können Sie mir helfen?« Ich hatte beschlossen, auf dumme Frau zu machen. Vielleicht konnte ich den schüchternen Knaben damit aus der Reserve locken. »Ich suche Herrn Goldmann.«

»Das tut mir leid, aber er ist heute nicht im Haus.«

»Oh.« Das war ja noch besser. »Ja was mache ich denn dann?«

»Im Moment ist leider niemand da.«

Frühstückspause. Besser hätte es nicht laufen können.

»Ich sollte eine Auskunft haben. Ob Sie mir vielleicht weiterhelfen können?«

»Ich weiß nicht.«

»Versuchen wir es einfach mal. Ich bin sicher, Sie können mir helfen.«

»Aber ich bin nur der Azubi.«

»Das macht doch nichts. Ich war auch einmal ein Lehrling. Wenn Sie mir nicht helfen können, kann ich ja später noch einmal kommen, das ist nicht schlimm.«

»Okay.« Langsam schien er sich zu entspannen.

Ich lehnte mich nach vorn, setzte eine verschwörerische Miene auf und blickte mich nach allen Seiten um.

»Ich bin Detektivin«, flüsterte ich.

Der junge Mann riss erstaunt die Augen auf.

»Eine echte Privatdetektivin?« Vergessen war die Schüchternheit. Jetzt ähnelte er Leon in seinem Eifer. »Und was wollen Sie jetzt von mir wissen?«

Ich beschloss, den Verdacht nicht sofort auf Goldmann zu lenken und drehte den Spieß um.

»Das muss aber absolut vertraulich behandelt werden.« Der Junge nickte eifrig. »Sie dürfen niemandem davon erzählen. Auch nicht Ihrem Chef. Zumindest nicht, bis meine Ermittlungen abgeschlossen sind. Ich muss das Alibi einer Frau überprüfen. Am Mittwoch, dem 8. April hat sie bei Herrn Goldmann einen Wagen gekauft, einen Touareg. Das muss mittags gewesen sein.«

»Nein, das war morgens.« Die Antwort war ziemlich schnell gekommen.

»Woher wissen Sie das? Sie haben doch noch nicht im Kalender nachgesehen.«

Er zog einen Terminplaner zurate und blätterte darin herum.

»Das war der 8.4., das stimmt. Aber es war sicher morgens. Herr Goldmann hatte zwar nachmittags den Termin, hat die Kundin aber angerufen und sie gebeten, ob sie vormittags kommen könnte. Wissen Sie, er hatte entsetzliche Zahnschmerzen und für den Nachmittag einen Termin beim Zahnarzt. Das weiß ich ganz genau. Auch heute ist er beim Zahnarzt. Ich war mir nur nicht mehr sicher, ob es das richtige Datum war.«

War es zu fassen, Goldmann hatte mich angelogen.

»Sind Sie sicher?«

»Ganz sicher! Hat die Frau jetzt kein Alibi?«

»Das wird sich noch herausstellen«, murmelte ich. »Sie dürfen niemandem etwas sagen.«

»Bestimmt nicht!«

Mein Golf stand wider Erwarten noch an genau der Stelle, an der ich ihn abgestellt hatte. Ich stieg ein und fuhr auf direktem Weg nach Neu-Ulm in den ›Jazz-Keller‹.

Andreas wartete bereits vor der Tür auf mich. Flocki saß ordentlich angeleint neben seinem schwarz gekleideten Herrchen und sah mir hechelnd entgegen. Ein mulmiges Gefühl beschlich mich. Ich wollte die Sache so schnell wie möglich hinter mich bringen und stieg aus.

Wortlos reichte mir Andreas die Leine, ließ sie aber nicht sofort los, als ich danach griff.

»Ich hoffe, du tust nichts Ungesetzliches?«

»Wie könnte ich?«

Seine Hand berührte meine. Zufall? Mir wurde heiß und kalt. Als er die Leine freigab, drehte ich mich auf dem Absatz um und floh zurück zum Auto. Flocki trabte brav neben mir her, und Andreas' Lachen verfolgte mich.

»Eigentlich ist sie lieb«, sagte er in meinem Rücken. »Vielleicht solltest du ihr ab und zu ein Leckerli zustecken. Aber lass es sie nicht riechen, sonst fängt sie an zu sabbern und springt an dir hoch. Für das Zeug tut sie alles. Wenn du die Hundekekse versteckst und sagst ›such‹, dann hört sie nicht eher auf zu wühlen, als bis sie sie gefunden hat.«

Das waren ja herrliche Aussichten bei dem monströsen Vieh.

»Sie mag aber nur die Kekse in der gelben Packung mit der lila Schrift. Alle anderen verweigert sie.«

Schleckig auch noch, das hatte ich ja gern. Trotzdem hielt ich auf dem Rückweg an einem Geschäft für Tiernahrung und erstand eine gelbe Tüte mit lila Aufschrift mit Keksen, die aussahen wie kleine Knochen. Nicht nur wählerisch war die Dogge, sie schien auch ein wahrer Gourmet zu sein. Die gelbe Packung war mit weitem Abstand die teuerste, die es zu kaufen gab. Zähneknirschend bezahlte ich, denn wenn mein Plan aufgehen sollte, brauchte ich etwas, das sie mochte.

Die Leckereien waren in Plastik verpackt. Sicher konnte der Hund das nicht riechen.

Er konnte. Ich hatte die Tüte auf der Beifahrerseite deponiert, und Flockis Kopf war bald zwischen den Sitzen erschienen. Die Spucke tropfte ihr nur so aus dem Maul, und bald bildete sich ein kleiner See auf der Ummantelung der Handbremse.

Widerlich! Ich hatte versucht, ihren Kopf nach hinten zu schieben, mir dabei aber lediglich einige Spuckefäden im Gesicht eingehandelt. So schnell wie möglich fuhr ich nach Hause und stieg aus. Ich schüttelte mich angeekelt und ließ Flocki heraus. Angeleint hinter dem Haus an der Wäschestange, ließ ich sie mit einem der Kekse zurück und ging nach oben, um mich sauber zu machen. Ich musste mich beeilen, die Schule war bald zu Ende.

Fünf Minuten später marschierte ich gesäubert mit Flocki an der Leine in Richtung von Leons Schule. Sebastian hatte ihn heute Morgen hingebracht, und diesmal hatte es keine Zwischenfälle gegeben. Allerdings lauerten sie ihm auch oft auf dem Heimweg auf, hatte Leon erzählt.

Ich wartete ein wenig abseits des Eingangs und versuchte, die sabbernde Flocki zu bändigen, die die Kekse in meiner Tasche roch.

Als Leon zur Tür herauskam, erhellte sich sein Gesicht, als er mich mit Flocki stehen sah, die noch immer an der Leine zerrte und an meinem Bein hochsabberte. Hinter ihm gingen vier größere Jungs, die bei unserem Anblick die Köpfe zusammensteckten und anfingen zu flüstern. Leon drehte sich zu ihnen um. Was er tat, konnte ich nicht sehen. Aber seinem selbstzufriedenen Gesicht nach zu urteilen, hatte er ihnen entweder eine lange Nase gemacht oder die Zunge herausgestreckt.

Ich grinste in mich hinein und klopfte ihm freundschaftlich auf die Schulter, als er zu mir herantrat.

»Wo hast du den denn her?«, fragte er bei Flockis Anblick und tätschelte vorsichtig ihren Kopf. Einen Augenblick war sie abgelenkt und vergaß die kleinen Hundeknochen.

»Ausgeliehen.«

»Macht der was?«

»Das ist ein Mädchen. Sicher macht sie was. Aber nur bösen Jungs.« Ich zwinkerte ihm zu.

»Dann bin ich jetzt sicher?«

»Ich hoffe doch.«

Einträchtig gingen wir nebeneinander her und verließen den Schulhof. Auf dem Nachhauseweg holten uns die vier Jungs ein.

»Hast du dir jetzt Verstärkung geholt?«, fragte der größte, ein dicklicher Bub, der vielleicht zehn Jahre alt sein mochte. Irgendwie kam mir sein Gesicht auf unangenehme Weise bekannt vor.

»Ein Weib und einen sabbernden Hund«, höhnte eine dünne Bohnenstange.

»Meinst du mich mit Weib?«, fragte ich. Der Kleine riskierte eine ganz schön kesse Lippe. Das ließ Rückschlüsse zu, wie es bei ihnen zu Hause um die Rollenverteilung bestellt sein mochte.

»Das ist eine Privatdetektivin. Und zufällig meine Freundin.«

Hört, hört, da war ich ja ganz schön aufgestiegen. Ich merkte, wie sehr ich mich darüber freute.

»Klar, eine Privatdetektivin«, nuschelte ein kleinerer Junge mit pechschwarzem Haar. »So was gibt's doch nur im Film.«

»Was ist jetzt mit der Kohle?«, fragte der größte und ließ keinen Zweifel, dass ihn meine Anwesenheit nicht im Geringsten beeindruckte. Woher nur kam mir sein Gesicht bekannt vor?

Na warte. Ich fasste in meine Tasche.

»Du kriegst keine Kohle mehr, mein Freund«, erklärte ich freundlich und legte ihm die Hand auf die Schulter. Dabei ließ ich einige Hundekekse in die Kapuze seines Pullis fallen.

»Das wirst du ja wohl nicht entscheiden«, schnauzte er mich an.

»Freundchen, jetzt hör mir mal gut zu. Was du da machst, ist eine astreine Erpressung. Wenn du ein paar Jahre älter wärst, würde man dich dafür bei Wasser und Brot in den Knast stecken. Und dann schreib dir gleich noch hinter die Ohren, dass ich kein Weib sondern eine Frau bin. Ich bin Privatdetektivin, und Leon ist mein Freund. Und das hier«, ich deutete auf Flocki, die noch immer sabbernd neben mir stand und an der Leine zog, »ist Flocki. Sie sieht harmlos aus, aber wenn du keine Ruhe gibst, dann wirst du sie näher kennenlernen.«

»Lass mich los.« Er schüttelte meine Hand ab. Die anderen waren respektvoll ein paar Schritte zurückgetreten.

Hoffentlich hatte Andreas nicht zu viel versprochen, sonst stand ich gleich ganz schön dumm da.

»Flocki, such!«

Es funktionierte. Flocki sprang erfreut auf, ich gab die Leine frei, und mit einem Hechtsprung stürzte sie sich auf den dicken Jungen. Sie erwischte ihn mit den Pfoten an der Schulter und fuhr ihm im Fallen mit der Zunge über das Gesicht. Wie eine Wilde schnappte sie nach der Kapuze des Pullis und zerrte so lang daran herum, bis sie die Hundekekse gefunden und alle gefressen hatte.

Der Junge bewegte sich nicht mehr. Angsterfüllt starrte er in den Himmel. Als Flockis Bemühungen nachließen, wandte er vorsichtig den Kopf.

»Flocki, komm her«, befahl ich, und, oh Wunder, sie trottete brav zu mir, leckte sich die Lefzen und setzte sich neben mich.

Leon hatte dem Geschehen fassungslos zugesehen. Es musste so ausgesehen haben, als wollte Flocki den Jungen zerfleischen.

»Alles gut«, flüsterte ich ihm zu. »Das war nur ein Trick.«

Unsicher sah er mich an. Dann ging er zu dem Jungen, der noch immer am Boden lag, und beugte sich über ihn.

»So«, verkündete er, plötzlich mutig geworden. »Das war nur der Anfang. Wenn das weitergeht, komme ich nächstes Mal nicht mit einem Privatdetektiv und einem Hund, dann bringe ich die Polizei auch noch mit. Da habe ich nämlich auch einen Freund.«

Damit drehte er sich um und stolzierte hoch erhobenen Hauptes an den drei zu Salzsäulen erstarrten Freunden des Dicken vorbei. Ich konnte es ihm nicht verdenken.

Hinter der nächsten Straßenecke hielt er an und lachte heraus.

»Hast du das dumme Gesicht von dem gesehen?«, fragte er.

Ich nickte.

»Das geschieht denen recht! Die tun mir nichts mehr. Was war denn das für ein Trick?«

»Flocki ist ein harmloser Hund, aber ich habe dem Bub heimlich ein paar Hundekekse in die Kapuze gelegt. Und die wollte sie fressen. Sie wollte eigentlich nur spielen, das war alles.«

Leon lachte noch immer.

»Du bist wirklich verdammt clever. Und so cool!«

Mann, tat das gut!

Wir gingen ein Stückchen weiter.

»Sag mal, der Mann, der da immer vor deiner Tür sitzt …«

Über den wollte ich jetzt wirklich nicht mit ihm reden.

»Das ist doch ein Polizist?«

Ich nickte nur.

»Ich habe ein bisschen geschwindelt, als ich gesagt habe, dass ich einen Freund bei der Polizei habe. Meinst du, du könntest mir deinen Bekannten mal vorstellen?«

»Du meinst, ihr werdet dann vielleicht Freunde?«

»Man kann ja nie wissen, was sich ergibt.«

Ich nickte. Vielleicht. Irgendwann. In einem anderen Leben.

»Dann schmeißt er die vier vielleicht auch in den Knast. Oder er verhaut sie.«

Oh, oh, das ging jetzt aber zu weit.

»Du, Leon«, begann ich vorsichtig. »Das, was die mit dir gemacht haben, war nicht richtig. Das ist Erpressung, und dafür muss man ins Gefängnis, wenn man älter ist. So sind unsere Gesetze. Aber wenn du sie verprügelst oder verprügeln lässt, dann ist das auch nicht viel besser.«

Er schwieg und starrte bockig vor sich hin.

»Die wirklich Cleveren tricksen ihre Feinde aus. Mit List und Tücke. Nicht mit den Fäusten.«

Er sagte nichts, und wir gingen nebeneinander her, bis wir die Haustür erreicht hatten.

»Du meinst, damit stelle ich mich sonst auf die gleiche Stufe wie die?«

Er sah mich mit großen Augen von unten an, und ich nickte.

»Und das, was du gemacht hast, war wirklich clever, als du sie mit den Hundekeksen ausgetrickst hast?«

Ich nickte wieder. »Flocki hat nichts getan. Sie hat ihnen nur ein bisschen Angst eingejagt.«

»Okay, ich verstehe. Ich werde es mir merken.« Ernsthaftigkeit sprach aus seiner Stimme und seinem Blick.

In dem Moment bog Barbara um die Ecke und sah uns gleichermaßen erstaunt wie erfreut an.

»Was macht ihr denn da?«

»Jule habe ich auf dem Nachhauseweg getroffen. Sie hat den Hund von einem Freund und war mit ihm Gassi.«

Er blinzelte mir verschwörerisch zu.

»War irgendwas in der Schule?«

»Nein, nichts.«

Wir gingen ins Haus, und im ersten Stock verabschiedete ich mich von den beiden. Flocki folgte mir brav, während ich überlegte, warum mir das Gesicht des Jungen bekannt vorgekommen war.

Als ich oben war, fiel es mir ein. Wir hatten früher einen Nachbarsjungen gehabt, der ein bisschen älter als ich gewesen war. Er hatte auch ständig andere Kinder drangsaliert, und auch ich war ihm zum Opfer gefallen. Allerdings war damals noch niemand um Geld erpresst worden.

Am frühen Nachmittag brachte ich Flocki zurück. Andreas war nicht da, und ich atmete erleichtert auf. Ich überließ Fanny den Hund und fuhr auf direktem Weg in den Baumarkt, wo ich ein stabil aussehendes Vorhängeschloss erstand, das ich nach meiner Rückkehr sofort innen an meiner Wohnungstür anbrachte. Ich brauchte Ersatz für die durchtrennte Kette. Zwar wusste ich, dass es nicht viel nutzen würde, wenn tatsächlich jemand in meine Wohnung gelangen wollte, doch es gab mir ein besseres Gefühl, und das war alles, was ich mir im Moment für die kommende Nacht wünschte.

Ich räumte gerade das Werkzeug zusammen, als die vertrauten Klänge von ›Aquarius‹ aus meiner Jackentasche erklangen. Ich stöhnte auf. Musste das jetzt auch noch sein?

»Ja, Mama?«

»Kind, du musst aufpassen.«

Ich verstaute den Schraubenzieher wieder in der Küchenschublade. Auf wen oder was?

»Warum?«

»Ich hatte einen Traum.«

Oh Gott, das jetzt auch noch! Reichten ihr die Séancen nicht mehr? Und warum musste sie ausgerechnet mir das erzählen?

»Und was hast du geträumt?«

»Etwas Schreckliches wird passieren.« Ihre Stimme klang düster und unheilvoll.

»Könntest du das bitte ein bisschen genauer sagen?«

»So einfach ist das nicht bei einem Traum. Es waren Schwingungen, die ich aufgefangen habe. Und die hatten mit dir zu tun.«

Prima, genau das, was ich jetzt hören wollte.

»Mehr kannst du mir nicht sagen?«

»Nein.«

»Dann lass mich bitte damit in Ruhe.«

Schweigen. Ich hatte sie gekränkt. Aber wenn sie mich jetzt auch noch verrückt machte, dann würde ich, so durcheinander ich sowieso schon war, überhaupt nicht mehr schlafen können.

»Was macht dein Mordfall?«

»Ich ermittle.«

»Oh, okay. Gibt es etwas, das ich Susanne sagen kann?«

»Dass sie sich zum Teufel scheren und mich meine Arbeit machen lassen soll. Mutter, ich möchte davon nichts mehr hören. Das sind Hirngespinste, nichts weiter.«

»Wie du meinst. Ich wollte dich nur warnen. Die Gefahr lauert direkt vor deiner Nase.«

Ach ne, dass ich darauf noch nicht von selbst gekommen war.

Sie legte auf.

Verdammt noch mal, konnte sie mich damit nicht in Ruhe lassen? Nicht genug, dass mir jemand nachstellte und ich einen Mörder jagte, und dass beide vielleicht ein und dieselbe Person waren. Jetzt nervte mich auch noch meine Mutter mit irgendwelchen kryptischen Andeutungen, die die Sache nur schlimmer machten.

Und immer noch hatte ich das Gefühl, etwas übersehen zu haben. Etwas Wichtiges. Und ich kam einfach nicht dahinter.

Ich musste raus. Meine Verabredung mit Jens kam da gerade richtig. Vielleicht brachte mich das auf andere Gedanken. Und dann fiel mir bestimmt schlagartig ein, was an meinem Unterbewusstsein nagte.

»Wie geht es dir?«, fragte er besorgt zur Begrüßung und betrachtete mein Gesicht. Zwar war ich geschminkt, die mittlerweile blauen Flecken verdeckte das aber nur notdürftig.

»Ein bisschen besser.« Die Schmerzen waren zwar nicht verschwunden, mein Körper fühlte sich aber nicht mehr ganz so geschunden an wie am Abend zuvor. Und das Sprechen fiel mir auch wieder leichter. Die psychischen Blessuren verschwieg ich. Der nächtliche Besucher ging auch ihn nichts an. Und über den Schlafmangel würde ich noch ein bisschen hinwegkommen.

»Ich muss dir dringend etwas erzählen«, sagte Jens. »Aber erst holen wir uns ein Eis.«

»Heute bezahle aber ich.« Ich wollte mich nicht aushalten lassen. So knapp ich bei Kasse war, für mein Essen konnte ich immer noch selbst aufkommen. Außerdem hatte ich ungern Schulden. Das führte am Ende zu Verpflichtungen, denen man sich nur schwer wieder entziehen konnte.

»Wie du meinst. Dann können wir uns ja auch setzen und einen Eisbecher essen.«

Ich zog eine Augenbraue hoch, und er grinste. Wir nahmen Platz und blätterten in der Karte, um schließlich beim vorbeieilenden Kellner zwei große Eisbecher zu bestellen. Der Mann lief geschäftig hin und her und hatte alle Hände voll zu tun. Eine Menge Gäste, Berufstätige, die Feierabend hatten, aber auch frühe Nachtschwärmer nutzten das warme Wetter, um ein Eis zu genießen. Der Rathausplatz summte geschäftig, und kleine Kinder spielten lärmend am Brunnen.

»Was gibt es denn so Wichtiges?«

»Pass auf, ich habe ein bisschen recherchiert. Ich habe da als Journalist vielleicht ein paar mehr Möglichkeiten als der Allgemeinsterbliche. Außerdem hatte ich ein schlechtes Gewissen. Also habe ich heute ein wenig in der Vergangenheit gewühlt und etwas herausgefunden.«

Ich war gespannt.

»1998 ist schon einmal eine Frau erwürgt worden, die diese seltsame Kette mit der Rose um den Hals getragen hat. Sie war Schülerin im Internat Salem. Das Komische an der Sache ist jedoch, dass ihr die Kette gehört hat.«

Ein Schauer überlief mich. Hatte die Mordserie dort ihren Anfang genommen? Wenn der Frau die Kette gehört hatte und allen anderen Mordopfern der Schmuck nachträglich um den Hals gelegt worden war, konnte das nur bedeuten, dass sie das erste Opfer des Mörders gewesen war.

War das ein entscheidender Durchbruch? Fast hatte es den Anschein. Ich war Feuer und Flamme und wäre am liebsten sofort nach Salem gefahren, um mit den Lehrern dort zu sprechen. Nur mein gesunder Menschenverstand hielt mich davon ab, mich ins Auto zu setzen.

»Das ist ja ein Ding!«

»Sage ich doch.«

»Wie hast du das herausgefunden?«

»Ich habe ein bisschen in den Archiven geblättert. War nicht ganz einfach und hat auch einige Zeit in Anspruch genommen, aber schließlich war ich dir etwas schuldig.«

Er war stolz auf sich, keine Frage.

»Am besten, ich fahre gleich morgen hin.«

Jens hatte einige kopierte Zeitungsberichte aus den Archiven mitgebracht, die ich aufmerksam studierte. Leider war ihnen nicht viel zu entnehmen.

Die 17-jährige Schülerin Heike M. war am Morgen des 7. Juli 1998 tot auf dem Schulgelände in einem Gebüsch entdeckt worden. Niemand hatte etwas gesehen oder gehört, man wusste nur, dass sie am Vorabend eine Verabredung gehabt hatte. Leider wusste niemand, mit wem und wo. Gegen 23 Uhr musste der Mörder sie erwürgt und im Gebüsch zurückgelassen haben. Unter ihren persönlichen Gegenständen war auch jene Kette gewesen, die sie um den Hals getragen hatte. Zunächst hatte die Polizei vermutet, dass der Mörder sie ihr umgelegt haben könnte, weil niemand die Kette kannte. Dann stellte sich jedoch heraus, dass Heike M. sich die Kette selbst auf dem Volksfest einige Tage zuvor gekauft hatte.

Ich wollte nach Hause, ich musste in Ruhe ein bisschen nachdenken. Jens bestand wieder darauf, mich nach Hause zu bringen, und es war mir nicht unrecht. Ohnehin war es längst dunkel geworden. Am liebsten hätte ich ihn gebeten, mit nach oben zu kommen und unter meinem Bett nach einem Mörder zu sehen, aber das erschien mir dann doch ein bisschen albern. Also verabschiedeten wir uns, und ich ging allein ins Haus.

Als ich vor meiner Tür stand, hatte ich plötzlich ein eigenartiges Gefühl. Wurde ich langsam hysterisch? Etwas stimmte nicht, das spürte ich deutlich.

Sollte ich die Polizei rufen? Und mich gleichzeitig zum Affen machen, wenn nichts los war?

Ich überlegte. Dann hörte ich drinnen das Telefon läuten und schalt mich eine dumme Gans. Vielleicht war Jens noch etwas eingefallen?

Hastig holte ich den Schlüssel aus der Umhängetasche und schloss auf. Als ich die Wohnung betrat, wusste ich, dass mein Gefühl mich nicht getrogen hatte. Jemand war hier. Unter der Tür des Schlafzimmers schimmerte ein Lichtschein hindurch, und ich konnte gedämpfte Geräusche hören.

Das Adrenalin schoss mir durch den Körper, jagte meinen Puls in die Höhe und beschleunigte die Atmung.

Das Telefon hörte auf zu klingeln.

Was sollte ich tun? Abhauen und die Polizei rufen? Und damit riskieren, dass er verschwand, weil ich ihn vielleicht aufschreckte? Oder das Überraschungsmoment nutzen und das Schwein zur Strecke bringen? Den Verbrecher, der nicht nur gemordet hatte, sondern mir auch seit Tagen das Leben zur Hölle machte?

Ich entschied mich schnell. Meine Wut war größer als alles andere. Die Zähne zusammenbeißend, schlich ich auf Zehenspitzen in die Küche. Vorsichtig tastete ich im Dunkeln nach der Schublade, in der die schwere Maglite Stablampe lag. Mit einem leise schmatzenden Geräusch ging sie auf, und ich griff blind hinein.

Es war die einzige Waffe, die ich mich zu benutzen traute. Ein Messer war zwar sicher ebenso hilfreich, doch in einem Gerangel lief ich Gefahr, mich selbst zu verletzen. Und eine Schusswaffe besaß ich nicht. Die wenigsten Privatdetektive in Deutschland hatten eine, auch wenn uns das Fernsehen oft etwas anderes erzählte.

Eine schwere Taschenlampe, wirkungsvoll eingesetzt, konnte den Einbrecher vorübergehend außer Gefecht setzen. Oder ihn töten, das war mir durchaus bewusst.

Denn neben all dem Adrenalin, das durch meinen Körper rauschte, spürte ich einen unbändigen Zorn auf diesen Menschen, wer immer es war. Wie konnte er es wagen, in mein Reich einzudringen und in meinen persönlichen Dingen zu wühlen?

Grimmig zog ich die Taschenlampe heraus und verharrte, als ich ein leises Klimpern beim Schließen der Schublade vernahm. Hatte er es auch gehört? War er nun gewarnt?

Ich überlegte kurz, ob ich im Dunkeln der Küche warten und auf meine Chance lauern oder zum Angriff übergehen sollte.

Mein Vorteil war, dass ich wusste, dass er da war. Der Einbrecher schien meine Anwesenheit nicht einmal zu ahnen, so ungestört hörte ich ihn im Schlafzimmer rumoren.

Obwohl ich wusste, dass ich vorsichtig sein musste, konnte

ich meine Wut kaum bändigen. Ich holte tief Luft und packte die Taschenlampe fester. Dann schlich ich zur Schlafzimmertür, hob meine Waffe und drückte die Klinke. Mit einem Ruck riss ich die Tür auf.

Das Chaos, das dort herrschte, nahm ich im gleichen Moment wahr wie die Gestalt, die vor meinem Schrank kniete und jetzt aufsprang.

Überall lag meine Wäsche am Boden verstreut, das Bett war zerwühlt und inmitten des Tohuwabohus stand Rafael Winter und blickte mich mit irren Augen an.

»Endlich bist du gekommen!« Seine Stimme klang beängstigend in die Stille.

Ich wusste, dass Menschen unter Drogeneinfluss oft die gefährlicheren Gegner waren, da sie in ihrem Rausch nicht berechenbar reagierten.

Im gleichen Moment, als ich das dachte, stürzte er sich auf mich und rammte mir den Kopf in den Magen, ehe ich die Taschenlampe zum Einsatz bringen konnte. Mit einem lauten Poltern landete sie auf dem Boden und rollte unter das Bett. Sämtliche Luft entwich pfeifend meinem Körper, und ich klappte zusammen.

Blitzschnell rollte ich mich zur Seite, konnte mich seinem Griff aber nicht entziehen. Er packte mich am Ärmel des T-Shirts, und mit einem hässlichen Geräusch riss eine Naht auf. Ich versuchte, mich freizustrampeln und schlug blind auf ihn ein. Dann drückte er mir das Knie in den Bauch und nagelte mich damit wehrlos am Boden fest. Alles um mich schlagen nutzte nichts, ich traf ihn nicht wirkungsvoll genug.

Er bekam meine Arme zu fassen und drückte sie über meinem Kopf auf den Boden. Seine Augen funkelten lüstern, und ein hässliches Grinsen spielte um seine Lippen, als er seinen Kopf langsam herabsenkte und mit seinem Mund den meinen berührte. Angewidert versuchte ich, den Kopf zur Seite zu drehen, doch seine Zunge bohrte sich in meinen Mund und nahm mir die Luft zum Atmen.

Hektisch strampelte ich mit den Beinen, doch ein weiterer Schlag in den Magen machte mich vorübergehend wehrlos. Sterne tanzten vor meinen Augen, und Rafael Winter ließ eine meiner Hände los, um unter meinem Shirt nach meiner Brust zu grapschen.

Das konnte, das durfte nicht das Ende sein! Ich musste kämpfen! Mit einem letzten Kraftakt der Verzweiflung tastete ich mit der freien rechten Hand über den Boden. Ich spürte etwas Hartes. Die Taschenlampe, die unter dem Bett lag. Ich versuchte, sie zu fassen zu bekommen, während Winter meine Brust knetete und meinen Hals ableckte.

Er war zu beschäftigt, als dass er bemerkt hätte, wie ich die Taschenlampe packte. Ich versuchte, mich zu sammeln und legte dann all meine Kraft in den Schlag, soweit es mir möglich war. Wenn ich am Leben bleiben wollte, war das meine einzige Chance.

Ich traf ihn an der Schläfe, Winter klappte zusammen und ich rappelte mich hoch.

Aus einer Wunde an seinem Schädel sickerte Blut, und für einen Moment dachte ich, dass ich ihn umgebracht hatte. Doch er atmete, und ich wusste nicht, wie schwer seine Verletzung war und wie lang er bewusstlos sein würde. Es galt, keine Zeit zu verlieren.

Ich hetzte zurück in die Küche. Licht flammte auf, als ich den Schalter betätigte. Die Schublade, aus der ich die Taschenlampe genommen hatte, stand noch immer offen. Zwischen Schraubenziehern, Reißnägeln und sonstigem Werkzeug wühlte ich mit zitternden Händen herum und fand schließlich, was ich suchte.

Mit drei langen Kabelbindern rannte ich zurück ins Schlafzimmer. Rafael Winter lag noch immer unbeweglich am Boden. Sein Brustkorb hob und senkte sich regelmäßig. Auf dem Laminat unter seinem Kopf hatte sich eine kleine Blutlache gebildet.

Ich überwand meinen Ekel und rollte ihn auf den Bauch. Dann legte ich an jeder Hand einen Kabelbinder an und zog ihn fest. Die beiden entstandenen Armreifen verband ich mit dem dritten Plastikband. Überflüssig, das wusste ich. Einer wäre ausreichend gewesen, aber ich wollte auf Nummer sicher gehen.

Dann setzte ich mich, an den Kleiderschrank gelehnt, auf den Boden, holte das Handy aus der Hosentasche und wählte den Notruf.

Kraftlos glitt mir das Telefon aus der Hand, als der Beamte sagte, dass sofort eine Streife geschickt würde. Ich ließ den Kopf auf die angewinkelten Knie sinken und begann hemmungslos zu schluchzen.

So trafen mich wenig später zwei Uniformierte an, die mit gezogenen Waffen in meine Wohnung gestürmt waren und in der Schlafzimmertür verharrten, um sich einen Überblick zu verschaffen.

Während sich der eine Beamte zu mir hinunter beugte, kümmerte sich der andere um Winter. Dann forderten sie Verstärkung und einen Rettungswagen an.

In kürzester Zeit wimmelte es in meiner Wohnung von Polizisten und Sanitätern, doch mir war es egal. Ich hatte die Hand des besorgten Beamten abgeschüttelt, war ins Klo gerannt und hatte mich würgend übergeben, bis nur noch Galle gekommen war.

Zitternd und mit tränennassem Gesicht saß ich dort am Boden und versuchte, alles Geschehene auszublenden. Die letzten Tage waren einfach zu viel für mich gewesen.

Ein Notarzt betrat den engen Raum und kniete sich neben mich auf den Boden.

»Sie haben einen Schock«, sagte er und wollte meinen Blutdruck messen. Doch ich entzog ihm meinen Arm, wollte einfach nur meine Ruhe haben. Sollten alle verschwinden und mich schlafen lassen. Einen Mörder überwältigte man nicht alle Tage, da durfte ich auf ein bisschen Verständnis hoffen und hysterisch sein.

Dann erschien Mark in der Tür, was mich kurzfristig aufstöhnen ließ. Ich hatte keine Kraft und keine Nerven mehr, mir weitere Vorwürfe anzuhören. Konnte er nicht hingehen, wo der Pfeffer wuchs? Ich überlegte, wo genau das war und kicherte albern, verwarf den Gedanken aber gleich, weil ich merkte, wie unsinnig er in dieser Situation war.

Marks bleiches Gesicht und die dunklen Augen ließen ihn geisterhaft aussehen. Er drängte den Notarzt zur Seite und beugte sich zu mir hinunter. Als wäre es nichts, hob er mich wortlos vom Boden hoch, und ich ließ es geschehen.

Mir war alles egal. Vorsichtig trug er mich ins Wohnzimmer und legte mich sanft auf das Sofa.

»Alles okay«, flüsterte er und strich mir zärtlich über den Kopf. »Wir haben ihn. Hast du prima gemacht, Mädchen.«

Ich begann erneut zu schluchzen und barg den Kopf an seiner Schulter. Nur langsam beruhigte ich mich.

Der Notarzt erschien wieder, und diesmal ließ ich es zu, dass er meinen Blutdruck maß. Die Beruhigungsspritze verweigerte ich jedoch. Entschlossen setzte ich mich auf, wischte die Tränen aus dem Gesicht und putzte mir die Nase.

»Bitte, tut mir einen Gefallen, ja? Lasst mich einfach in Ruhe. Packt euren Krempel und verschwindet. Und zwar alle!«

Ich sah Mark fest in die Augen.

»Sie sollten ins Krankenhaus mitkommen«, wandte der Notarzt ein.

»Fällt aus.«

Der Mann sah mich noch einmal kurz an, zuckte mit den Schultern und verließ den Raum.

»Wir sind sowieso gleich fertig hier«, sagte Mark. »Dir ist aber schon klar, dass wir eine Aussage von dir brauchen.«

»Die kannst du gern haben, wenn es nicht mehr heute sein muss.«

Ich schwang die Beine vom Sofa und stand trotzig auf. Ein Beamter nach dem anderen verließ meine Wohnung, und kurz darauf waren nur noch Mark und ich zurückgeblieben.

»Mark, bitte, das gilt auch für dich.«

Ich wollte niemanden mehr sehen und einfach meine Ruhe haben. So schön es noch kurz zuvor gewesen war, mich an ihn anzulehnen.

Mark sah mich einen Moment regungslos an, und in seine Augen trat ein Ausdruck, den ich nicht kannte. Hatte ich ihn verletzt? Es war mir egal. Zu viel war in den letzten Tagen vorgefallen.

Dann drehte er sich wortlos um und ging. Die Stille, die mich augenblicklich umfing, war wohltuend und beschützend. Der Spuk war vorbei, der Mörder gefasst, und ich konnte endlich Ruhe finden.

Ich ging in die Küche und nahm mir ein Bier aus dem Kühlschrank. Mit der Flasche in der Hand setzte ich mich auf das Sofa und schaltete den Fernseher ein.

Als mir kalt wurde, deckte ich mich mit einer Wolldecke zu und dämmerte über dem zweiten Bier ein. Gegen Mitternacht wachte ich auf und stellte überrascht fest, dass ich

Hunger hatte. Ich schlurfte in die Küche und versuchte, das Chaos zu ignorieren. Mein Schlafzimmer hatte ich seit der Festnahme von Rafael Winter nicht mehr betreten und würde es heute Nacht sicher nicht mehr tun.

Ich schob einen Berg Hähnchennuggets in den Ofen und trank im Stehen ein weiteres Bier, ehe ich, bewaffnet mit Ketchup, Mayonnaise und den Nuggets, zurück ins Wohnzimmer ging. Ich hüllte mich in meine Decke, starrte in den Fernseher und versuchte, an nichts zu denken, während ich aß.

Gegen halb zwei schaltete ich das Gerät aus, kuschelte mich auf dem Sofa zusammen und schlief ein.

Mittwoch

Ich schlief tief und traumlos und wachte am nächsten Morgen um sieben Uhr auf.

Nach einer langen, heißen Dusche betrachtete ich das Chaos, das in meiner Wohnung herrschte, und fühlte mich erholt genug, ihm den Kampf anzusagen. Jedoch nicht ohne Kaffee.

Mit nassen Haaren tapste ich im Jogginganzug in die Küche und setzte die Maschine in Gang.

Als es klingelte, versuchte ich, den frühen Besuch zu ignorieren. Doch das Gebimmel wurde derart penetrant, dass ich schließlich den Summer betätigte.

Ich wartete, wer mich mit Besuch um diese Uhrzeit beehrte und wurde in meiner Vermutung bestätigt. Mark kam die Treppe nach oben, in der Hand eine Brötchentüte und einen Leinenbeutel.

Ich seufzte, er würde sich nicht abwimmeln lassen.

»Perfektes Timing«, fügte ich mich in mein Schicksal. »Kaffee ist gerade fertig.«

Mark trabte brav hinter mir her in die Küche und breitete seine Schätze aus dem Beutel, Marmelade, Nussnougatcreme, Wurst und Käse, auf dem Küchentisch aus.

Misstrauisch beäugte ich das Buffet, das er aufbaute, und spürte Hunger aufkommen.

»Ist die selbst gemacht?«, fragte ich und deutete auf das Marmeladenglas, das kein Etikett trug.

»Ja, Himbeere. Von meiner Mutter.«

Meine Mutter konnte keine Marmelade machen.

Er setzte sich und öffnete die Tüte mit den Backwaren.
»Ich wusste nicht, was du magst, also habe ich eine Auswahl von allem mitgebracht.«

»Gibt es auch Butter zu der Brezel?«

Das Päckchen mit der Butter wanderte aus dem Leinenbeutel auf den Tisch.

»Nur Eier habe ich keine mitgebracht. Ich bin der schlechteste Frühstückeiermacher, den es auf der Welt gibt.«

»Macht nichts, das reicht erst einmal.«

Ich holte zwei Teller und Tassen und stellte den Kaffee auf den Tisch. Schweigend bediente ich mich aus der Brötchentüte und kaute kurze Zeit später zufrieden auf einer Brezel.

Mark sah mir eine Weile stumm zu, und ich wurde schon langsam nervös, bis er sich auch bediente.

»Hast du die Nacht halbwegs überstanden?«

Irgendwie benahm er sich komisch. Ich bestrich eine Vollkornsemmel dick mit Nutella und legte ein Stück Käse darauf. Angewidert verzog er das Gesicht.

»Es war okay.«

Es war vorbei. Und das war das Einzige, was zählte.

»In Ordnung. Ich muss trotzdem mit dir reden.«

»Ich weiß, du brauchst meine Aussage. Nach dem Frühstück ziehe ich mich an und komme mit dir aufs Revier.«

»Das ist es nicht.« Er wand sich auf seinem Stuhl und hatte von seiner Semmel kaum etwas gegessen.

»Sag bloß, ich habe dem Schwein den Schädel so eingeschlagen, dass er bleibende Schäden davontragen wird.«

Es sollte spöttisch klingen, aber ich machte mir Sorgen, dass ich Winter ernsthaft verletzt haben könnte. Ich hatte in Notwehr gehandelt, und bei der Gefährlichkeit von Winter würde das vermutlich auch ein Richter so sehen, wenn es zu einer Verhandlung kommen sollte. Doch würde ich damit leben können, einen Menschen zum Krüppel gemacht zu haben?

»Er lebt doch noch, oder?«, fragte ich, als er nicht antwortete. Jetzt ging mir wirklich die Düse, doch Mark nickte beruhigend.

»Keine Sorge, ihm ist nichts passiert. Bisschen Kopfschmerzen wahrscheinlich, aber nichts, was die Zeit nicht in Ordnung bringen könnte.«

Er legte den Kopf schief und sah mich nachdenklich an.

»Was denn jetzt?«

Pause. Eine viel zu lange Pause. Ich hörte auf zu kauen, das Brötchen in der Hand, vor dem Mund verharrend. Die Zeit stand still.

»Er ist nicht der Serienmörder.«

Bitte? Ich schluckte hinunter.

»Willst du mich verarschen? Er ist nicht der Serienmörder? Wieso?«

»Er hat ein Alibi für den Mord an Susanne Dauber und auch für die davor. Er war in einer Entzugsklinik, und das Personal schwört Stein und Bein, dass er seine Therapien alle gemacht hat. Er war kilometerweit entfernt. Und lebte anschließend zwei Jahre in einem Kloster in Indien. Er kann es nicht gewesen sein.«

In der Stille war das Gluckern der Kaffeemaschine überlaut zu hören, und ich stand automatisch auf und schaltete sie aus.

»Aber warum ist er dann bei mir eingebrochen?«

»Er hat sich schlicht und ergreifend in dich verguckt. Er ist ein Stalker, der dir das Leben zur Hölle gemacht hat. So schlimm das für dich gewesen ist. Er ist der Meinung, dass ihr füreinander bestimmt seid, dass du ihm gehörst und derlei Blödsinn. Ich denke, dass er verurteilt werden wird und wieder in einer Klinik landet. Er wird niemandem mehr etwas tun. Aber die Morde hat er nicht begangen.«

Ich saß da wie vom Donner gerührt und sagte erst einmal nichts. Das Blut rauschte in meinen Ohren, ich war allein. Dann begannen die Rädchen in meinem Gehirn sich wieder zu drehen. Zuerst langsam, dann immer schneller.

Meine Suche nach dem Täter war also noch nicht zu Ende. Ich hatte das Gefühl, mich im Kreis zu drehen, und wieder beschlich mich eine Ahnung, etwas übersehen zu haben. Nicht nur ein nebensächliches Detail, es war etwas Gravierendes, dessen war ich mir nun sicher.

Ich hatte noch drei Optionen. Eine Spur führte nach Salem in das Internat, und ich musste unbedingt dorthin fahren. Die andere war das falsche Alibi von Tobias Goldmann. Ich hütete mich, Mark davon zu erzählen. Und dann gab es da ja immer noch Erich Weber.

»Und jetzt?«

Mark seufzte.

»Jetzt gehen die Ermittlungen weiter. Ich habe im Moment keine Ahnung, wo ich ansetzen soll.«

Ich schon, aber das werde ich dir bestimmt nicht auf die Nase binden. Den Fall wollte ich allein lösen, ohne seine Hilfe. Es war an der Zeit, ihm zu zeigen, dass ich nicht mehr das kleine Mädchen von damals war.

Schweigend aßen wir zu Ende, und dann hielt ich Wort. Ich zog mich an und fuhr brav mit ihm zum Revier, um meine Aussage zu den Vorfällen der gestrigen Nacht zu Protokoll zu geben.

Doch die Vernehmung zog sich in die Länge, sodass ich erst gegen halb drei wieder zu Hause war. Da ich meine Neugier kaum noch bändigen konnte, führte mich mein erster Weg zum Telefon. Natürlich hatte ich Mark kein Wort davon erzählt, dass ich noch ein paar Eisen im Feuer hatte. Mein schlechtes Gewissen hielt sich in Grenzen.

Es dauerte, bis ich den Rektor vom Internat Salem in der Leitung hatte, und zunächst war er sehr zurückhaltend. Erst als ich ihm erklärte, dass eine mögliche Mordserie ihren Anfang in seiner Schule genommen haben könnte, taute er auf und erklärte sich bereit, mir zu helfen.

Allerdings war er 1998 noch nicht am Internat gewesen. Er hatte seinen Dienst erst im Jahr 2003 angetreten, von dem Mord aber gehört. Noch heute, so sagte er, erzählte man sich davon. Umso schlimmer war für ihn die Tatsache, dass der Mörder nie gefunden worden war.

Doch er versicherte mir sich umzuhören. Ein Lehrer, der kurz vor dem Ruhestand war, sei zum damaligen Zeitpunkt schon im Dienst gewesen. Er wollte mit ihm reden und sich anschließend wieder bei mir melden.

Das Warten auf den ersehnten Anruf verbrachte ich mit dem Aufräumen meiner Wohnung. Langsam wuchs sich das zu einer unliebsamen Gewohnheit aus. Ich hatte in den letzten zwei Wochen öfter geputzt und aufgeräumt als im ganzen vergangenen Jahr.

Der erlösende Anruf kam, als ich fast fertig war. Der Rektor hatte mit Herrn Berger, dem älteren Lehrer, reden können, und der war bereit, sich morgen Vormittag mit mir zu treffen.

Anschließend rief ich Jens an. Immerhin hatte ich ihm den Tipp zu verdanken, also war es nur recht und billig, dass ich ihn informierte. Eigenmächtig versprach ich ihm die Exklusiv-Story, und Jens war hin- und hergerissen. Am morgigen Tag wurde das Urteil für einen aufsehenerregenden Prozess in Ulm erwartet. Allein die Zusammensetzung der beteiligten Personen versprach ein unterhaltsames Spektakel zu werden, dem Jens kaum fernbleiben konnte.

Schweren Herzens lehnte er daher eine Mitfahrt nach Salem ab, wir verabredeten aber, dass ich ihm anschließend alles haarklein erzählen würde.

Weil ich nicht wusste, wie ich die Zeit bis morgen totschlagen sollte, ging ich in den ›Jazz-Keller‹. Als Gast. Keine zehn Pferde würden mich heute dazu bringen, ein Mikrofon in die Hand zu nehmen.

Andreas schien ähnliche Überlegungen angestellt zu haben, er warf mir nur einen Blick zu. Keinen, aus dem ich etwas lesen konnte, aber einen, der mich das Fürchten lehrte.

Schnell wandte ich mich ab, das seltsame Gefühl jedoch ließ sich nicht abschütteln.

Bei Fanny bestellte ich ›Canchanchara‹ und ließ mich ermattet auf einen Barhocker fallen.

»Wie geht's?«

»Frag lieber nicht.«

»Okay.«

»Ist Cosima da?«

»Heute nicht, du hast Ruhe.«

Gott sei Dank, wenigstens etwas. Ich nippte an meinem Cocktail. Herrlich. Daran hätte ich mich heute kaputttrinken können.

»Jule, schön dich zu sehen.«

Ich drehte mich langsam um. Was war nur mit Lou passiert? Keine Hysterie? Nicht aufgebracht? Stattdessen leise Töne, das war ich nicht gewöhnt. Hatte er resigniert?

»Lou, wie geht's dir?«

»Geht so. Und dir?« Er ließ sich auf den Hocker neben meinem fallen und seufzte, ehe er mich mit Dackelblick ansah.

»Auch so. Dafür, dass ich letzte Nacht fast abgemurkst worden bin, eigentlich ganz gut.«

Entsetzt und verunsichert sah er mich an. Ich lächelte schwach.

»Ist okay, mir ist nichts geschehen.«

»Was ist passiert?«

»Ich bin auf der Suche nach deinem Mörder einem durchgeknallten Stalker in die Hände gefallen.«

»Willst du darüber reden?«

Sicher nicht jetzt. Und sicher nicht mit ihm.

Ich sagte nichts, und Lou nickte. Er verstand, und ich war dankbar. Das war das Schöne an meinen Freunden im ›Jazz-Keller‹. Sie verstanden und ließen einen in Ruhe, wenn es sein musste. Wir hatten alle unser Päckchen zu tragen, und selten wollte jemand darüber reden. Niemand war deswegen beleidigt. Cosima vielleicht, aber die war ohnehin ein Spezialfall.

»Okay. Vielleicht freut es dich zu hören, dass ich wegen der Pakete tätig geworden bin.«

»Dein Freund hat sie abgeholt?«

Fanny stellte uns beiden einen Cocktail hin.

Ich sah Lou von der Seite an. Hatte er Tränen in den Augen?

»Leider nicht. Aber ich habe eine Spedition beauftragt, die Sachen abzuholen.«

Na, immerhin.

»So, dass man sie nicht zu dir zurückverfolgen kann?«

»Ganz bestimmt.«

Ich glaubte ihm.

»Und wann?«

»Morgen.«

Wenigstens das hatte sich dann erledigt. Ein Problem weniger.

Lou saß noch eine Weile neben mir, und wir schwiegen

uns einträchtig an, ehe er aufstand. Die Musik plätscherte im Hintergrund vor sich hin und lullte mich ein wie das warme Licht, das mich wie ein Mantel umhüllte.

Vergessen war nichts, aber irgendwie fühlte ich mich hier sicher. Hier, inmitten meines Heims. Denn das musste ich mir eingestehen, der ›Jazz-Keller‹ war für mich mittlerweile zu einem zweiten Zuhause geworden.

Eine Hand legte sich auf meine Schulter und zerstörte das heimelige Gefühl.

»Darf ich mich vorstellen?«

Ich drehte mich um und erstarrte. Nicht nötig, den Typ kannte ich. Immerhin war ich vorgestern die halbe Nacht hinter ihm her gewesen.

»Erich Weber.«

Ich nickte nur matt, antwortete aber nicht.

»Sie sind die Privatdetektivin, die hinter dem Serienmörder her ist.«

Ich ließ das jetzt einfach mal so stehen.

»Wie auch immer, ich scheine in den Fokus Ihrer Ermittlungen geraten zu sein.«

Wohin?

»Sie verfolgen mich.«

Okay, das verstand ich. Abwartend sah ich ihn an.

»Ich bin es nicht.«

So, so. Okay. Wer dann?

»Ich weiß nicht, warum Sie es auf mich abgesehen haben. Aber Sie streunen bei mir zu Hause herum, in meinem Geschäft und sind auch noch nachts hinter mir her.«

»Dafür kann ich nichts, da habe ich Sie zufällig gesehen.«

Jetzt wusste er zumindest, dass ich reden konnte. Immerhin etwas. Hatte ich mich wirklich so dämlich angestellt?

»Wie auch immer. Falls Sie sich fragen sollten, wer die junge Dame war, mit der ich beim Essen gewesen bin, es war meine Tochter.«

Ups, okay. Peinlich. Was sollte ich jetzt dazu sagen?

»Ich muss in alle Richtungen ermitteln«, erklärte ich lahm.

»Aber bitte nicht bei mir.«

Damit drehte er sich um und stelzte davon.

Na toll, das war ja prima gelaufen. Wie hatte ich mich so blamieren können? Ich wusste es nicht. Doch eines war sicher, aus dem Rennen um den Preis als Hauptverdächtiger war er damit nicht.

›Aquarius‹ aus der Handtasche. Das auch noch. Ich wollte nach Hause. Verschwunden war das heimelige Gefühl, das mich noch kurz zuvor umfangen hatte.

Doch zu meiner Überraschung war es Sebastian.

»Sie hat mich gezwungen, dich anzurufen«, sagte er statt einer Begrüßung.

»Mutter?«

»Wer sonst?« Er klang düster. »Sie hatte Angst, dass du auflegen würdest, wenn sie mit dir redet.«

Nicht ganz zu unrecht.

»Und was sollst du mir sagen?«

»Jule, sie ist panisch. Sie hat Angst um dich. Und bitte nimm es mir nicht übel, irgendwie habe ich ihr das abgenommen. Es ist nicht die übliche Spinnerei, sie meint es ernst.«

Ich seufzte.

»Jetzt sag schon. Hatte sie wieder einen Traum?«

»Ja. Du bist in größter Gefahr. Du sollst nach Hause gehen und dich einschließen. Und niemandem die Tür öffnen. Jule, das war unheimlich!«

Toll. Genau das, was ich jetzt noch brauchen konnte. Es

war wirklich an der Zeit, nach Hause zu gehen, der Abend war mir restlos verdorben. Einschließen würde ich mich nicht. Winter saß im Knast, von ihm drohte erst einmal keine Gefahr mehr, und alles andere würde sich zeigen.

Bald war es soweit, und sie würde ihm gehören. Ihm ganz allein.

Sie würde die Letzte sein, das wusste er. Sie war sein Geschenk für die jahrelangen Qualen und Bemühungen, die er hatte erdulden müssen. Sein Leiden würde mit ihr ein Ende finden.

Er war von einer inneren Ruhe ergriffen. Es musste so sein. Mit ihr würde enden, was mit Heike begonnen hatte. Auch er würde endlich Ruhe finden und sie für immer mit sich nehmen.

Es würde das letzte Mal sein, dass er eine Frau in ihrer ganzen Reinheit und Schönheit im Arm halten würde, und es würde perfekt sein, bevor sie auf ewig vereint waren. Die letzten Stunden würde er nun in Ruhe und Vorfreude genießen, ehe es so weit war, Jule mit auf die lange Reise zu nehmen.

Donnerstag

Ich schlief erstaunlich gut in der zweiten Nacht nach der Festnahme von Rafael Winter. Zwar lief der Mörder noch immer frei herum, aber für mich bestand keine Gefahr mehr. Auch wenn meine Mutter da anderer Ansicht zu sein schien. Aber wir waren ohnehin selten einer Meinung.

Außerdem spürte ich, dass die Ergreifung des Mörders kurz bevorstand. Die Schlinge zog sich enger zusammen, es war nur noch eine Frage der Zeit. Heute erhoffte ich mir im Internat einen entscheidenden Durchbruch. Ich war zuversichtlich, dass ich das Wochenende in Ruhe genießen konnte.

Das Internat Salem hatte sich auf mehrere Schlösser im Umkreis verteilt. Die Oberstufe, in der Herr Berger unterrichtete, befand sich in Schloss Spetzgart in Überlingen.

Das Anwesen war einfach zu finden, und kurz vor zehn Uhr stellte ich den Wagen auf dem Parkplatz ab.

Ein älterer Herr kam auf mich zu und sah mich fragend an. Er musste auf mich gewartet haben und war ein typischer Lehrer, trug eine graue Cordhose und ein kariertes Hemd.

Physik und Mathe, tippte ich, als ich dem unscheinbaren Mann mit grauem Bart und Lesebrille, über die hinweg er mich anblickte, die Hand schüttelte. Augenblicklich fühlte ich mich an meine eigene Schulzeit erinnert, die, zumindest in diesen beiden Fächern, alles andere als zufriedenstellend verlaufen war. Mir stellten sich die Nackenhaare auf, als ich ihn grüßte.

Andererseits war ich erwachsen und hatte einen Beruf erlernt, auch wenn meine ehemaligen Lehrer missbilligend den Kopf geschüttelt hätten, wenn sie wüssten, wie ich aussah und womit ich mein Geld verdiente.

»Vielen Dank, dass Sie sich Zeit für mich nehmen«, sagte ich dann auch forsch.

»Das ist selbstverständlich.« Herr Berger sprach mit nasaler Stimme. »Es ist fast ein Wunder, dass sich nach so langer Zeit überhaupt noch jemand an Heike Milder erinnert. Sie können mir glauben, ich habe sie nicht vergessen. Und wenn auch nur ein Funken Hoffnung besteht, den Mörder zu finden, dann werde ich alles mir Mögliche tun, Ihnen zu helfen.«

Dann waren die Aussichten ja prima. Ich folgte ihm über den Hof.

»Ich habe mir gedacht, ich erzähle Ihnen die Geschichte bei einer Tasse Kaffee.« Ihn schien nichts aus der Ruhe zu bringen. Vermutlich hatte er dafür schon zu viel erlebt und zu viele Schüler kommen und gehen sehen.

Er führte mich in einen kleinen, verstaubt wirkenden Besprechungsraum mit gemütlichen Ledersesseln. Ich nahm Platz und wartete, bis Herr Berger mit Kaffee, Zucker und Milch aus der Küche nebenan zurückkehrte. Er stellte das Tablett auf den Tisch neben ein dickes Buch. Ein Jahrbuch, wie ich neugierig feststellte.

»Darf ich fragen, wie Sie auf den Fall gekommen sind?« Er beugte sich interessiert nach vorn. »Immerhin ist eine lange Zeit seit damals vergangen. Ich habe nicht gedacht, dass sich überhaupt jemals noch jemand um Heike kümmert.«

Ich überlegte einen Moment, wie viel ich ihm erzählen konnte und beschloss, dass er vertrauenswürdig genug war, um ihm von der Mordserie zu berichten. Pikante Details ließ ich aus.

Herr Berger nickte nachdenklich.

»Dann sieht es also so aus, als habe der Mörder hier sein erstes Opfer gefunden.«

»So ist es, ja. Und das ist der Grund, warum ich heute hier bin. Es war ohnehin nur ein Zufall, dass ich darauf gestoßen bin. Aber wenn dem so ist, dann erhoffe ich mir einige wertvolle Hinweise, die nicht nur einen Serienmörder stoppen können, sondern letztlich auch den Mord an Heike Milder aufklären.«

Er verschränkte die Hände vor der Brust.

»Okay, wie kann ich Ihnen helfen?«

»Erzählen Sie mir bitte einfach, was Sie wissen. Was Ihnen wichtig erscheint, und seien es auch noch so kleine Details.«

Ich wartete, Block und Stift lagen auf dem Tisch bereit.

»Heike war ein beliebtes Mädchen. Sie war groß gewachsen und sehr schlank, jedoch weit davon entfernt, hübsch zu sein. Dazu war sie zu schlaksig. Trotz allem war sie natürlich. Sie war anders hübsch, nicht im klassischen Sinne schön. Verstehen Sie, was ich meine?«

Ich hatte keine Ahnung.

Herr Berger schlug das Jahrbuch auf und zeigte auf ein Foto. Nun verstand ich. Heike Milder hätte sicher nie einen Modelvertrag bekommen, aber sie strahlte von Innen heraus. Sie hatte sanfte, dunkle Augen und einen nachdenklichen Zug um den Mund, der ihr etwas Verträumtes verlieh. Hellbraunes, langes Haar fiel über ihre schmalen Schultern.

»Sie war eine gute Schülerin. Sie musste dafür nicht einmal viel tun. Es war, als würde ihr das Wissen zufliegen. Und sie hat nicht auswendig gelernt, sie hat den Stoff einfach verstanden. Eine Einserschülerin war sie aber auch nicht. Dafür hätte sie mehr tun müssen.«

»Was können Sie mir über den Mord erzählen?«, unterbrach ich ihn.

Herr Berger sah auf.

»Über den Mord? Nicht viel. Sie hatte an diesem Abend wohl eine Verabredung. Es muss der 6. Juli gewesen sein. War ein schöner Abend damals. Sommerlich warm, und wie geschaffen für Verliebte.«

»Hatte sie einen Freund?«

»Ja. Die Polizei hatte ihn zunächst auch im Verdacht, musste ihn dann aber wieder laufen lassen, weil ihm nichts nachzuweisen war. Ich habe keine Ahnung, wo er heute ist und was er macht. Mir fällt noch nicht einmal mehr sein voller Name ein.«

Der alte Lehrer schwieg einen Moment.

»Wie kann es dann sein, dass sie eine Verabredung hatte, wo sie doch einen festen Freund hatte?«

»Das entzieht sich leider meiner Kenntnis.«

»Wussten ihre Freundinnen etwas? Ich meine, jedes Mädchen hat doch eine beste Freundin, der sie alles erzählt. Vielleicht ist neben dem Freund ein weiterer Mann aufgetaucht, mit dem sie eine Liebelei hatte?«

»Wenn es da jemanden gab, wusste auf jeden Fall niemand davon. Und ich versichere Ihnen, die Polizei hat alle Mitschüler von Heike befragt. Es war schrecklich.«

Der Lehrer schüttelte sich bei dem Gedanken.

»Auf jeden Fall muss sie irgendwann im Lauf des Abends ihren Mörder getroffen haben. Die Polizei hat herausgefunden, dass sie gegen 23 Uhr umgebracht worden ist. Gefunden hat sie am nächsten Morgen eine Mitschülerin, die joggen war. Die Arme war völlig fertig. Heikes Füße haben aus dem Gebüsch herausgeschaut.«

»Was war mit dieser Kette?«

»Heike trug eine billige Kette mit einer Rose als Anhänger um den Hals. Kein Mensch konnte sich zunächst erklären, wo die Kette herkam, weil sie nie an ihr gesehen worden war. Aus diesem Grund erschien das damals auch in der Presse, weil sich die Polizei einen Hinweis auf den Mörder erhoffte. Vielleicht hatte er ihr die Kette geschenkt. Dem war aber nicht so. Wie sich herausstellte, hatte Heike die Kette zwei Tage zuvor auf einem Volksfest gekauft, auf das sie verbotenerweise mit einer Mitschülerin gegangen war. Ja, Sie lachen jetzt. Das war damals wirklich noch verboten. Die Zeiten haben sich geändert.«

Herr Berger seufzte.

»Hatte Heike irgendwelche Feinde? Kann es eine Erpressung gewesen sein?«

Er schüttelte energisch den Kopf.

»Das schließe ich aus. Sie war ein beliebtes Mädchen und hatte keine Feinde. Zumindest nicht in der Klasse oder an der Schule.«

»Gibt es sonst noch etwas?«

Bisher war die Ausbeute mager. Nichts, was ich nicht schon zuvor gewusst hatte. Das konnte nicht sein. Der lange Weg hierher umsonst?

»Mehr kann ich Ihnen leider nicht sagen. Ich weiß nur noch, dass damals das Unterste zuoberst gekehrt wurde, und dass wir alle vernommen wurden. Tagelang hat es von Polizisten gewimmelt, und wir konnten von Glück sagen, dass die Ferien bald begannen. An ein normales Leben hier, geschweige denn an Unterricht und Lernen, war nicht mehr zu denken.«

»Darf ich?« Ich deutete auf das Jahrbuch.

»Bitte.«

Wahllos blätterte ich in dem Buch herum und schlug dann eine Stelle auf, die der Lehrer mit einem Papierstreifen markiert hatte. Eines der Fotos zeigte Heike mit einem jungen Mann, der den Arm locker um sie gelegt hatte.

Der Bursche kam mir bekannt vor, in meinem Kopf begann es zu arbeiten. Das Lächeln, es wirkte aufgesetzt, falsch. Wer war das?

»Ist das ihr Freund?«, fragte ich aufs Geratewohl und deutete auf den Mann.

»Ja, das ist er. Ein schmieriger Kerl, ich konnte ihn nicht leiden und wusste auch nicht, was Heike an ihm gefunden hatte. Die beiden passten einfach nicht zusammen. Tobias hieß er, an den Nachnamen kann ich mich nicht mehr erinnern. Liegt wohl am Alter. Aber das haben wir gleich.«

Er nahm das Buch wieder an sich und begann, darin zu blättern.

Es war nicht mehr nötig, ich wusste, wer der Mann war.

»Goldmann.«

Überrascht sah Herr Berger auf und schlug sich mit der flachen Hand gegen die Stirn.

»Klar, Goldmann, dass mir das nicht mehr eingefallen ist.«

Goldmann war also Heikes Freund gewesen. Hier hatte alles seinen Anfang genommen, sie war das erste Opfer gewesen.

Wie versteinert saß ich da und starrte auf das Foto der beiden. Meine Gedanken schlugen Purzelbäume. Ich musste telefonieren. Sofort.

»Woher kennen Sie ihn?«

Ich stand auf.

»Er ist mir mal über den Weg gelaufen.«

Ich wollte nicht, dass Herr Berger herumerzählte, dass ich den Mörder gefunden hätte. Zunächst musste die Polizei das überprüfen, dann erst konnte man von einem Täter reden.

»Darf ich mir dieses Buch wohl vorübergehend ausleihen?«

Der alte Lehrer wiegte den Kopf.

»Wenn Sie mir versprechen, dass ich es wiederbekomme. Normalerweise gebe ich diese Bücher nicht aus der Hand. Es gehört nicht der Schule, es ist mein Exemplar.«

»Aber sicher. Sobald ich es nicht mehr benötige, bekommen Sie es zurück.«

Herr Berger schwieg, dann nickte er.

»In Ordnung. Wenn es dazu dient, den Mord aufzuklären, und das mein bescheidener Beitrag ist, sollen Sie es haben. Aber nur ausgeliehen.«

»Danke, dass Sie sich die Zeit genommen haben.«

Er brachte mich zum Auto.

»Ich hoffe, Sie kriegen den Mörder. Und falls Sie Goldmann im Verdacht haben, sehen Sie sich vor.« Ernst sah er mich an. »Er ist schon früher oft in Schwierigkeiten geraten und hatte es wohl nur seinen vermögenden Eltern zu verdanken, dass das meiste davon unter den Teppich gekehrt wurde. Er neigte zu Gewalttätigkeiten, und Schlägereien nach Discobesuchen waren da noch das Harmloseste.«

Oh, okay.

»Keine Angst, von mir erfährt niemand etwas. Ich hoffe nur, dass Sie Heikes Mörder finden. Nach all den Jahren. Ich hatte es schon nicht mehr für möglich gehalten.«

Das Adrenalin prickelte in meinen Adern. Es war das sichere Gefühl, der Lösung entscheidend nahe zu sein. Ich liebte diese Hochstimmung kurz vor dem Ende eines Falles. Und diesmal war es ein Mord gewesen. Mein erster, den ich aufgeklärt hatte.

Als ich auf der Autobahn war, rief ich Mark an.

»Was willst du?«

Freundliche Begrüßung. Na warte!

»Dir den Mörder liefern.«

Statt dass ich sein überraschtes Schweigen genießen konnte, verhöhnte er mich.

»Schon wieder?«

Ich ging nicht darauf ein und erzählte, was sich zugetragen hatte, und dass Goldmann kein Alibi für den Mord an Susanne Dauber hatte.

»Dir ist schon klar, dass wir das Alibi noch einmal überprüfen müssen. So ein Theater wie mit Wendt möchte ich nicht noch einmal erleben.«

Hört, hört, wurde er freundlicher?

»Tu, was du nicht lassen kannst.«

»Wo bist du gerade?«

»Auf dem Weg zurück nach Ulm, was glaubst du denn?«

»Dann bist du uns also nicht im Weg, wenn wir ihn verhaften?«

Ich biss die Zähne zusammen und schluckte eine scharfe Erwiderung hinunter.

»Hast du das denn vor?«

»Nun, so wie es aussieht, ist er zumindest tatverdächtig.«

»Und weiter?«

Es dauerte, ehe er antwortete.

»Hast du nicht schlecht gemacht.«

Nicht schlecht? Nicht schlecht??? War das alles?

»Ich habe eine Bitte: Ich habe dir den Mörder geliefert, dafür möchte ich die Story.«

»Für deinen Zeitungsfuzzi.«

»Das ist nicht *mein* Zeitungsfuzzi. Aber wenn du es wissen willst, ja. Und ich denke, dass ich ein Recht darauf habe, nachdem ich dir den Täter quasi auf dem Silbertablett serviert habe.«

»Von mir aus. Du hast Zeit bis morgen früh. Wenn du mich dann in Ruhe lässt.«

Sollte es das gewesen sein? Sollte unser Wiedersehen ein solch unrühmliches Ende nehmen? Bitte, wenn Herr Heilig es so wollte, an mir sollte es nicht liegen.

»Versprochen«, sagte ich und schluckte.

»Okay, dann gute Fahrt.«

Er legte einfach auf.

Ich konnte die Hochstimmung, den Fall gelöst zu haben, nicht genießen. Dabei hatte ich nicht nur Susanne Daubers Mörder gefunden, ich hatte einen Serientäter zur Strecke gebracht. Doch das Wiedersehen mit Mark Heilig hatte mir mehr zugesetzt, als ich zuzugeben bereit war.

Und dann war da noch diese nagende Ungewissheit, tief in meinem Inneren, die zwar nicht laut aufbegehrte, aber doch immer noch leise präsent war. Was war es, das ich übersehen hatte? Oder war es nur ein komisches Gefühl, ein Streich, den mir meine Fantasie gespielt hatte? Es war längst nicht mehr so deutlich wie noch vor Tagen.

Ich wischte die Gedanken beiseite und rief Jens an.

»Na, bist du sehr beschäftigt?«

»Es geht, ich habe gerade Pause. Wie läuft es bei dir?«

»Hervorragend!«, platzte ich heraus.

»Erzähl!«

»Das dauert zu lang. Hör mal, hast du heute Abend etwas vor?«

»Einsam vor dem Computer sitzen und bei einem Glas Wein einen Artikel schreiben. Mehr eigentlich nicht.«

»Ich habe einen besseren Vorschlag: Hast du Lust auf ein Abendessen bei mir?«

»Klingt verlockend.«

»Vielleicht wird es noch interessanter, wenn ich dir erzähle, was ich herausgefunden habe. Dann hast du noch einen Artikel zu schreiben.«

»Tatsächlich?«

»Ganz ehrlich. Ich habe es arrangiert, dass nichts an die Presse durchdringt. Zumindest nicht bis morgen. Wenn du willst, kannst du die Story haben.«

»Gibt es denn eine?«

»Würde ich dich anlügen?«

»Das Angebot kann ich keinesfalls ausschlagen.«

Wir verabredeten uns für sieben Uhr bei mir.

Der Rest der Rückfahrt war angenehm aufregend. Die lästigen Gedanken an Mark Heilig schob ich trotzig zur Seite. Verdammt, ich hatte den bisher größten Fall meiner Karriere gelöst. Er konnte mir die Stimmung nicht verderben. Dann würde ich eben mit Jens feiern. Und feiern würde ich, das stand fest!

Zurück in Ulm rief ich Lou an.

»Jule, ich weiß, warum du anrufst.« Er klang weinerlich.

»Ach ja?«

»Die Pakete sind noch nicht abgeholt worden, die Spedition hat mich versetzt. Der Fahrer war mir eigentlich noch einen Gefallen schuldig, aber er musste mich vertrösten. Es ist nicht meine Schuld, wirklich! Am Wochenende hole ich mir einen Sprinter und schaffe das Zeug selber weg.«

Ich lachte in mich hinein, und Lou deutete die entstandene Pause völlig falsch.

»Du darfst nicht sauer sein, ich kann wirklich nichts dafür. Kannst du mir nicht irgendwie den Polizisten vom Hals schaffen?«

»Hm.«

»Glaubst du, wenn ich mit ihm flirten würde, würde er darauf anspringen?«

Ich prustete laut los, als ich mir vorstellte, wie Mark auf diese Avancen reagieren würde.

»Wohl kaum. Ist auch nicht mehr nötig. Der Mörder ist geschnappt.«

Ich genoss das Schweigen in der Leitung.

»Wirklich?« Fassungsloses Entsetzen gepaart mit vorsichtiger Freude.

»Wie, wann? Ich meine, hast du …?«

»Ja, der Fall ist gelöst, der Mörder wird vielleicht sogar im Moment verhaftet. Du kannst also wieder ruhig schlafen, die Polizei wird dich in Ruhe lassen.«

»Da ist ja fantastisch! Einfach wunderbar!«

Endlich hörte sich Lou wieder nach dem Lou an, den ich kannte. In den letzten Tagen war er furchtbar geknickt gewesen.

»Aber sag mal, meinst du, der Kommissar Heilig kommt noch einmal vorbei?«

»Glaube ich nicht, er kann dir ja nichts mehr.«

»Hm, eigentlich schade.«

Wie jetzt?

»Vielleicht ist es trotzdem nicht schlecht, wenn du die Pakete wegschaffst. Wer weiß, was du dir damit noch für Ärger einhandelst.«

»Meinst du?«

»Ganz bestimmt.«

»Okay, ich kümmere mich darum. Jule, das müssen wir feiern. Kommst du heute Abend?«

Ich vertröstete ihn auf morgen und hoffte, dass Andreas nicht da sein würde.

Anschließend ging ich zum Einkaufen. Der erste heimische Spargel der Saison war sündhaft teuer, aber für ein Festessen genau richtig. Ich würde ein Risotto machen. Und zum Nachtisch eine Amarena-Maccadamia-Creme. Ein Rezept, das zu meinen persönlichen Highlights gehörte.

Als ich mit den Vorbereitungen fertig war, ließ ich mir ein Bad ein und planschte wenig später im Schaum herum. Nach dem Stress der vergangenen Tage ein herrliches Gefühl!

Als ich fertig war, versuchte ich, meiner Wohnung eine heimelige Atmosphäre zu verleihen. Schließlich hatten wir etwas zu feiern.

In einem halbherzigen Versuch kramte ich nach einer Tischdecke, die so verknittert war, dass sie mehr dem faltigen Gesicht der alten Frau Beierlein glich als einer festlichen Auflage für den Tisch.

Seufzend packte ich sie wieder weg. Das war nicht ich. Jens musste sich mit guten Weingläsern und einer Kerze auf dem zerschrammten Holztisch zufriedengeben.

Gegen sechs schälte und kochte ich den Spargel und briet anschließend Frühlingszwiebeln, Knoblauch und Risottoreis an. Ich löschte alles mit Weißwein ab, und gerade als ich die Brühe aufgießen wollte, klingelte es an der Tür.

Jens war zu früh. Ich öffnete die Tür und ließ ihn herein. Er begrüßte mich mit einem Kuss auf die Wange und einer herzlichen Umarmung.

»Glückwunsch zum gelösten Fall!« Er drückte mir eine Flasche Weißwein mit edlem Etikett in die Hände.

»Der passt hervorragend zum Essen. Komm herein und fühl dich wie zu Hause.« Ich ging zurück in die Küche. »Du musst entschuldigen, aber ich bin gerade beim Kochen.«

»Kein Problem. Was gibt es Leckeres? Ich habe richtig Hunger.«

»Spargelrisotto.« Ich griff nach dem Kochlöffel, der auf einem kleinen Teller neben dem Topf lag.

»Das klingt verlockend!«

Vielleicht wusste er im Gegensatz zu Mark gutes Essen aus meiner Hand zu schätzen.

»Ich mache dir einen Vorschlag: Ich koche und du machst den Wein auf und schenkst ein. Dann erzähle ich dir alles in Ruhe. Setz dich.«

Er nahm Platz, öffnete den Wein und schenkte ein, während ich das Risotto umrührte.

»So, und nun erzähl, was du herausgefunden hast.«

Ich goss ein wenig Brühe auf und begann zu erzählen, was der heutige Tag für Erkenntnisse gebracht hatte.

Jens unterbrach mich nicht, hob nur ab und zu eine Augenbraue.

Als ich geendet hatte, war das Risotto beinahe fertig.

»Tja, so wie es aussieht, hast du den Fall gelöst«, sagte er in meinem Rücken, während ich weiter umrührte. »Herzlichen Glückwunsch!«

»Danke!«

Er ahnte nicht, wie gut mir das Lob tat.

Ich gab den gekochten, in Stücke geschnittenen Spargel in den Topf, dazu ein Stück Butter und stellte die Herdplatte ab.

»Wir können gleich essen, und dann wird gefeiert!«

Dem Spargel folgte eine Schale frisch geriebener Parmesan, den ich vorsichtig unterzog. Ein verführerischer Duft zog durch die Küche. Und das sollte erst der Anfang der kulinarischen Feier sein. Im Kühlschrank wartete die Amarena-Maccadamia-Creme, mein ganzer Stolz.

»Ist das das Jahrbuch, das der Lehrer dir mitgegeben hat?«

Ich drehte mich kurz zu Jens um.

»Ja, das ist es. Du musst nur aufpassen, ich habe versprochen, es unversehrt zurückzubringen.« Ich schnitt eine Grimasse, und Jens grinste. Dann stand er auf.

»Würdest du mich kurz entschuldigen?«, fragte er.

»Klar, draußen im Flur, die Tür links.«

Jens verschwand, und ich füllte das Risotto in eine Schüssel um, die ich zum Tisch trug und dort auf einem Korkuntersetzer abstellte. Dann holte ich mein Weinglas und trank einen Schluck.

Das Jahrbuch, in dem Jens zuvor geblättert hatte, lag aufgeschlagen auf dem Tisch. Die Doppelseite zeigte die Klassenlisten des Jahrgangs in alphabetischer Reihenfolge. Ich fand Heike Milders Name sofort, ebenso den Namen von Tobias Goldmann.

Dann stockte mir der Atem, ich verharrte mit dem Weinglas an den Lippen, ohne einen Schluck zu nehmen. Mein Blut schien sich zu verdicken und in meinen Adern zu gelieren. Und als ich den Namen las, wusste ich schlagartig, was ich die ganze Zeit übersehen hatte. Das nagende Gefühl, das mich in den letzten Tagen und Nächten hartnäckig begleitet hatte, es hatte seinen Ursprung an jenem Abend im ›Peppers‹ gefunden, als ich mit Jens über den Artikel diskutiert hatte, der ohne mein Wissen erschienen war. Es war kein Hirngespinst gewesen. Er hatte gesagt, dass die Frauen ein Recht hatten zu erfahren, dass ein Mörder sein Unwesen trieb, der auf Kontaktanzeigen antwortete.

Ich hatte ihm nie erzählt, dass ich im Umfeld von Susanne Daubers Kontaktanzeige ermittelte. Ich hatte noch nicht einmal erzählt, dass es Kontaktanzeigen gab. Wie hatte ich nur so dumm sein können?

All diese Gedanken gingen mir durch den Kopf, als ich den Namen Jens Krüger in der Namensliste von Heike Milders Parallelklasse entdeckte.

Ich wusste, dass ich sterben würde. Die Erkenntnis traf mich mit erschreckender Klarheit, und fast akzeptierte ich schon die Unabänderlichkeit.

Einen Moment später spürte ich seinen Atem im Nacken, als er mir etwas Weiches um den Hals legte: Den Schal, mit dem er mich erdrosseln wollte.

Dann schoss das Adrenalin durch meinen Körper und rauschte in meinen Ohren. Der verzweifelte Wunsch des Überlebens hatte es freigesetzt, ich musste kämpfen.

Meine Hände fuhren an den Hals. Doch es war zu spät. Langsam, ganz langsam, als wolle er jeden Moment auskosten, mit dem sich mein Leben dem Ende zuneigte, zog er den Schal zu. Ich rang verzweifelt nach Luft und röchelte im Todeskampf, den Kopf leergefegt, unfähig, einen klaren Gedanken zu fassen. Ich wusste nur, dass ich nicht sterben wollte.

Verzweifelt zerrte ich an dem Schal und trat mit den Beinen um mich, erwischte ihn jedoch nicht.

Mir wurde schwindlig, und das Licht verblasste vor meinen Augen, als er die Schlinge fester und fester um meinen Hals zog.

Ich hatte nicht mehr die Kraft, mich auf den Beinen zu halten, aber er ließ mich nicht in die Knie gehen.

»Warum?« Meine Stimme war nur noch ein Krächzen und kaum mehr hörbar. Dann wurde mir schwarz vor Augen.

Das Dunkel lichtete sich. Mein Hals schmerzte unsäglich, und das Schlucken fiel mir schwer. Dann erkannte ich Jens' Gesicht, das ich zunächst nur schemenhaft wahrnahm.

Er hatte mich auf die Bank am Küchentisch gesetzt und an die Fensterbank gelehnt. Interessiert sah er mich von der Seite an, wie ich wieder zu mir kam. Nichts in seinem Blick deutete darauf hin, dass ich einem Serienmörder gegenüber saß.

»Warum? Das möchtest du wissen?« Seine Stimme war ruhig, sein Blick arrogant. Ich spürte ihn mit jeder Faser meines Körpers unangenehm dicht neben mir.

Um wieder zu mir zu kommen, schüttelte ich den Kopf und versuchte zu schlucken. Dann sah ich Jens in die Augen, dessen Gesicht langsam klare Konturen annahm.

War das Glitzern in seinen Augen schon zuvor dagewesen? Hatte ich es nur nicht gesehen?

Er betrachtete mich mit schief gelegtem Kopf, als habe er ein wissenschaftliches Interesse an mir.

Wie viel Zeit hatte ich?

»Ja, warum?« Er schien nachzudenken, was er mir erzählen wollte. »Weil ihr alle gleich seid.«

Seine Stimme hatte sich verändert. Sie war gehässig geworden, schrill. Und auch das Glitzern in seinen Augen sah ich nun deutlicher.

Mein Gott, er ist irre. Er wird mich töten. In meiner eigenen Wohnung. Wie er all die anderen Frauen zuvor getötet hat.

Ich versuchte, die aufkommende Panik zu unterdrücken. Das Einzige, was ich brauchte, war eine Chance. Eine winzige nur, ich würde sie nutzen. Ich wollte nicht sterben. Nicht jetzt und nicht hier. Und nicht von der Hand dieses Menschen, dem ich noch vor Kurzem mein Leben anvertraut hätte.

»Heike ist am schlimmsten gewesen. Sie hat mich nicht gewollt. Stattdessen mit diesem Kerl gevögelt«, sprach er weiter und blickte, in Erinnerungen versunken, auf die Tischplatte. »Was sie nur an diesem Goldmann gefunden hat? Ich verstehe es nicht. Ausgenutzt hat er sie. Und sie hatte nichts Besseres zu tun, als die Beine für ihn breitzumachen. Für ihn. Mich hat sie links liegen lassen. Dann aber hat sie sich plötzlich an mich herangemacht. Um mich anschließend abzuservieren.« Seine Stimme war lauter geworden, und er sah mich mit hasserfülltem Blick an.

»Sie hat mit mir geflirtet, das Miststück. Auf Teufel komm raus. Tagelang, wochenlang. Sie hat mir Hoffnung gemacht, dass aus uns ein Paar werden würde. Dabei war ich nur ein Zeitvertreib für sie. An jenem Abend haben wir uns getroffen, wie schon ein paar Mal zuvor. Wir haben gelacht und getrunken. Aber als ich sie küssen wollte, hat sie mich zurückgestoßen. Wie ein Spielzeug, dessen sie überdrüssig geworden war, hat sie mich weggeworfen. Ich konnte nicht anders. Ich war irrsinnig wütend, da habe ich einfach zugedrückt. Es war so leicht. Und anschließend gehörte sie mir. Nur mir. Nicht mehr diesem Goldmann.«

Widerlich! Und deswegen hatte sie sterben müssen?

»Und die anderen?« Meine Stimme hörte sich in meinen Ohren fremd an, krächzend und leise.

Ich musste Jens am Reden halten, um zu überleben. Oder um wenigstens eine Chance zu bekommen. So lang er redete, tat er mir nichts. Hoffte ich.

»Ach, das war einfach. Die Kontaktanzeigen. Jeder dachte, dass es jemand gewesen sein musste, den die Frauen über eine Anzeige kennengelernt hatten.« Er kicherte. »Dabei war es für mich ein Kinderspiel.«

Klar, er arbeitete bei der Zeitung. Ein Blick ins Archiv, und schon hatte er die realen Namen, Adressen und Telefonnummern der Frauen.

»Ich wollte nur eine nette Frau kennenlernen. Was ist denn der Sinn dieser Kontaktanzeigen? Und wenn ich ihnen zu nahe gekommen bin, haben sie einen Rückzieher gemacht. Als hätten sie es sich anders überlegt. Dabei war doch von Anfang an klar, wofür die Anzeigen aufgegeben wurden. Mit mir macht man so etwas nicht. Mit mir nicht!«

Und was hatte das alles mit mir zu tun? Ich hatte ihn nicht zurückgewiesen.

Bisher hatte er geredet, ohne dass ich viel unternehmen musste.

Sanft strich er mir mit der Hand über die Wange und sah mir in die Augen. Das Glitzern verlieh ihm einen irren Ausdruck, und ich musste mich zwingen, den Kopf nicht wegzudrehen und seine Hand beiseite zu schlagen. Ich biss die Zähne zusammen und ließ über mich ergehen, dass er mich streichelte wie ein kleines Mädchen. Zurückweisen durfte ich ihn nicht.

»Schade«, sagte er und küsste mich auf die Lippen.

Ich würgte und schluckte hart.

»Aber du musstest ja weiterstochern. Hartnäckig wie ein Terrier. Aber das wusste ich schon, als ich dich das erste Mal gesehen habe. Erinnerst du dich noch?« Ein Lächeln stahl sich in seine Augen.

Wie konnte ich das vergessen? Es hatte sich für alle Zeiten in mein Gedächtnis eingebrannt wie ein Wirklichkeit gewordener Albtraum.

»Ich dachte mir, dass es interessant werden könnte, dich näher kennenzulernen. Und das war es wirklich.«

Er lächelte, und seine Augen funkelten.

»Du wirst nicht davonkommen«, würgte ich hervor. »Mark Heilig weiß, dass du hier bist. Und er wollte später vorbei kommen. Nach Goldmanns Verhaftung.«

Mark hatte keine Ahnung, wo ich mit wem verabredet war. Mein letztes Gespräch mit ihm hatte einen denkbar schlechten Ausgang genommen. Jetzt hätte ich mich dafür ohrfeigen können.

»Und wenn schon?« Er sah mich verwundert an. »Ich weiß, dass es zu Ende ist. All die Frauen über all die Jahre. Ich bin müde geworden. Zu müde zum Kämpfen.«

Oh mein Gott! Er war nicht nur ein verrückter Killer, er war auch selbstmörderisch veranlagt. Die gefährlichste Kombination, die es geben konnte. Deswegen war es ihm auch nicht wichtig, ob ich gelogen hatte.

»Mit dir wird enden, was mit Heike begonnen hat.« Er flüsterte jetzt.

Ich kämpfte gegen die aufkommenden Tränen. Sie würden mich behindern, und doch konnte ich nicht anders.

Jens griff nach dem Schal, der neben der hässlichen Kette auf dem Tisch lag. Der Kette mit dem billigen Rosenhänger, die die Opfer um den Hals getragen hatten.

Er ließ mich für einen Moment aus den Augen. Und diesen Augenblick nutzte ich. Eingekeilt von der Wand auf der einen und Jens auf der anderen Seite blieb mir nur die Flucht nach unten. Ich lehnte mich zurück, streckte die Beine durch und ließ mich unter den Tisch gleiten. Hart schlug mein Kopf an der Kante der Bank auf und ließ mich kurz Sternchen sehen. Doch ich rappelte mich gleich wieder auf und stürzte unter dem Tisch hervor.

Doch Jens musste meine Absicht erkannt haben. Längst war er auf den Beinen und stand vor mir, als ich aufstand.

»Es ist vorbei.« Er flüsterte und lächelte mich an, den Schal bereithaltend.

»Ja, für dich!« Ich schrie. Erstaunlich laut für meine malträtierte Kehle. Vielleicht hörte mich jemand im Haus und rief die Polizei.

Ich hatte nicht die Absicht, aufzugeben und wusste, dass ich kämpfen musste. Mit aller Gewalt stieß ich mich vom Tisch ab, den Kopf zwischen den Schultern eingezogen. Wie ein kleines Gummigeschoss rammte ich Jens den Kopf in den Bauch.

Er schnaufte verblüfft und japste nach Luft, der Schal glitt ihm aus den Händen. Ich rempelte ihn erneut an und stieß ihn zu Boden.

Das war die Gelegenheit, auf die ich gewartet hatte. Ich trat ihm den Fuß in den Magen und rannte über ihn hinweg auf den Flur. Die Eingangstür war in beruhigender Nähe, doch ich wusste, dass ich keine Zeit verlieren durfte. Ich konnte bereits hören, wie Jens sich in der Küche aufrappelte. War ich erst draußen vor der Tür, konnte ich schreien, die Hausbewohner würden zusammenlaufen, und ich konnte auf die Straße rennen. In Sicherheit.

Ich rannte die paar Schritte zur Tür in fliegender Hast und griff nach der Klinke, um sie nach unten zu drücken.

Doch die Tür öffnete sich nicht. Mit aller Gewalt zerrte ich daran, wohl wissend, dass mir nur mehr Sekundenbruchteile blieben.

Doch alles Rütteln und Zerren an der Klinke half nichts, die Tür blieb zu. Ein lautes Schluchzen der Angst und der Wut stieg meine Kehle hinauf, Tränen rannen mir über die Wange. Doch ich ahnte, dass es sinnlos war. Tief in meinem Inneren wusste ich, dass ich verloren hatte.

»Suchst du vielleicht den hier?«

Langsam drehte ich mich um. Er hielt meinen Wohnungsschlüssel in der Hand und schwenkte ihn, während er mich mit einem teuflischen Grinsen musterte. Im Gegensatz zu mir hatte er alle Zeit der Welt und kam langsam auf mich zu, den Schal in den Händen.

»Du hast keine Chance.«

»Und es ist mir egal«, antwortete Jens kalt und grausam.

Seine Faust traf mein Kinn blitzschnell und unvorbereitet, sodass ich benommen zu Boden sank und unfähig war, mich zu rühren.

Ich spürte den weichen Stoff des Schals an meinem Hals.

Verzweifelt griff ich danach, doch meine Bewegungen waren zu langsam, längst hatte er die Oberhand gewonnen, und ich wusste, dass es zu Ende war.

Die Dunkelheit kam schnell, und irgendwie war ich dankbar. Es war das Letzte, woran ich dachte.

»Jule, verdammt noch mal!«

Jemand rüttelte an meiner Schulter, und ich wollte die Hand wegschlagen. Doch es gelang mir nicht, ich hatte keinen Muskel meines Körpers mehr unter Kontrolle. Die Stimme drang wie durch dichten Nebel zu mir.

Lass mich in Ruhe, bitte. Mach es nicht noch schlimmer, dachte ich verzweifelt. Ich hatte aufgegeben und mich in mein Schicksal gefügt, den Tod vor Augen.

Doch die Hand ließ keine Ruhe und rüttelte und zerrte, dass mein Kopf hin und her schlug. Ich bewegte mich, doch ich schaffte es nicht, den Arm wegzuschieben.

»Sie kommt zu sich«, flüsterte jemand durch den sich langsam lichtenden Nebel. »Gott sei Dank!«

Ich öffnete die Augen und blickte geradewegs in Marks Gesicht, verwundert, wo er herkam.

Offenbar lag ich noch immer am Boden im Flur. Mein Kinn und der Hals schmerzten höllisch, und mein Kopf fühlte sich an, als würde jemand ein Haus im Inneren abreißen wollen.

»Sie muss ins Krankenhaus«, sagte jemand neben meinem Kopf.

Vorsichtig versuchte ich, mich zu drehen und öffnete den Mund. Doch außer einem Krächzen kam nichts heraus.

»Ruhig, ganz ruhig. Nicht sprechen.«

Die Stimme gehörte einem distinguiert aussehenden Mann in den Vierzigern mit Brille, dessen Blick Sanftheit und Güte, aber auch Souveränität ausstrahlte. Er hatte ein Stethoskop um den Hals hängen und nahm eine Manschette von meinem Arm.

Langsam drehte ich den Kopf zurück und erblickte zwei

weiß gekleidete Gestalten hinter Mark, die eine Trage herbeibrachten.

»Ich bin nicht tot?« Ich flüsterte. Es war mehr eine Frage als eine Feststellung, und Mark schnaufte erleichtert. Sein Brustkorb hob und senkte sich schnell, und er schluckte, während sich ein Lächeln über sein Gesicht ausbreitete. Täuschte ich mich oder glitzerten seine Augen verdächtig feucht?

»Nein, bist du nicht«, antwortete er mit leiser, belegter Stimme. »Wir bringen dich jetzt ins Krankenhaus.«

»Das könnt ihr vergessen.«

Ich krächzte und wusste, dass man mich kaum verstand, doch ich versuchte, mich vom Boden hochzudrücken.

»Bleib noch einen Moment liegen.« Mark drückte mich sanft zurück. »Du musst erst wieder zu dir kommen.«

»Ich bin ganz klar. Lasst mich in Ruhe, ich will schlafen.«

»Aber nicht hier und nicht jetzt.«

»Es wäre wirklich besser, Sie ins Krankenhaus zu bringen«, mischte sich der Notarzt ein.

Diesmal schaffte ich es, mich in eine sitzende Position zu bringen. Dabei fiel mein Blick auf die Eingangstür. Oder das, was davon übrig war. Das Schloss war ausgerissen, und sie hing nur noch an der oberen Angel. Ich öffnete den Mund und schloss ihn gleich wieder.

»Tut mir leid wegen der Tür.« Mark hatte meinen Blick verfolgt. »Aber darauf konnten wir keine Rücksicht nehmen.«

Draußen standen zwei schwarz Vermummte, die ich aus Wendts Büro bereits kannte, und ich vermutete weitere Gestalten in meiner Wohnung, im Treppenhaus und im Flur.

»Wie …?«

»Du kannst dich bei Goldmann bedanken. Und dass ich die Zeitung nicht gelesen habe. Wir haben ihn ziemlich in die Mangel genommen, aber er redete nicht. Er war arrogant und eingebildet und hat nichts zugegeben. Nur, dass er in Salem und Heikes Freund war. Muss wohl auch einiges auf dem Kerbholz gehabt haben. Er sei nicht der Einzige, der das Internat besucht hätte. Der Journalist, der den Artikel geschrieben hat, sei auch dort gewesen. Und ein Haufen anderer auch. Er hat auf die heutige Zeitung gezeigt, die noch auf meinem Schreibtisch lag, weil ich sie, wie gesagt, noch nicht gelesen hatte, und auf einen Bericht, den Krüger geschrieben hat. Da dämmerte dann auch mir die Erkenntnis, dass wir den Falschen hatten. Wir sind gerade noch rechtzeitig gekommen.«

Ich schüttelte langsam den Kopf. Der Mann, den ich der Polizei geliefert hatte, hatte mir das Leben gerettet. Dabei wäre es so einfach gewesen, wenn ich meinem Gefühl Glauben geschenkt und etwas nachgedacht hätte.

»Und wo ist er jetzt?« Jens' Name ging mir nicht über die Lippen. Ich würde ihn nie mehr aussprechen können.

»Verhaftet, wir haben ihn mitgenommen. Er wird nicht davon kommen, keine Angst. Ich weiß nicht, wie die Richter entscheiden werden, aber er wird sehr lang, wenn nicht gar für immer, hinter Schloss und Riegel verschwinden.«

Die Sanitäter setzten die Trage wartend neben mir auf dem Boden ab. Ich warf nur einen Blick darauf und schüttelte den Kopf.

»Vergesst es.«

»Du solltest dich untersuchen lassen«, sagte Mark eindringlich. Das feuchte Glitzern war aus seinen Augen verschwunden und der vertrauten Hartnäckigkeit gewichen. Wenn sich mein benebeltes Gehirn das alles nicht nur eingebildet hatte. Er war wieder ganz der Polizist. »Ich bestehe darauf.«

»Ich fahre nicht im Krankenwagen.«

»Dann bringe ich dich hin.«

»Ich mag nicht ins Krankenhaus.« Trotzig schüttelte ich den Kopf, was ich gleich bereute, als ich Sternchen sah und eine Welle der Übelkeit aufkam. Das Blut sank aus meinem Kopf, und der Notarzt, der die Zeichen schneller als Mark erkannt hatte, fing mich auf und legte mich sanft am Boden ab.

»Ich verspreche, ich bleibe bei dir.« In Marks Stimme hatte sich ein Anflug von Panik gemischt. »Du kannst nicht hier bleiben, deine Tür ist kaputt.«

Es hatte keinen Zweck, mich zu weigern. Ich fühlte mich zu schwach, um mich weiter zu widersetzen.

Die Sanitäter brachten mich auf der Trage nach unten, vorbei an den geöffneten Türen meiner Nachbarn, die vom Lärm aufgescheucht worden waren. Leon sah mich fassungslos an.

»Soll ich dich beschützen?«, fragte er ängstlich. »Ich kann uns einen Hund besorgen. So einen großen, wie du neulich hattest. Den können wir uns dann teilen.«

Ich nickte schwach, dann schloss ich die Augen, bis wir unten waren.

Doch dann weigerte ich mich standhaft, in den Krankenwagen einzusteigen. Schließlich nahm ich auf Marks Beifahrersitz Platz und ließ mich von ihm in die Klinik bringen.

Zwar hatten der Notarzt und Mark dafür gesorgt, dass bei meiner Ankunft alles vorbereitet war, doch die Prozedur, die ich über mich ergehen lassen musste, dauerte schier endlos. Ich wurde genötigt, ein Krankenhausnachthemd anzuziehen und mich in ein Bett zu legen. Zu schwach, um zu protestieren, war mir egal, dass Mark einen Blick auf meine blanke Rückseite erhascht haben mochte. Ich ließ mich in die Kissen fallen und schloss die Augen.

Immer wieder kam jemand vorbei, nahm Blut ab, maß den Blutdruck und brachte mich zum Röntgen. Mark hielt Wort und wich nicht eine Sekunde von meiner Seite.

Irgendwann musste ich eingeschlafen sein. Vielleicht hatten sie mir auch ein Beruhigungsmittel gegeben. Vorsichtig blinzelte ich in das gedämpfte Licht über meinem Bett.

Ich ließ den Blick durch das Zimmer schweifen und sah Mark in einem Stuhl sitzen. Er schlief und schnarchte leise.

Erschöpft schloss ich die Augen und dämmerte sofort wieder weg.

Erst am nächsten Morgen wachte ich auf und fühlte mich erstaunlich erholt, wenn man bedachte, was ich hinter mir hatte.

»Wie geht es dir?«

Mark war von seinem Stuhl aufgestanden. Er sah schlecht aus, bleich und unrasiert. Doch er lächelte.

»Bringst du mich nach Hause?«

»Klar. Lass uns gehen.«

Mark verschwand im Flur, bis ich mich angezogen hatte, und ich war ihm dankbar dafür.

Die Tür war ersetzt worden, doch in meiner Wohnung sah es aus, als habe eine Bombe eingeschlagen. Mir war es egal. Wieder allein, machte ich etwas zu essen und ließ mir Badewasser ein.

Sonntag

Etwas musste ich noch erledigen. Zwar sträubte sich in mir alles, aber ich zwang mich. So viel Anstand musste sein.

Diesmal nahm ich die Treppe in den dritten Stock, dabei war mir wohler, als im engen Aufzug.

Trotz Geruch nach Sechzigerjahre und gekochten Zwiebeln atmete ich tief durch, als ich den langen Flur betrat und schließlich vor der Wohnungstür meiner Mutter stand.

Die Tür war angelehnt, von meiner Mutter fehlte jede Spur. Ich seufzte leise und stieß den Spalt mit dem Fuß weiter auf. Empfangen wurde ich von sphärischen Klängen und dem verdammten Traumfänger, der im Flur noch immer von der Decke baumelte und mein Haar streifte.

Meine Mutter saß im Schneidersitz mit geschlossenen Augen auf einem Sofakissen und wiegte den Oberkörper leicht hin und her.

Es war keine gute Idee gewesen, hierher zu kommen, auch wenn die Motive durchaus ehrenhaft gewesen sein mochten.

Ich blieb stehen und sah ihr eine Weile zu. Nach einer gefühlten Ewigkeit räusperte ich mich verärgert. Sie wusste, dass ich hier war, hatte mir ja die Tür geöffnet. Verdammt, sie machte es mir wirklich nicht leicht.

»Hallo«, sagte sie schließlich in neutralem Ton und erhob sich, ohne mich jedoch anzusehen. Sie bot mir nichts zu trinken an, und irgendwie war ich auch froh. Noch einmal so ein scheußliches Gebräu musste nicht sein. »Nun?«

Ja. Nun.

»Ich möchte mich bei dir entschuldigen«, würgte ich hervor und wusste selbst nicht, warum eigentlich.

Meine Mutter beschäftigte sich mit esoterischen Spinnereien, hatte an Séancen teilgenommen und behauptet, mit Geistern kommuniziert zu haben. Und was das Schlimmste war: Auch wenn ich mich dagegen sträubte und wehrte, etwas musste dran gewesen sein an all diesen Dingen.

Ich schüttelte mich allein beim Gedanken daran und versuchte, nicht darüber nachzudenken, was das zu bedeuten hatte. Das wollte ich höheren Mächten überlassen, für mich war das nichts.

»So, entschuldigen möchtest du dich.«

Ich nickte feierlich. Am besten ich brachte es hinter mich, bevor neue Geister sie heimsuchten und mir Arbeit bescherten.

Sie sah mich einen Moment an, ehe sie loslegte.

»Weißt du eigentlich, dass ich ganz schön wütend war? Ich habe es gut gemeint. Mit dir und mit Susanne. Und was machst du stattdessen? Alles ins Lächerliche ziehen, deine Mutter heimlich für verrückt erklären. Ja, aber so ist es nicht gewesen. Die spleenige Mutter hat recht gehabt.«

Dem hatte ich nichts hinzuzufügen, also hielt ich Klappe, den Blick schuldbewusst zu Boden gesenkt.

Und ehe ich mich versah, riss sie mich an ihren voluminösen Busen und drückte mich an sich. Um mich gleich darauf wieder ein Stück wegzuschieben und mich mit schräg gelegtem Kopf eingehend zu betrachten. Dann nötigte sie mich auf eines der Kissen am Boden, und ich sank wie gefällt nieder.

Mit den Worten »Ich hole uns jetzt erst einmal eine schöne Tasse Tee!«, verschwand sie in der Küche. »Wie geht es dir eigentlich?«

Ein kleiner Teil von mir warnte mich eindringlich. Aber

ich schob ihn stolz beiseite und holte Luft, um von den Ereignissen der letzten Tage zu erzählen.

»Du glaubst nicht, was mir passiert ist«, sagte meine Mutter in dem Moment und strahlte mich mit zwei selbstgetöpferten Bechern voller Tee in der Hand an.

Der Stolz war verschwunden, das kleine Teufelchen auf meiner Schulter raunte mir ein: »Hab ich's dir doch gleich gesagt!« ins Ohr.

Und ich? Ich seufzte einfach nur, nahm den Becher in die Hand, nippte artig, würgte ein bisschen und schwor mir, dass das für lange Zeit der letzte Besuch bei meiner Mutter gewesen sein sollte.

Ich stieg aus dem Taxi, bezahlte und ging auf die Tür des ›Jazz-Kellers‹ zu. Ich trug das rote Kleid und zog den bewundernden Blick eines Gastes auf mich. Ich kannte ihn nicht.

Begleitet von den leisen Klängen des Jazz, den ich so liebte, ging ich hinein und blinzelte in dem schummrigen Licht.

Der heutige Abend würde nicht ausarten, das wusste ich. Ein bisschen auf den Erfolg und mein Leben anstoßen, das war alles. Ich hatte noch keine Stimme, um wieder richtig zu singen, und die Ärzte meinten, es würde noch dauern. Cosima würde sicher froh sein darüber. Andreas vermutlich auch.

Ich musste mir eingestehen, dass ich ihn zeitweise zu den Verdächtigen gezählt hatte, wenn ich das auch nicht wirklich hatte wahrhaben wollen. Noch immer fand ich ihn sonderbar, ja, furchteinflößend. Und doch konnte ich mich seiner Anziehung nicht völlig entziehen. Seine Blicke gingen durch und durch.

Jetzt saß er im Gastraum, Flocki zu seinen Füßen. Er hatte mir kurz zugenickt und dann wieder zur Seite gesehen.

Auch Erich Weber war da. Ich fand es nur recht und billig,

mich bei ihm zu entschuldigen. Ich tauschte ein paar Worte mit ihm und stellte fest, dass er gar nicht so seltsam war, wie ich gedacht hatte. Er war ein Mann, der seine Frau verloren hatte und Zerstreuung suchte. Er tat mir leid.

Nun saß ich mit Lou an der Bar und trank einen ›Canchanchara‹.

Wann war ich zum ersten Mal hier gewesen? Es war die Musik gewesen, die mich veranlasst hatte, den ›Jazz-Keller‹ zu betreten. Ich wusste nicht mehr, wie es geschehen war, aber eines Abends hatte es einen Karaoke-Wettbewerb gegeben. Angesäuselt vom Whiskey hatte ich mitgemacht. Und nicht nur gewonnen. Seither sang ich öfter und wann immer mir danach war. Zu Cosimas Leidwesen.

Lou hatte mich ganz am Anfang gefragt, ob er mich fest engagieren dürfe. Mit richtigem Gehalt und richtigen Auftritten. Ich hatte ihn ausgelacht, und er hatte eingesehen, dass er keine Chance hatte.

Mittlerweile waren mir die seltsamen Gestalten im ›Jazz-Keller‹ zu einer Familie geworden und ich genoss es, hier zu sein.

Lous Pakete waren noch immer nicht abgeholt worden. Schließlich hatte er sich breitschlagen lassen, nachzusehen, was drin war. Auch ihm war daran gelegen, nicht noch mehr Ärger zu bekommen.

Also waren wir vorhin in den Keller gestiegen und hatten einen Karton aufgerissen. Ich hatte versucht, mich auf alles einzustellen.

Doch mir blieb die Spucke weg, als ich den Inhalt sah. Die Kartons waren voller Spitzenunterwäsche.

Ratlos und schließlich lachend hatten wir uns angesehen. Wir hatten wahllos noch vier weitere geöffnet, deren Inhalt sich aber nur in der Farbe unterschied.

Wie auf Bestellung rief dann auch zehn Minuten später der Besitzer der ominösen Pakete an. Er hatte mit einem Blinddarmdurchbruch im Krankenhaus gelegen und war deswegen nicht erreichbar gewesen.

Ich überließ es dem verlegen von einem Fuß auf den anderen hüpfenden Lou, ihm zu erklären, warum er die Kartons geöffnet hatte, und ging stattdessen an die Bar.

Wenig später kam Lou nach und drückte mir einen Umschlag in die Hände.

»Danke«, sagte er, und schon wieder glänzten seine Augen.

Ich nahm das Geld und steckte es in die Handtasche. Himmel, ich hatte fast mein Leben verloren, da brauchte ich kein schlechtes Gewissen mehr zu haben.

Als ich die Treppe zu meiner Wohnung nach oben ging, bot sich mir dort ein fast vertrauter Anblick.

Mark saß auf dem obersten Treppenabsatz und sah mir entgegen. Seinem Blick konnte ich nichts entnehmen.

»Um der guten alten Zeiten willen?«, fragte ich halb scherzhaft, als ich an ihm vorbeiging und er sich erhob.

»Mag sein.«

In seinen Augen brannte ein Feuer. Ein Feuer, das ich nur zu gut kannte. Es würde alles verkomplizieren. Und doch spürte ich, dass ich es ebenso wollte.

Ich öffnete die Tür, die gestern ersetzt worden war, und ging hinein. Mark folgte mir, ohne ein Wort zu sagen.

Ich spürte seine Hand auf meiner Schulter, warm und angenehm beruhigend, und drehte mich zu ihm um. Sein Aftershave war noch immer dasselbe wie damals. Ich hätte es nie zugegeben, aber es hatte Zeiten gegeben, in denen ich mich nach diesem Geruch gesehnt hatte.

»Hübsches Kleid«, sagte er, und seine Stimme klang rau. Er sah von oben auf mich herab, seine Augen funkelten. »Was für Geheimnisse hast du noch?«

»Ich? Geheimnisse?«

Lächelnd versuchte ich, das Unvermeidliche hinauszuzögern. Ich wusste, dass ich nicht lang widerstehen konnte. Mein Magen schien auf und ab zu hüpfen.

»Ich habe das Bauchnabelpiercing gesehen. Neulich im Krankenhaus.« Seine Lippen waren nur Zentimeter von meinem Mund entfernt. Sein Gesicht war noch immer kantig, aber es hatte weiche Züge angenommen.

»Und?«

»Du bist völlig anders als damals. Aber ich glaube, du bist noch immer die gleiche Person.«

»Dann finde es doch heraus«, flüsterte ich zurück und wusste, dass es kein Zurück mehr gab.

Der Kuss raubte mir die Sinne, und kleine Blitze explodierten hinter meinen geschlossenen Lidern, als ich seine Lippen auf meinen spürte. Sie fühlten sich an wie damals. Und doch war es etwas völlig Neues.

ENDE

Danksagung

Umberto Eco hat ein geflügeltes Wort des Erfinders der Glühbirne, Thomas Edison, auf das Schreiben projiziert. Sinngemäß lautet es nun, dass Schreiben zu zehn Prozent aus Inspiration und zu neunzig Prozent aus Transpiration besteht, einem Teil Geheimnis und neun Teilen Handwerk.*

Wer selbst jemals versucht hat, ein Buch zu schreiben und dieses zu veröffentlichen, der weiß, wovon ich spreche. Es gab Zeiten, in denen ich nicht mehr daran geglaubt habe, dass meine Protagonistin Jule Flemming jemals das Licht der Bücherwelt erblicken würde. Allen Widrigkeiten zum Trotz hat sie es dennoch geschafft.

Mein Dank gilt den Kollegen vom Montsegur-Autorenforum, die mir in kritischen Zeiten mit aufmunternden Worten zur Seite gestanden und mir geholfen haben, im Irrgarten der Branche den richtigen Weg einzuschlagen. Auch wenn etliche Umwege dabei gewesen sind.

Mein besonderer Dank an dieser Stelle gilt Andrea Schacht, die mir mit gezielten Hinweisen geholfen hat, nicht nur eine packende Story spannender zu machen, sondern auch einer besonderen Protagonistin ein würdiges Umfeld zu verschaffen. Außerdem war sie mir in der Spätphase ein kritischer und vor allem ehrlicher Testleser, was man gar nicht hoch genug einschätzen kann.

Dank auch meinen Testlesern, insbesondere meiner Mutter Karin, die wieder und wieder dasselbe gelesen und ihre Anmerkungen gemacht haben. Auch Eva ein Dankeschön,

* Fritz Gesing: Kreativ Schreiben, 2005

die mir, was den berühmten Rotstift anbelangt, Mut gemacht hat, diesen auch zu benutzen. Anschließend fiel Etliches der Löschentaste zum Opfer.

Meiner Lektorin beim Gmeiner Verlag, Claudia Senghaas, ein Riesendankeschön, dass sie an mich und die Geschichte geglaubt hat, und dem Text den letzten Schliff verpasst hat. Ich freue mich bereits auf die weitere Zusammenarbeit.

Meinem Mann Thorsten danke ich, dass er mir die Zeit vor dem PC gönnt, die ich brauche. Auch wenn dabei manchmal etwas liegenbleibt. Viel mehr aber danke ich ihm dafür, dass er immer an mich geglaubt und zu mir gehalten hat. Ohne ihn würde es weder dieses Buch geben, noch würde ich heute noch schreiben.

Rezepte

Pasta mit Garnelen in Weißweinsahnesoße

400g küchenfertige Garnelen, am besten frisch
Olivenöl
einige Spritzer Limettensaft
2-3 Knoblauchzehen
grobkörniges Meersalz
3 Thymian-Zweige
1 rote Chilischote
2 Schalotten
250g Kirschtomaten
100ml Weißwein
250ml Sahne
Gehackte Petersilie

Olivenöl, Limettensaft, zerdrückten Knoblauch und Meersalz zu einer Marinade verrühren. Die Chilischote in der Mitte halbieren, die Samen und Seitenwände entfernen und klein geschnitten zusammen mit den Thymian-Zweigen dazugeben. Die Garnelen mindestens zwei Stunde darin ziehen lassen.

Die abgetropften Garnelen in einer erhitzten Pfanne von beiden Seiten kurz anbraten. Anschließend aus der Pfanne nehmen und beiseite stellen.

Fein gewürfelte Schalotten und halbierte Cocktailtomaten in der gleichen Pfanne mit wenig Olivenöl anbraten und mit Weißwein ablöschen. Kurz einkochen lassen. Anschließend

Sahne dazugeben und mit Salz und Pfeffer würzen. Am Schluss Petersilie unterheben und die Garnelen in die Soße legen.

Dazu Pasta servieren.

Apfeltiramisu

32-36 Löffelbisquits
je 250g Mascarpone und Quark
6 Eier
90g Puderzucker
70ml Calvados
80ml Apfelsaft
1 Päckchen Vanillezucker
500g säuerliche Äpfel
1 Stange Zimt
200ml Weißwein
100g gehackte Mandeln
etwas Zucker

Die Äpfel reiben und mit der Zimtstange und dem Weißwein etwas einkochen und anschließend erkalten lassen.

Die Eier trennen und vom Eiweiß Schnee schlagen. Die erkaltete Apfelmasse vorsichtig unterheben.

Mascarpone, Quark, Eigelb, Vanillezucker und Puderzucker verrühren und beide Cremes vorsichtig miteinander vermengen.

Den Boden der Form mit der Hälfte der Bisquits auslegen und mit der Hälfte der Calvados-Apfelsaft-Mischung beträufeln. Gut zwei Drittel der Creme darauf verteilen und glatt streichen. Vorgang wiederholen.

Gehackte Mandeln mit Zucker in der Pfanne karamellisieren lassen und erkaltet oben auf das Tiramisu geben.

Spargelrisotto

500g Spargel
½ Teelöffel Salz
1 Prise Zucker
Butter
250g Risottoreis
1 Knoblauchzehe
1 Bund Frühlingszwiebel
Olivenöl
100ml Weißwein
Spargelwasser
Salz
Pfeffer
2-3 EL Butter
50g frisch geriebener Parmesan
Gehacktes Basilikum

Spargel schälen, die harten Spargelenden abschneiden und im Spargeltopf kochen. Dabei steht der Spargel im Wasser, während die Spitzen im Dampf garen. Dem Wasser ein wenig Salz (max. ½ Teelöffel pro Liter Kochwasser) sowie eine Prise Zucker und etwas Butter beigeben. Je nach Geschmack und Dicke des Spargels 15 – 20 Minuten kochen. Das Kochwasser auffangen.

Olivenöl in einem Topf erhitzen, gehackten Knoblauch, in Ringe geschnittene Frühlingszwiebel und Risottoreis darin glasig andünsten. Mit Weißwein ablöschen. Anschließend das Spargelwasser nach und nach angießen, dass der Reis immer bedeckt ist, und aufquellen lassen. Dabei häufig rühren. Je nach Art des Reises benötigt er zum Garen 15-20 Minuten. Der Reis sollte außen sämig, innen noch bissfest sein. Mit Salz und Pfeffer würzen, Butter unterziehen und zergehen lassen. Von der Kochstelle nehmen und frisch geriebenen Parmesan unterheben. Gekochten und geschnittenen Spargel untermischen, auf Teller verteilen und mit gehacktem Basilikum bestreuen.

Amarena-Maccadamia-Creme

200ml Sahne
2 Esslöffel Nussnougat-Creme
Sahnesteif oder Gelatine für die Sahne
500g Quark
6 Esslöffel Amaretto
Amarenakirschen
30g Zucker
1 Teelöffel Butter
60g ungesalzene Macadamianüsse

Sahne erwärmen und Nussnougat-Creme darin schmelzen. Anschließend kalt stellen, am besten über Nacht.

Den Quark mit Amaretto verrühren und in Gläser füllen. Anschließend die Amarenakirschen darauf verteilen.

Die Nussnougat-Sahne mit Sahnesteif oder Gelatine steif schlagen und auf die Kirschen geben.

Zucker in der Pfanne zergehen lassen, Butter hinzugeben

und karamellisieren lassen. Die Nüsse kurz darin schwenken und am besten auf Backpapier abkühlen lassen. Die Macadamia-Nüsse grob hacken und auf der Sahne verteilen.

Kalt gestellt servieren.

Canchanchara

10cl Wasser
25g intensiven Honig (z.B. Waldhonig)
Saft einer Limette
5cl weißer Rum
Crushed Eis

Am besten gelingt dieser Drink, der gern als Erfrischungsgetränk an warmen Tagen genossen wird, wenn man den Honig im warmen Wasser auflöst und anschließend kalt stellt.

Dann mit Limettensaft und Rum mixen und auf Crushed Eis im Tumbler servieren.

Glossar:

Jule Flemming (28): Vom Leben und der Liebe enttäuschte Privatdetektivin mit Anpassungsschwierigkeiten. Getrieben vom unbedingten Willen, den Mörder ihres Vaters zur Strecke zu bringen.

JULES FAMILIE

Elisabeth Flemming (47): Jules Mutter. Freischaffende Künstlerin mit Hang zu Übernatürlichem.

Fritz Flemming (vor 14 Jahren verstorben): Jules Vater. Erfolgloser Entertainer, Opfer eines Mörders, dessen Stimme Jule gehört hat. Sie sucht ihn noch immer.

Sebastian Flemming (23): Jules kleiner Bruder. Zieht Schwierigkeiten magisch an, aus denen Jule ihn ein ums andere Mal herauspauken muss, ist aber ein begnadetes Computergenie.

JULES JAZZ-FAMILIE

Gregor »Lou« Falke (45): Hysterischer, übergewichtiger Besitzer des ›Jazz-Kellers‹, der mit seinen Smokings und Hüten wie eine zu klein geratene Kopie von Lou Bega daher kommt. Im Dauer-Liebes-Stress mit Freund Hannes.

Fanny Mahler (23): Bedienung im ›Jazz-Keller‹, die ihren Traum von der Ausbildung zur Kosmetikerin noch nicht begraben hat. Mit Jule verbindet sie mehr als nur das schlechte Verhältnis zu Cosima.

Cosima Ziegler (32): Singender Vamp im ›Jazz-Keller‹, der ständig seine Wirkung auf andere probt und dabei nicht nur bei Jule aneckt. Hat ein kleines, wohlgehütetes Geheimnis.

Andreas (38): Schweigendes Geheimnis des ›Jazz-Kellers‹ mit großer, ständig sabbernder rotbrauner Dänischer Dogge, die auf den zarten Namen »Flocki« hört. Keiner weiß, wo er herkommt und was er macht, doch sein Blick verursacht Gänsehaut.

JULES ARBEIT:

Werner Simon (51): Jules Arbeitgeber und Inhaber der »Privatdetektei Simon«. Er hat sie in größter Not aufgefangen und ihr eine Zukunft gegeben. Gutmütiger Brummbär, der gefährlicher wird, je leiser seine Stimme wird.

Anna Jost (53): Einsame Herrscherin über das Chaos in der Detektei, die einen ständig pupsenden Dackel und einen Rocker mit Motorrad ihr Eigen nennt.

Bernd Spilka (39): Jules Kollege, der dadurch auffällt, dass er nicht auffällt. Und wenn er den Mund doch aufbekommt nur für kurze, trockene Sätze.

WER SONST NOCH ETWAS MIT JULE ZU TUN HAT:

Mark Heilig (30): Früher ein Weiberheld, jetzt Kriminalkommissar. Seinem Charme wäre Jule während ihrer gemeinsamen Ausbildung beinahe erlegen. Jetzt freuen sich beide auf das Wiedersehen. Und fürchten es mindestens ebenso sehr.

Jochen Eigner (30): Jules Ex-Kollege von der Polizei, der schon damals wusste, dass mehr hinter ihrer unnahbaren Art stecken musste. Guckt dem Geplänkel zwischen Jule und Mark amüsiert zu.

Conny Schmied (28): Jules beste Freundin, mit Mann, zwei Kindern und Haus. Conny sehnt sich manchmal nach Jules Freiheit, Jule wünscht sich insgeheim die Geborgenheit in Connys Familie.

Dirk Heit (38): Jules Ex-Mann, Rechtsanwalt und notorischer Betrüger, den Jule einmal für ihren Prinzen gehalten hat. Es gab ein böses Erwachen, das sie nachhaltig geprägt hat.

Leon Master (8): Aufgeweckter kleiner Junge, der mit seiner Mutter Barbara in die Wohnung unter Jule eingezogen ist. Er fällt nicht nur durch seine Intelligenz auf, sondern auch dadurch, dass er beinahe unheimlich viel sieht und hört.

Weitere Romane finden Sie auf den folgenden Seiten und im Internet: www.gmeiner-verlag.de